アメリカン・シェイクスピア

初期アメリカ演劇の文化史

常山菜穂子

American Shakespeare
A Cultural History of the Early American Theater

国書刊行会

1. シェイクスピアの生家競売を告知するポスター（1847年）
（シェイクスピア生誕地記念財団記録部門蔵　ER1/29, fol.11）

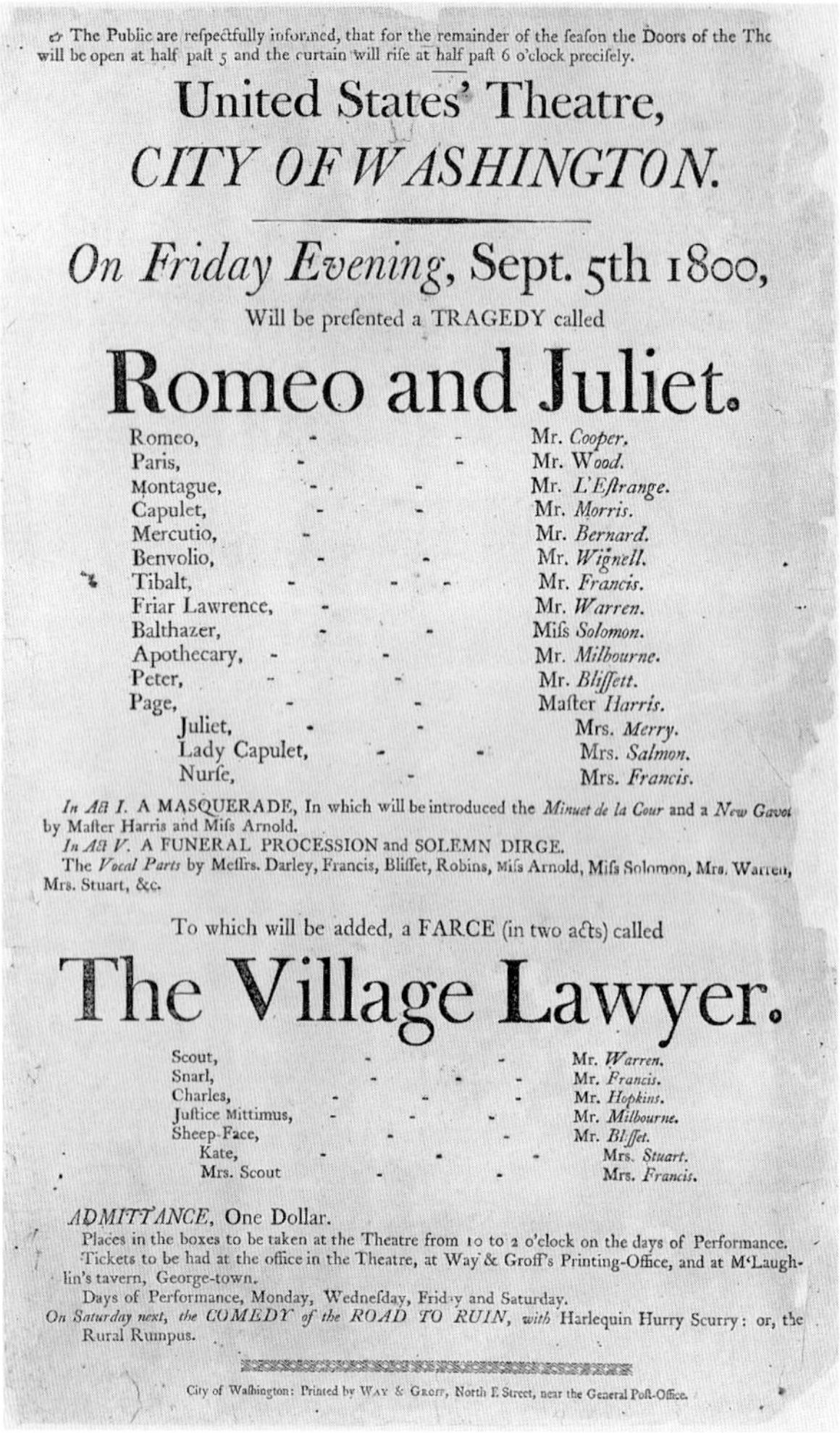

☞ The Public are reſpectfully informed, that for the remainder of the ſeaſon the Doors of the The
will be open at half paſt 5 and the curtain will riſe at half paſt 6 o'clock preciſely.

United States' Theatre,
CITY OF WASHINGTON.

On Friday Evening, Sept. 5th 1800,

Will be preſented a TRAGEDY called

Romeo and Juliet.

Romeo,	Mr. *Cooper.*
Paris,	Mr. *Wood.*
Montague,	Mr. *L'Eſtrange.*
Capulet,	Mr. *Morris.*
Mercutio,	Mr. *Bernard.*
Benvolio,	Mr. *Wignell.*
Tibalt,	Mr. *Francis.*
Friar Lawrence,	Mr. *Warren.*
Balthazer,	Miſs *Solomon.*
Apothecary,	Mr. *Milbourne.*
Peter,	Mr. *Bliſſett.*
Page,	Maſter *Harris.*
Juliet,	Mrs. *Merry.*
Lady Capulet,	Mrs. *Salmon.*
Nurſe,	Mrs. *Francis.*

In Act I. A MASQUERADE, In which will be introduced the *Minuet de la Cour* and a *New Gavot* by Maſter Harris and Miſs Arnold.
In Act V. A FUNERAL PROCESSION and SOLEMN DIRGE.
The *Vocal Parts* by Meſſrs. Darley, Francis, Bliſſet, Robins, Miſs Arnold, Miſs Solomon, Mrs. Warren, Mrs. Stuart, &c.

To which will be added, a FARCE (in two acts) called

The Village Lawyer.

Scout,	Mr. *Warren.*
Snarl,	Mr. *Francis.*
Charles,	Mr. *Hopkins.*
Juſtice Mittimus,	Mr. *Milbourne.*
Sheep-Face,	Mr. *Bliſſet.*
Kate,	Mrs. *Stuart.*
Mrs. Scout	Mrs. *Francis.*

ADMITTANCE, One Dollar.
Places in the boxes to be taken at the Theatre from 10 to 2 o'clock on the days of Performance.
Tickets to be had at the office in the Theatre, at Way & Groff's Printing-Office, and at M'Laughlin's tavern, George-town.
Days of Performance, Monday, Wedneſday, Friday and Saturday.
On Saturday next, the COMEDY of the ROAD TO RUIN, with Harlequin Hurry Scurry: or, the Rural Rumpus.

City of Waſhington: Printed by WAY & GROFF, North E Street, near the General Poſt-Office.

2. 『ロミオとジュリエット』のプレイビル(1800年)
1800年9月5日、ユナイテッド・ステイツ劇場(ワシントン)における公演
(フォルジャー・シェイクスピア図書館蔵)

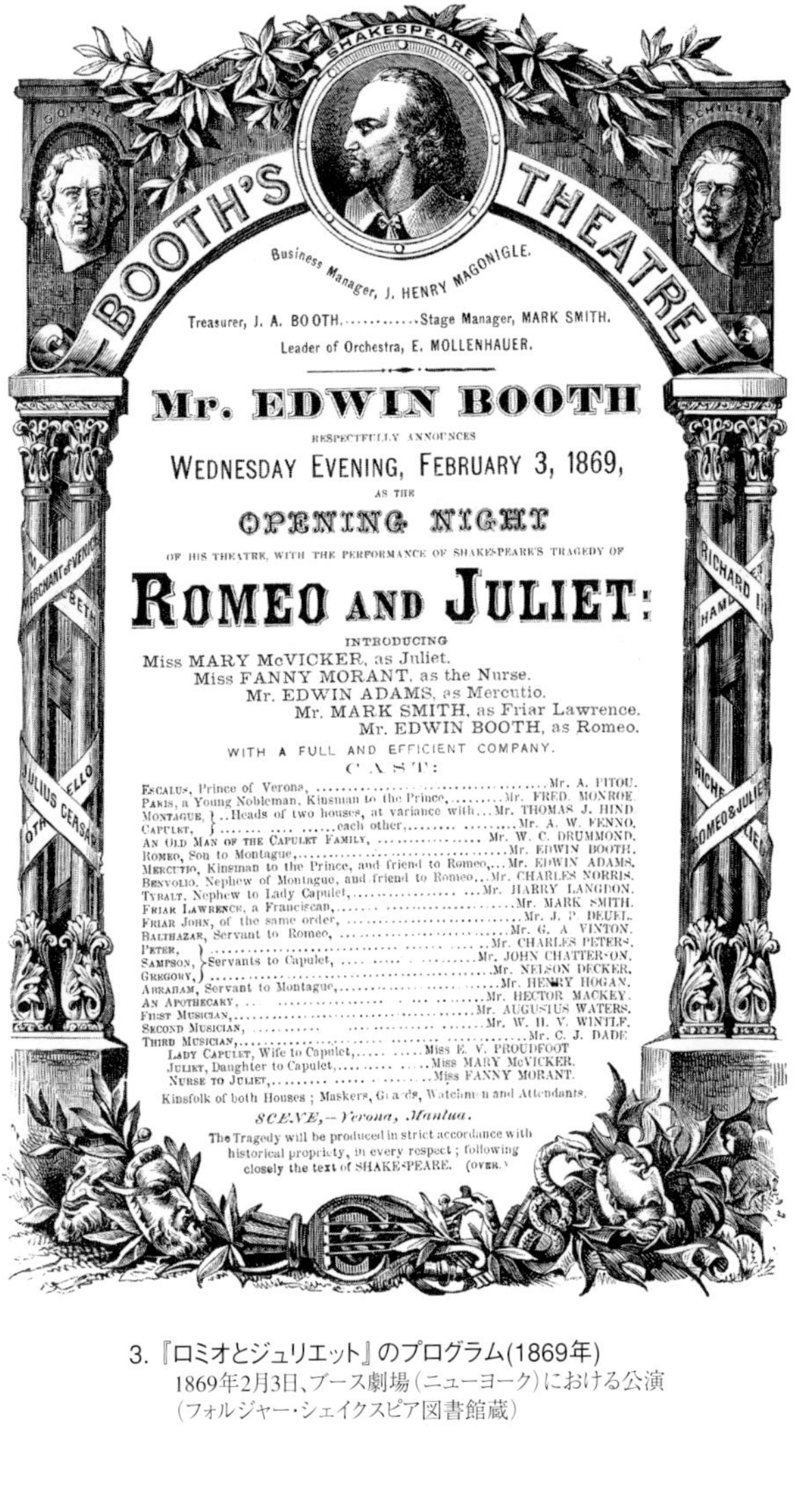
SHAKESPEARE

BOOTH'S THEATRE

Business Manager, J. HENRY MAGONIGLE.

Treasurer, J. A. BOOTH............Stage Manager, MARK SMITH.

Leader of Orchestra, E. MOLLENHAUER.

Mr. EDWIN BOOTH

RESPECTFULLY ANNOUNCES

WEDNESDAY EVENING, FEBRUARY 3, 1869,

AS THE

OPENING NIGHT

OF HIS THEATRE, WITH THE PERFORMANCE OF SHAKESPEARE'S TRAGEDY OF

ROMEO AND JULIET:

INTRODUCING

Miss MARY McVICKER, as Juliet.
Miss FANNY MORANT, as the Nurse.
Mr. EDWIN ADAMS, as Mercutio.
Mr. MARK SMITH, as Friar Lawrence.
Mr. EDWIN BOOTH, as Romeo.

WITH A FULL AND EFFICIENT COMPANY.

CAST:

Escalus, Prince of Verona, ...Mr. A. FITOU.
Paris, a Young Nobleman, Kinsman to the Prince,.........Mr. FRED. MONROE.
Montague, } ..Heads of two houses, at variance with...Mr. THOMAS J. HIND.
Capulet, } ....each other,........ ....Mr. A. W. FENNO.
An Old Man of the Capulet Family, ... Mr. W. C. DRUMMOND.
Romeo, Son to Montague,..Mr. EDWIN BOOTH.
Mercutio, Kinsman to the Prince, and friend to Romeo,...Mr. EDWIN ADAMS.
Benvolio, Nephew of Montague, and friend to Romeo...Mr. CHARLES NORRIS.
Tybalt, Nephew to Lady Capulet,................... ...Mr. HARRY LANGDON.
Friar Lawrence, a Franciscan,....... ....Mr. MARK SMITH.
Friar John, of the same order, ...Mr. J. P. DEUEL.
Balthazar, Servant to Romeo, ...Mr. G. A. VINTON.
Peter, } ....Mr. CHARLES PETERS.
Sampson, } Servants to Capulet, ...Mr. JOHN CHATTERTON.
Gregory, } ....Mr. NELSON DECKER.
Abraham, Servant to Montague,..................................Mr. HENRY HOGAN.
An Apothecary, ...Mr. HECTOR MACKEY.
First Musician,...Mr. AUGUSTUS WATERS.
Second Musician, ...Mr. W. H. V. WINTLE.
Third Musician,...Mr. C. J. DADE.
Lady Capulet, Wife to Capulet,....... .....Miss E. V. PROUDFOOT.
Juliet, Daughter to Capulet,......... .....Miss MARY McVICKER.
Nurse to Juliet,........ ....Miss FANNY MORANT.

Kinsfolk of both Houses ; Maskers, Guards, Watchmen and Attendants.

SCENE,—Verona, Mantua.

The Tragedy will be produced in strict accordance with historical propriety, in every respect ; following closely the text of SHAKESPEARE. (OVER.)

3. 『ロミオとジュリエット』のプログラム(1869年)
1869年2月3日、ブース劇場（ニューヨーク）における公演
（フォルジャー・シェイクスピア図書館蔵）

THE KING AS JULIET.

4.「ジュリエットに扮する王様」
マーク・トウェイン『ハックルベリー・フィンの冒険』
(1884)の初版に付されたイラスト

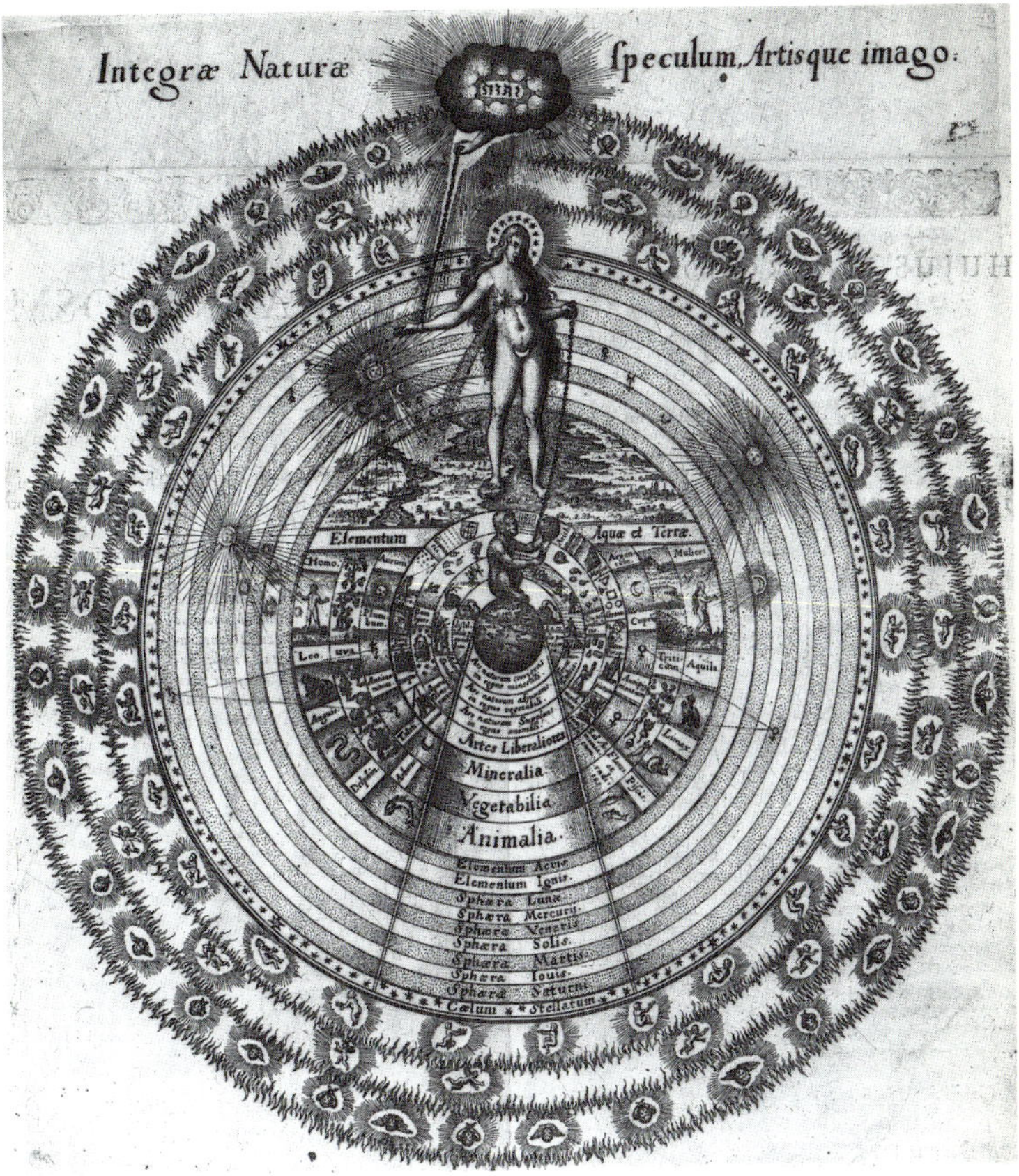

5. ロバート・フラッドによる「人、自然、神の統合をあらわすプトレマイオス的宇宙図」（1617-21年）
（ハーヴァード大学ホートン図書館蔵）

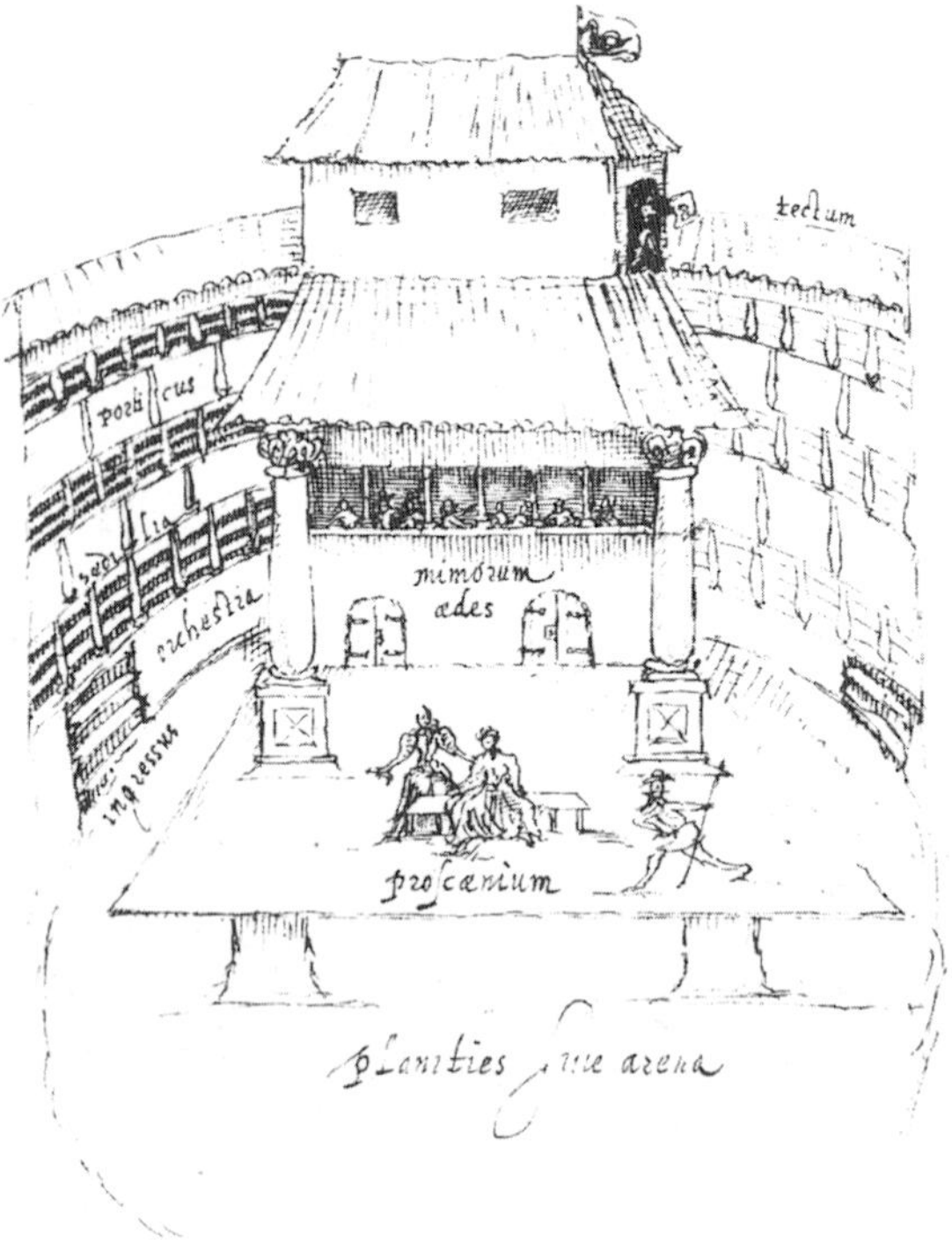

6. ジョナサン・デ・ウィットによるスワン座（ロンドン）のスケッチ(1596年頃)

エリザベス朝時代の公衆劇場《パブリック・シアター》内部を描いた、現存する唯一の図版

（ユトレヒト大学図書館蔵）

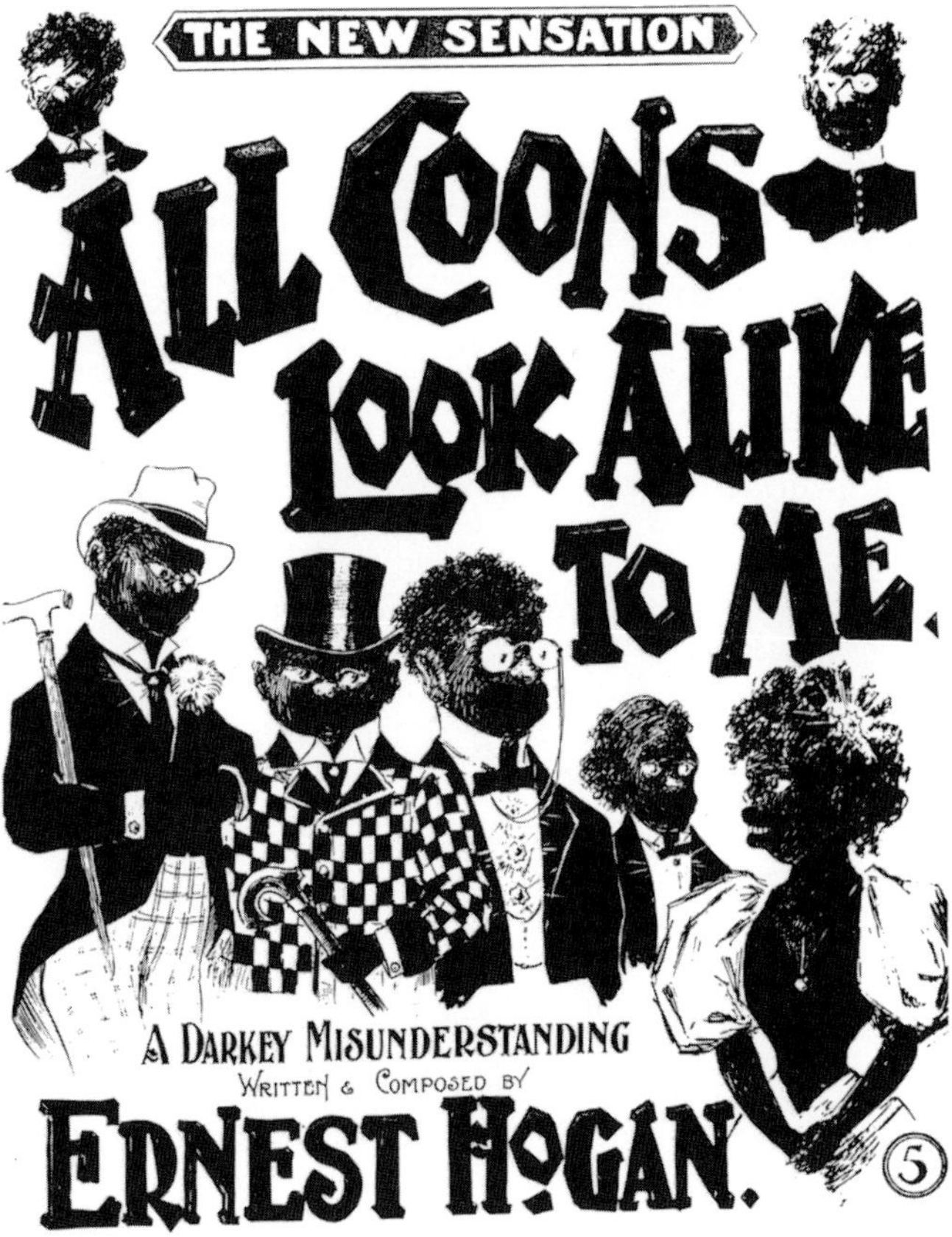

7.『クーンはみんな同じ』楽譜表紙(1896年)
（ニューヨーク公共図書館ビリー・ローズ演劇コレクション蔵）

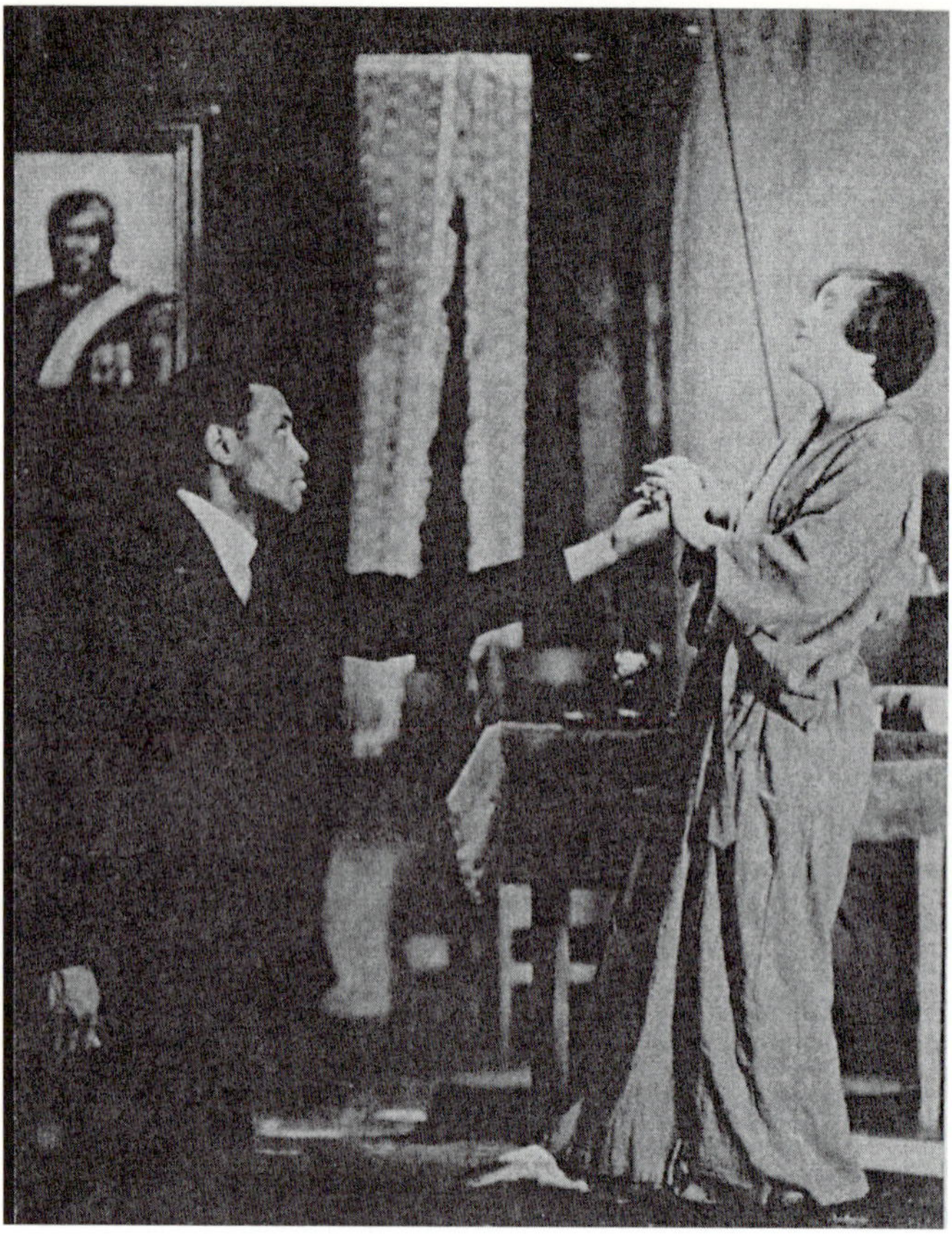

8.『すべて神の子には翼がある』でキス・シーンを演じるジム役のポール・ロブソン(1924年)
エラ役は白人女優メアリー・ブレア
(ニューヨーク公共図書館ショーンベルグ・センター蔵)

9. ブロードウェイ公演でオセローに扮するポール・ロブソン(1942年頃)
デズデモーナ役は白人女優ユタ・ヘイガン
(ニューヨーク公共図書館パフォーミング・アーツ分館蔵)

10. ロミオを演じるシャーロット・クッシュマンの版画(19世紀)
ジュリエット役は実妹スーザン・クッシュマン
(ハーヴァード大学ホートン図書館演劇コレクション蔵)

11. 『アンクル・トムの小屋』の公演ポスター(19世紀)
ジェイ・リアル演出によるトム・ショーのひとつ。ポスターには奴隷狩り犬に追われるエライザが描かれているが、こうした設定はストウの原作にはない
(ニューヨーク市立博物館蔵)

12. ミュージカル『王様と私』の劇中劇「トマスおじさんの小屋」舞台写真(1951年頃)
左からエヴァ役はシェリー・ファレル、トプシー役はイナ・カーランド、
トマスおじさん役はダスティ・ウォレル。ボブ・ゴルビー撮影
(ニューヨーク公共図書館蔵)

図版の提供、掲載許可をくださった各所蔵元に感謝する(著者)

アメリカン・シェイクスピア＊目次

凡例　6
はじめに　小文字で始まるshakespeare　7

第一部

第一章　新大陸のシェイクスピア――三枚のポスターを通して　27
第二章　丘の上の地球座――初期ピューリタンの説教にみる世界劇場　65

第二部

第三章　いたずらオセロー――フレデリック・ダグラスの『自伝』（一八四五）と黒人大衆演劇の伝統　93
第四章　オセローの息子たち――ユージーン・オニール『すべて神の子には翼がある』（一九二四）再考　127

第五章　闘うジュリエット――女優アナ・コーラ・モワットと家庭神話　151
第六章　男装のロミオ――シャーロット・クッシュマンをめぐる言説　181
第七章　プロスペロの脚本――『アンクル・トムの小屋』と『王様と私』の文化帝国主義　211
むすびに　新しいアメリカ演劇史にむけて　237
あとがき　243
初出一覧
参考年表
参考・引用文献
索引

本扉図版　バーナムとジャンボのマンガ
題「仲間ぼめ」、トマス・ナスト画
（『ハーパーズ・ウィークリー』一八八二年四月十五日号掲載）

アメリカン・シェイクスピア　初期アメリカ演劇の文化史

凡 例

・シェイクスピア作品からの引用は、*The Riverside Shakespeare* 第二版 (Boston&New York: Houghton Mifflin, 1997) による。

・シェイクスピア作品の翻訳は、『シェイクスピア全集』(小田島雄志訳、白水社、一九八三年) により、文脈に応じて一部を改めた。登場人物名の日本語表記はピーター・ケネル&ハミシュ・ジョンソン『シェイクスピア人名事典』(荒木正純訳、東洋書林、一九九七年) による。そのほかの引用文はすべて拙訳によるが、既訳がある場合はそれを参照し文脈に応じて一部を改めた。

・シェイクスピア作品の創作年は高橋康也・喜志哲雄・大場建治・村上淑郎編『研究社シェイクスピア辞典』(研究社出版、二〇〇〇年) による。

はじめに──小文字で始まるshakespeare

「アメリカ」という単語こそ全作品に一回『間違いの喜劇』（一五九二）だけにしか登場しないものの、イギリス・ルネサンスを代表する劇作家ウィリアム・シェイクスピア（一五六四─一六一六）が新大陸に関するなんらかの知識を持っていたことは、既に多くの研究が指摘するところである。その『間違いの喜劇』では、ドローミオ弟がリュース（ネル）について「まんまるなところは地球そっくり、からだじゅうに世界中の国々があるんです」（三幕二場一一四─一五行）と説明する。そこで主人であるアンティフォラス弟が、ならば「アメリカや西インド諸島」はどこかと尋ねると、ドローミオ弟はそれはリュースの「鼻の上」にあたるのだと答える。

鼻の上です。ルビー、ザクロ石、サファイアといった、色とりどりのぶつぶつで飾り立て、スペインの熱い息にこれみよがしにするものだから、スペインははなはだ意気あがり、商船の大船団をはなばなしくくり出して積みこみにやりました。（三幕二場一三四─三七行）

またシェイクスピアの作品には「インド Indies」という単語も登場する。オックスフォード英語辞典によれば、この単語は元は「十五世紀と十六世紀にヨーロッパ人によって発見された西半球の土地」を意味したが、地理的概念の普及によってやがてインド、インドシナ、東インド諸島を指す「東インド」と、カリブ海を囲む島々を意味する「西インド」に分離した。十六世紀半ば以降は「西インド」と言えば「コロンブスとほかの初期の航海者によって最初に発見されたアメリカの各地」を指し、植民地化されたそれらの土地が本国の繁栄につながった歴史から派生して、「インド」は「豊かな富をもたらしたり、あるいは利潤の高い航海が期待できる地域や場所」の比喩にもなった。『ウィンザーの陽気な女房たち』（一五九七）のフォルスタッフはフォードの女房とページ夫人を「東西両インド」に見立ててふたりをたらし込む算段をし（一幕三場七一―七二行）、『ヘンリー八世』（一六一三）では、新しい王妃アン・ブリンが「王は全インドの富をその手にされたわけだ、いや、／それ以上だろう、あのご婦人をお抱きになるときは」と褒め称えられる（四幕一場四五―四六行）。

このような単語そのものに限らずとも、シェイクスピアが最後のロマンス劇『テンペスト』（一六一一）を書き上げた時期はまさしくアメリカへの植民活動が本格化した時代と重なっており、執筆にあたって多かれ少なかれ新大陸の状況が念頭にあったことは確かだろう。作品の題名であり、物語展開の発端ともなる嵐のモチーフは、新大陸に関する情報から得たらしい。一六〇九年、植民のため新大陸のヴァージニアに向かった船が途中で嵐に遭遇し、バーミューダ諸島で難破する事件があった。この一件を報告するウィリアム・ストレイチーによる一六一〇年七月十五日付けの手紙を、劇作家がその年の秋頃に読んだと思われるのだ。『テンペスト』初演年は不明だが、一六一一年十一月一日にジェイムズ一世の御前で上演された記録があるので、遅くともこの時期までには完成していたことになる。

ここで『テンペスト』の物語をまとめておこう。ナポリ王アロンゾーとミラノ大公アントーニオの乗る船がひどい嵐に遭遇し難破する。この嵐は、孤島に住むプロスペロが復讐のために魔術で起こしたものだ。かつてのミラノ大公プロスペロは、十二年前、魔術の研究にかまけるうちにナポリ王と組んだ弟アントーニオに謀られてその座を追われ、幼い娘ミランダと共に命からがらこの島に流れ着いたのだった。島にはアルジェの魔女シコラクスの息子キャリバンが住んでいた。プロスペロはまずキャリバンの教育を試みたが、邪悪な性質ゆえにそれを受け付けなかったため、今は奴隷として働かせている。シコラクスに虐げられていた精霊エアリアルは助けてやり、召使いにしている。プロスペロは、遭難したナポリ王子ファーディナンドと娘ミランダを引き合わせる一方、アロンゾーらに対しては魔術を使って仕返しを試みる。一行の給仕頭ステファーノーと道化トリンキュローに酒をおごられたキャリバンは、プロスペロを殺してステファーノーを王にしようと画策するが、プロスペロの知るところとなり失敗に終わる。プロスペロはやがて慈悲の心を取り戻し、息子は死んだものと絶望していたナポリ王に王子の無事を教える。和解が成立し、ミランダとファーディナンドは結婚を約束、全員が揃って祖国へ帰ることが決まった。キャリバンが反逆を悔いて忠実になることを誓い、エアリアルは自由の身を約束されたところで、物語は大団円を迎える。

旧大陸から新大陸に向けられた視線が「シェイクスピアリアン・アメリカ」とでも呼ぶべきアメリカの姿を提示する一方で、アメリカの側もごく早いうちからシェイクスピアを強く意識していた。シェイクスピアはもっとも早い植民と共に大西洋を越えて新大陸の演劇伝統に移入されていく。言うなれば、シェイクスピアは、『テンペスト』において大公プロスペロとその娘ミランダが奴隷のキャリバンに教えた言葉と同じく、宗主国イギリスが植民地アメリカに施した「文化の恩恵」であった。アメリカは読書と公演活動を通してこの文化の恩恵を積極的に模倣し吸収したのである。

『テンペスト』批評の変遷をたどると、十九世紀末以降、シドニー・リーの『シェイクスピアの生涯』（一八九八）を皮切りにフランク・M・ブリストルや、ウォルター・アレクサンダー・ローリーを経て、ロバート・ロールストン・コーリーらにいたるまで、この作品に新大陸の状況を当てはめる解釈は広く認識されてきた。すなわち、プロスペロとキャリバンの関係にイギリス植民によるアメリカ先住民、いわゆるインディアンの支配を重ね合わせようというものである。一九六〇年代にはレオ・マークスの『楽園と機械文明』(一九六四)、レスリー・フィードラーの『消えゆくアメリカ人の帰還』(一九六八)と『シェイクスピアにおける異邦人』(一九七二)が、劇作家本人の意図や意識を越えて『テンペスト』を後世のアメリカ的な寓話の原型を示す予言的テクストとして比喩的に読んでみせた。やがて一九八〇年代以降のポスト・コロニアリズム的解釈が現れるに及んで、ついにこの作品はあらゆる植民地帝国主義的な権力関係を表象するテクストとして読み直され、旧植民地出身の作家たちによって多様な改作の手を加えられるにいたった。この間の事情をアーデンとヴァージニア・メイソン・ヴォーンは『キャリバンの文化史』(一九九一)において次のように言う。

受容は翻案、改作することでもある。シェイクスピア劇の精神や登場人物から多くを借りながら、そのテクストそのものには頓着しないやり方。もちろん、解釈、利用、翻案を隔てる境界線は厳密なものではない。私たちが言いたいのは、キャリバンの長旅が、劇の文芸批評や上演からしばしば離れて、少なくとも直接にはシェイクスピアの劇とはほとんど関係のない社会的政治的問題や芸術的発明へと、横道に逸れていったということだ。何世紀も経つ間に、キャリバンが仕えた主人の数は多い。そうしたなかには『テンペスト』を読んだこともなく、あるいは読みたいとも思わなかった者がいることだろう。キャリバンとは、端的に言って、文学的形象であると同時に、文化的イコンなのである。(ヴォーン xxi 頁)

キャリバンはすべての「搾取された先住民として、その住む大陸や肌の色にかかわりなく、ヨーロッパ

や アメリカのプロスペロたちから、自由と威厳と自己決定権を闘いとる存在」(xxii頁) を指示する「ひとつの重要な『象徴的表現』、つまり空間や時間、地理や時代によって変化する文化的記号《シニフィアン》」(xvii頁) となった。するとルネサンス期のイギリスで書かれた『テンペスト』というテクストに、植民地時代から現在までのアメリカにおけるあらゆる白人と非白人をめぐる支配関係を読み込むことが可能になるのである。(1)

ところが、このような『テンペスト』をめぐる一連の批評で見落とされてきたのが、アメリカ合衆国の持つ「キャリバン」としての性質である。十九世紀後半からこのかた繰り広げられた帝国主義的活動と、その結果得られたこんにちの揺るぎない国際的地位ゆえに、アメリカは支配する側、すなわち「プロスペロ」として捉えられてきた。あるいは、アメリカが「移住」によって形成された植民地だったことも関係があるだろう。インドやナイジェリアなど先住民が自身の土地で植民化された「侵略」による社会に対して、アメリカやカナダ、オーストラリア、ニュージーランドなどでは、ヨーロッパの植民が先住民から奪った土地に元の言語を温存したまま本国の文明を移植して、やがて政治的独立を果たした。そのため支配者と被支配者の差異が目立たなかったのである。しかし十七世紀の新大陸入植当時の状況に立ち戻ってみれば、アメリカ植民は先住民インディアンに対しては確かに「プロスペロ」だったが、それと同時に、イギリス本国との関係においては「キャリバン」でもあった。アメリカは紛れもなくかつての植民地であり、アメリカ人はヨーロッパ系移住者の子孫という点でクレオールであり、その文学はポスト・コロニアル文学の特徴を備えている。

ヨーロッパ諸国の旧植民地にもたらされた「文化の恩恵」を問い直し、搾取と人種差別の問題を提起するポスト・コロニアル批評では、イギリスの旧植民地では本国とは異なる独自の英語文学が発展したと考える。被植民者は宗主国の「文化の恩恵」を享受し模倣するが、批評家ホミ・K・バーバの擬態《ミミクリー》論によれば、その擬態行為は決して完璧であることはない。オリジナルとコピーの間には必ず差異が生じて、やがてコピーはオリジナルを脅かす存在になるという。

> 植民地における擬態行為は、改造されて認知されるような他者、すなわちほとんど同じだが同じではない差異の主体になろうとする欲求である。言うなれば、擬態の言説はあいまいさの周辺に形成され、効果を生み出すためには擬態は常にずれ、過剰、差異を産出し続けなければならないのである。（バーバ　八六頁）

ポスト・コロニアル文化は宗主国文化と「ほとんど同じだが同じではない」のだ。したがって旧植民地で生まれた英語文学もまた、本国イギリスの文学を模倣することから出発しながら、やがて土着の文化伝統と混合し創出された異種混淆《ハイブリッド》的な新しい英語文学となる。ポスト・コロニアル批評理論ではこのようにして植民地で発展した文学を、本国で発展した英文学（大文字で始まるEnglish literatureと称される）と区別するために、小文字で始まるenglish literatureと表記する。

だとすれば、植民地アメリカが吸収したシェイクスピアも、大文字で始まるEnglish literatureから小文字で始まるenglish literatureに変身したと考えられるだろう。「アメリカが過去二世紀にわたって、本国の都市的文化の中心《メトロポリタン・センター》との間で展開してきた関係は、ほかのあらゆるポスト・コロニアル文学のパラダイムとみなすこともできる」（アッシュクロフト他　二頁）からである。シェイクスピアはもはやイギリスの専売特許とは言えない。それはイギリスからアメリカに移入された段階で既に異種混淆的なアメリカ独自の文化のかたちへと発展する運命にあった。言わば、新大陸において、大文字で始まるShakespeareは小文字で始まるshakespeareへと変貌を遂げたのである。では、宗主国から与えられた最大の「文化の恩恵」であるシェイクスピアの伝統は、いかなる特異な政治的、社会的、文化的条件のはたらきによってアメリカ文学と演劇文化に取り込まれ自然化されていったのだろうか。本書の目的はその諸条件の一端を解明することにある。

アメリカとシェイクスピアの仲は深い。

十七世紀初期植民地時代から始まる関係史は第一章で詳述するが、その長い関わりゆえにアメリカ人はシェイクスピアについて実に多くを書き残してきた。十九世紀中葉にアメリカの文化的自立を促したアメリカン・ルネサンスの文人に限ってみても枚挙にいとまが無い。ヘンリー・デイヴィッド・ソロー（一八一七―六二）は「アメリカ文学に対する外国の影響の功罪」（一八三六）において、アメリカがいまだシェイクスピアを代表とするイギリス文化に依存する現状を嘆き、自国文化の育成を呼びかける。ラルフ・ウォルドー・エマソン（一八〇三―八二）の『代表的人間像』（一八五〇）はヨーロッパ文明を代表する六人のひとりにシェイクスピアを挙げている。エマソンのいう天才とは、伝統や文化を取り込みながら同時代を包括するという意味において、その時代の「代表的人間」であり、手本として周囲の人びとを狭い天地から解放し真理を示す効用を持つ。シェイクスピアの偉大さは個人的な独創性や劇作能力ではなく、人生の知恵を示しうる詩人かつ哲学者であった点にあると主張する。詩人ウォルト・ホイットマン（一八一九―九二）は一八八〇年代にシェイクスピアに関する論考をいくつも残して、劇作家の芸術的価値を認めながらも、作品の持つ貴族的かつ封建的な時代背景はリアリズムと科学と民主主義を標榜すべきアメリカとは相容れないと論じた。ピーター・ローリングスが編纂した資料集『アメリカ人のみたシェイクスピア』（一九九九）には、独立戦争から第一次世界大戦までのの べ四十人のアメリカ人による六十ものシェイクスピアに関する言及が集められており、それらからはシェイクスピアに慣れ親しんで敬愛の念を抱いたり、羨んで反発したりしたアメリカ人の揺れる心情が読み取れる。

ここで、同時代のみならずアメリカ文学全体をも代表する十九世紀小説家ハーマン・メルヴィル（一八一九—九一）を取り上げて、彼とシェイクスピアとの関係について少し触れよう。キー・パーソンとなるのは、これまたアメリカン・ルネサンスの代表にしてメルヴィルの師匠格だったナサニエル・ホーソーン（一八〇四—六四）である。父親の死後ろくに学校にも通えず水夫として洋上に暮らしていたメルヴィルは、既に作家として活動していた一八四九年二月、二十九歳の頃、シェイクスピアを初めて本格的に読んだ。その際大きな感銘を受け、編集者エバート・ダイキンクに宛てた手紙でシェイクスピアを聖人扱いしたりイエス・キリストや大天使たちになぞらえたりしている（『書簡集』七七頁）。さらに一八五〇年初夏から一年にわたってシェイクスピアを精読し直している。ちょうどその真っ最中の一八五〇年八月五日、メルヴィルはホーソーンと運命的な出会いを遂げた。ダイキンクの誘いでふたりを含む数人でモニュメント山にピクニックに出かけたのだ。メルヴィルは九月にホーソーンが住むマサチューセッツ州バークシャー地方に引っ越すほどこの先輩作家を慕い、その交際は翌年十一月にホーソーンがマサチューセッツ州のコンコードに移り住むまで続いた。

シェイクスピアを読み返し、ホーソーンと親交を暖めたこの一八五〇年夏から翌年秋までの時期に、メルヴィルはふたつの作品を世に出している。そのひとつはホーソーンの短篇集『旧牧師館の苔』（一八四六）に関する書評「ホーソーンとその苔」で、一八五〇年八月にダイキンクが編集長を務める雑誌『文学界』に二度に分けて発表された。この論文でメルヴィルは、優れた文学とは人間の明るい面ではなく暗い闇の性質を描くものであり、ホーソーン文学の本質もカルヴィニズムに基づく「暗黒」にあるという。しかもその「暗黒」はシェイクスピアとも共通する要素なのだ。

わたしをそれほど魅惑してやまないのは、今わたしが述べてきた、ホーソーンのうちのあの暗黒なのである。(中略) 彼の背景の持つ無限の暗さに貢献しているものは、ほかならぬこの暗黒なのである。しかもこの背景とは、まさしくあのシェイクスピアが、彼のこの上なく壮大な思想、すなわちシェイクスピアに、もっとも深淵な思想家というあの最高の、だがもっとも限定された名声を与えることになった思想を展開している、あの背景なのである。(五二二頁)

ここでメルヴィルは、ホーソーンをアメリカのシェイクスピアと見なしているのである。

わたしは、セイラムのナサニエルの方が、エイヴォンのウィリアムよりも偉大だとか、あるいは同じくらい偉大だと言っているのではない。だが、このふたりの間の差は、計り知れないほど大きいものではない。むしろその差は小さい。そしてまことに、ナサニエルはウィリアムにほかならなかった。(五二五頁)

アメリカはシェイクスピアの文化伝統の影響を大きく受けてきたが、メルヴィルは「アングロ・サクソン的迷信」(五二四頁)と化した、こうしたシェイクスピアへの盲目的な崇拝、ひいては旧宗主国文化への依存をやめるよう主張する。

しかし、アメリカ人、すなわち共和政的進歩主義を人生のみならず文学にも取り入れなければならない人間にとって、これはなんたる信仰だろう? 読者諸氏よ、嘘ではない、実際にシェイクスピアに匹敵する人物達が、こんにち、オハイオ川の河畔に生まれつつあるのだ。(五二四頁)

かくしてメルヴィルは、シェイクスピアと同じくらい偉大な文学者、すなわちホーソーンが新大陸にも生まれつつあると唱え、アメリカの文化的独立を高らかに宣言するのだった。「ホーソーンとその苔」は単なる書評の域を超えて、メルヴィルの文学観と愛国精神の表明となっている。

この時期に書かれたもうひとつの作品は『白鯨』(一八五一)である。白鯨モービィ・ディックへの復讐を誓い、これを執拗に追いかけるエイハブ船長を描く大作が、シェイクスピアの影響を受けているらしいことには多くの指摘がある。F・O・マシーセンの古典的批評書『アメリカン・ルネサンス』(一九四一)によれば、第七〇章の釣り上げられ解体された鯨の頭に向かって人生を問うエイハブの姿は、ハムレットが墓場で道化ヨリックのシャレコウベに語りかける第五幕第一場の反復であるという。またチャールズ・オルソンは、エイハブと航海の途中で頭がおかしくなってしまう黒人少年水夫ピップとの関係に、リア王と道化との関係を見いだしている。作品中、物語の語り手であるイシュメイルはエイハブを悲劇の主人公に見立てて、そのエイハブの行動を描写する悲劇作家としての自分の役割を述べており(一二七頁)、その悲劇の物語が完結する「エピローグ」は「劇《ドラマ》は終わった」(四二七頁)なる一文で始まる。

文体や構成においても戯曲の手法が全編にわたって見受けられる。たとえば、第三七、三八、三九章はそれぞれ順にエイハブ、スターバック、スタッブの独白から成る。独白とは役者が舞台上のほかの登場人物との関係から離れて、多くの場合は観客に向かって自分の心情を朗々と述べる手法だが、これこそシェイクスピアに代表される古典悲劇の常套手段であった。それに続く第四〇章は船員たちのせりふとト書きだけで構成された台本形式で綴られる。しかも『白鯨』に反映されたシェイクスピアのせりふや人物・物語設定は実に多く、一説には全ページに必ずひとつはこの劇作家を想起させる言い回しがあるという。本文に入る前の「鯨にまつわる過去の文章」を集めた箇所からして『ヘンリー四世・第一部』と『ハムレット』の引用を含み、目次を一読しただけでも、第三一章「夢魔の女王《クイーン・マブ》」の章題はただちに、

『ロミオとジュリエット』においてロミオの親友マキューシオが「夢魔の女王」について語る第一幕第四場の長ぜりふを想起させる。

だが、こうした類似も『白鯨』が執筆された経過を考えれば、さほど不思議なことではない。メルヴィルは一八五〇年の前半にこの作品を執筆し、夏までにはある程度のかたちに仕上げていた。同年五月一日付けリチャード・ヘンリー・デーナ・ジュニア宛ての手紙でメルヴィルは「半分書き終えた」（「『白鯨』創作期の書簡」五三三頁）と言い、八月七日にはダイキンクが「メルヴィルは新しい本をほとんど書き終えた。これは捕鯨に関するロマンティックで空想に満ちた文学的にしてもっとも楽しい物語で、とても斬新な作品だ」（レイダ　三八五頁）との手紙を弟に送っている。ところが、その翌年六月二十九日のホーソーンに宛てた手紙ではメルヴィルは「鯨の話はようやく半分終わりました」（「『白鯨』創作期の書簡」五四三頁）と報告しており、同年秋に出版された作品は「ロマンティック」で「もっとも楽しい物語」とはほど遠い、人間の暗黒面を晒し出す長大な悲劇に仕上がっていた。この『白鯨』の「原型」を書いた一八五〇年初夏から実際に完全版を仕上げた翌年夏までの間、メルヴィルになにがあったのかは既に述べた通りである。こうしてみると、『白鯨』は献辞でホーソーンに捧げられているが、ホーソーンがアメリカのシェイクスピアにたとえられている点も考え合わせれば、この大作はシェイクスピアに捧げられたのだとも言えるだろう。メルヴィルとホーソーンとシェイクスピアの三角関係は、アメリカとシェイクスピアの大西洋横断的《トランス・アトランティック》な交渉を象徴する文学史上の一例として興味深い。

アメリカとシェイクスピアの関係は深く、その関わりは今世紀初頭から研究者たちが関心を寄せる的であった。特にアメリカにおけるシェイクスピア受容の経緯を追う歴史研究の分野では、目を見張る成果があがっている。十八世紀に活躍したアメリカ初の本格派プロ劇団であるルイス・ハラム一座を皮切りに、上演史を徹底的に洗うチャールズ・H・シャタックの二巻本『アメリカの舞台におけるシェイクスピア』（一九七六、一九八七）を頂点に、古くはエスター・C・ダンの『アメリカのシェイクスピア』（一九三九）があり、近年では、個々の作品の上演史を追うデニス・バーソロミューズ（一九八二）やジョン・リプリー（一九八〇、一九九八）、西部へのシェイクスピア浸透を追うヘレン・クーン（一九八九）らの業績が目を引く。アルフレッド・V・R・ウェストフォールの『アメリカにおけるシェイクスピア批評』（一九三九）は十七世紀から十九世紀半ばまでのシェイクスピアをめぐる出版、批評、文学研究の動向を探る大著である。新しいところではマイケル・D・ブリストル（一九九〇）がシェイクスピア産業の発展を促進したさまざまな制度を取り上げている。ヘンリー・W・サイモン（一九三二）とジョン・H・ラウク（一九九〇）の著作は共に、学校教育と教科書がシェイクスピアをいかに活用したかを考察する。[2]

これら先行業績のうち本書にとって特に有用だったのは以下の三点である。

ひとつはローレンス・W・レヴィンの『ハイブラウ／ローブラウ』（一九八八）で、シェイクスピアを西洋エリート文化の代表に規定する根強い定説に異を唱える。つい百年前までアメリカでは、シェイクスピアは上流階級にも下層階級にも広く支持されていた（＝ポピュラーだった）という史実を例に、「大衆《ポピュラー》」文化が必ずしも従来考えられてきたように「低俗《ロー》」文化を意味するのではないと喝破する。シェイクスピアが十九世紀社会において占めた位置を確認する作業は、文化ヒエラルキーの恣意性を暴露し、必然的にハイブラウとローブラウの区別を無効化するのである。

ふたつにはこのレヴィンの路線を踏襲するものとして、ハリエット・ホーキンズの『古典と通俗』（一九九〇）に収められた一章「リア王《キング・リア》からキング・コングへ、さらにその逆」がある。ホーキンズは現代社会において古典文学を教える意義を問われて、大衆文化が古典文学にいかに深く負っているかに着目した。数多くのハリウッド映画やブロードウェイ・ミュージカルが古典文学から原案を得ていることを考えれば、大衆文化は古典への導入としての機能を持ち、反対に古典は大衆文化の基礎をなすものとして新しい価値を発揮するというのである。おのずと文化区分は解体され、よってシェイクスピアの悲劇『リア王《キング・リア》』という古典とハリウッドの通俗映画『キング・コング』を同列で扱うことさえ可能になる。

　みっつには、アメリカ人がシェイクスピアについて書き記した文章を集めた前述ローリングスの『アメリカ人のみたシェイクスピア』なる資料がある。書き手はワシントン・アーヴィング（一七八三—一八五九）、ジェイムズ・フェニモア・クーパー（一七八九—一八五一）、ソロー、エマソン、エドガー・アラン・ポー（一八〇九—四九）、メルヴィル、ホーソーン、ホイットマン、ヘンリー・ジェイムズ（一八四三—一九一六）、マーク・トウェイン（一八三五—一九一〇）といった文人から、合衆国大統領ジョン・クインシー・アダムズとエイブラハム・リンカーン、十九世紀後半より世紀転換期までの演劇界を代表する演出家オーガスティン・デイリー（一八三八—九九）や劇評家ウィリアム・ウィンター（一八三六—一九一七）にまで及ぶ。シェイクスピアが同時代の哲学者フランシス・ベイコンだったと主張した、十九世紀のアメリカ人女性ディーリア・ベイコン（一八一一—五九）の文章や、彼女の著作にホーソーンが寄せた序文なども収録されている。こうした一次資料のみのアンソロジーは今まで例がない。

　ところが豊富な先行研究にもかかわらず、シェイクスピアの伝統をアメリカ文化と文学の文脈に隠喩的に読み込む研究はいまだ少なく、ここにさらなる多様な読みを展開する余地が残されている。シェイクスピアは演劇のあらゆる側面に、またピューリタンの説教に始まり現代文学にいたるまでの文学全般に、かたちを変えながら取り込まれてきた。シェイクスピアが四百年にわたるアメリカ文化に継承されていることを提示できれば、アメリカ精神の一端を明かす有効な指針をも提供できるだろう。

　本書が目指すのは、シェイクスピア作品に込められた概念のエッセンスを抽出して、それがアメリカの国家と文化が形成される段階でいかに意識的・無意識的に模倣され変形していったか、その変容に光を当てることである。この意味においては、もはやシェイクスピアがアメリカを知っていたか、あるいは作品執筆にあたりなにを意図していたかといった劇作家個人の思惑は大きな意味を持たない。それというのも、前出のヴォーンに倣うならば、『テンペスト』のみならずシェイクスピアそのものが長年の翻案改作、解釈、再構成、再利用を通過した結果、普遍的な人間、社会、真理を指示する「文化的記号《シニフィアン》」となったからである。その意味で、本書中の「シェイクスピア」という単語は、実在したウィリアム・シェイクスピアとその著作から実際の上演、作品から抽出されうる思想、シェイクスピアをめぐる伝統や制度といったものまで、それが持ちうるもっとも広い語義で使われる。さらに「アメリカ」なる単語もまた、植民当初から現在までの新大陸、アメリカ植民地およびアメリカ合衆国という地理上の領域を指すと同時に、そこに住む人間と彼らが作り出した文化、制度、思想、精神をも包括する複合的なものとなる。本書はこうした広く曖昧な意味におけるアメリカとシェイクスピアの相互交渉をたどることによって、初期アメリカ演劇の文化史の一面に光を当てようとする試みである。

本書の概略は以下の通りである。

第一部では前段階としてまず、十九世紀アメリカ演劇におけるシェイクスピアの受容と変容をもたらした文化的土壌を考える。第一章は、稀代のアメリカ人興行師P・T・バーナム（一八一〇―九一）による一八四七年に起きたシェイクスピアの生家買い付け騒動と、それを取り上げたトウェインの旅行記『赤道に沿って』（一八九七）のエピソードをヒントに、植民地時代から十九世紀までの、アメリカにおけるシェイクスピア受容を概観する。こうした実際的な側面を踏まえて初めて、第三章以降の隠喩的な側面の考察が可能になるだろう。アメリカ演劇は十八世紀に芽生えて十九世紀に花開いたのだが、第二章では十七世紀植民地時代までさかのぼり、アメリカン・ピューリタンの説教の場に、ルネサンス期イギリスと同じ世界劇場観を見いだす。

本書の中核となる第二部では、個々の人物とそのテクスト、同時代の演劇文化、そしてシェイクスピアといった三者のより具体的な関係を探る。第三章は、黒人奴隷解放運動家フレデリック・ダグラス（一八一八—九五）の自伝（一八四五）を例に、シェイクスピアの『オセロー』（一六〇四）が「自伝」というアメリカ的表現特有の文学装置を通じて受容された事を示し、さらに、ダグラスと同時代の黒人芸人を並列することによって新たなオセロー像の誕生を検証する。引き続き第四章では、ユージーン・オニール（一八八八—一九五三）の二幕劇『すべて神の子には翼がある』（一九二四）を黒人史、黒人演劇史および作者自身の伝記的事実に照らし合わせて、物語の主人公ジム、初演でジムを演じた黒人俳優ポール・ロブソン（一八九八—一九七六）、作家の実父ジェイムズ・オニール（一八四六—一九二〇）の三人に「アメリカン・オセロー」の継承をみる。第五章、第六章は『ロミオとジュリエット』（一五九六）をきっかけに、十九世紀アメリカにおける性をめぐる諸状況を考える。家父長制社会にあって、女優という職業はまったく異質な存在であった。彼女たちはいかなる言説を駆使して時代の家庭神話イデオロギーと折り合いをつけたのか。女優にして作家でもあったアナ・コーラ・モワット（一八一九—七〇）と、男装の麗人として人気を博したシャーロット・クッシュマン（一八一六—七六）を例に取り上げる。このように、シェイクスピアの伝統を模倣し自文化に取り込むという意味で、アメリカは「キャリバン」であったが、独立を勝ち取るや否や他者を抑圧する「プロスペロ」的側面も発揮するようになった。第七章は、劇作品に写し込まれた白人中心主義の変遷を、ハリエット・ビーチャー・ストウ（一八八一—九六）の『アンクル・トムの小屋』（一八五二）を舞台化した演劇ジャンル「トム・ショー」から、そのトム・ショーを劇中に取り込む二十世紀のブロードウェイ・ミュージカル『王様と私』（一九五一）までたどる。

「むすびに」においては、シェイクスピアを初期アメリカ演劇史のなかに位置づけて「アメリカ人劇作家」として読み直す本書の意図が、究極的にはアメリカ演劇史全般を、ひいては、演劇をもその一部とするアメリカ文学史を問い直し、書き直す契機となることを示す。

註

（1）多元文化主義の代表的研究者である日系三世のロナルド・タカキは少数民族を切り口にアメリカ合衆国史の再構築を試み続けている。注目すべきはタカキの研究に一貫して用いられる『テンペスト』のメタファーで、歴史を牛耳ってきた白人はプロスペロに、アメリカにおけるすべての被抑圧者はキャリバンにたとえられる。

（2）日本では、シェイクスピアがいかに新大陸を意識していたか、あるいは『テンペスト』がどれだけ植民活動や現地での情況を反映しているかといった視点に立つ研究は多い。しかし逆の問題意識はいまだ薄い。そのなかで次の二点は興味深い。中野春夫は「シェイクスピア時代のアメリカ」（二〇〇〇）という論考を発表している。一五八〇年代イギリスで芽生えたアメリカと先住民インディアンに対する楽天的な幻想は、「テンペスト」（嵐）に見舞われた末の過酷な植民活動と反抗的な先住民の実態が知られるにつれて崩れていった。『テンペスト』におけるキャリバンの複雑な表象は植民の善か悪かで揺れ動くインディアン観を反映しているというのだ。注目すべきは、この論考が『週刊朝日百科・世界の文学』の「南北アメリカ文学」を特集するシリーズ二十分冊のうち、第一巻目冒頭に掲載された点である。これはアメリカとシェイクスピアが歴史上も文学（史）的にも決して別個に存在するのでないことを示唆する。

他方、大場建治の『シェイクスピアの墓を暴く女』（二〇〇二）は十九世紀アメリカのディーリア・ベイコンなる一女性に光を当てた。ディーリアはシェイクスピアが哲学者フランシス・ベイコンだったと唱える大著『シェイクスピア戯曲の哲学の解明』（一八五七）を出版し、彼女のドン・キホーテを思わせる狂信的な執着はエマソンやホーソーン、トマス・カーライルといった同時代の文人たちをも巻き込む騒動に発展する。それもこれも、シェイクスピア崇拝と別人説がコインの裏表をなす十九世紀ロマン主義の産物だったからにほかならないのだ。大西洋の両岸で必死に真相を求めるディーリアの姿と共に、シェイクスピアとベイコンを取り巻いた十六世紀イギリスの時局と人間関係がつぶさに語られ、読者は「犯人（＝シェイクスピア）は誰か」を追う推理小説を読んでいるかのような高揚感を覚えるだろう。

第一部

第一章　新大陸のシェイクスピア――三枚のポスターを通して

シェイクスピアが生まれたイングランド中部ウォリックシャーに位置する町ストラットフォード・アポン・エイヴォンは、アメリカ人作家ワシントン・アーヴィングの作品集『スケッチブック』（一八一九―二〇）で紹介されて以来、文豪ゆかりの聖地としてアメリカ人の間にもその名を知られていた。記録によれば、ジョン・アダムズ、トマス・ジェファソン、ユリシーズ・グラントら合衆国大統領や南部連合国大統領ジェファソン・デイヴィス、あるいはナサニエル・ホーソーンやハリエット・ビーチャー・ストウといった作家たちもかの地を訪れている。

しかしながら、十九世紀も半ばを迎える頃には、シェイクスピアの生家は資金難に陥ってすっかり荒れ果ててしまっていた。当時は一般的に、有名人が生まれた場所よりも埋葬された場所のほうが人気が高いという事情があり、ストラットフォードの場合も生家よりホーリー・トリニティ教会に人びとの関心が集まっていたからである。最後の個人所有者アン・コート夫人が死去すると、代理人ジョージ・ロビンズは生家を競売にかけることを決める。競売を告知するポスター**（図版1）**によると、その「もっとも輝かしい時代とイギリスが誇る不滅なる詩人の心揺さぶる遺産にして、人類史上もっとも偉大な天才のもっとも栄誉ある記念物」の競売は一八四七年九月十六日に開催が予定された。[1]

すでに一八四〇年代初めから、イギリス国内には、シェイクスピアの生家がアメリカ人投機家の手に落ちてしまうのではと懸念する根強い噂があった。

一、二の熱狂的なアメリカ人が既に到着して、それ［生家］を持ち去る金勘定を始めている。家の建材はまだしっかりしているとのことで、台車に乗せて運び興行に繰り込んで見世物に仕立てるのもそう難しくはないようだ。我々はそうした冒瀆が行われないよう望み、また行われないことを信じている。（『タイムズ』一八四七年六月十五日）

これら「熱狂的なアメリカ人」のひとりが、十九世紀の新旧大陸で活躍した稀代の興行師P・T・バーナム（一八一〇―九一）である。バーナムは一八三五年、一介の老婆を初代大統領ジョージ・ワシントンの百六十一歳になる乳母だと触れ込んで見世物にし、一躍名を馳せた。一八四二年にマンハッタンに開場した「バーナムのアメリカ博物館」は、世界各地から集めた稀少な動物や植物、珍しい異文化、あるいはこびとや巨人、白子やシャム双生児などを展示する、すべての階級と年齢、性別に開かれた一大博覧会場だった。スウェーデンの歌姫ジェニー・リンドやこびとの「親指トム」の興行をプロデュースして、アメリカのみならずヨーロッパ各地も巡業してまわり、また一八七一年には大サーカス団を結成した。バーナムの見世物はきわものだったが、宣伝文句を巧みに操って人々の好奇心をあおり、人心に潜むゲテやペテンへの欲求に応えてみせる才能は紛れもなく天才的であったと言えよう。そのバーナムは一八四四年から四七年にかけて行った「親指トム」を連れたヨーロッパ巡業旅行の途中、生家競売の情報を聞きつけて、一八四七年には本格的に買収に乗り出した。生家を買い取り解体の上、船でニューヨークへ運んでアメリカ博物館に再現展示して、一儲けしようとたくらんだのだ。しかし、国家的文化遺産の国外流出を恐れたイギリス人は、いち早く「生家保存委員会」（のちのシェイクスピア生誕地記念財団《バースプレイス・トラスト》）

を結成して生家を国の重要文化財に指定、その保護に乗り出したため、この目論見は未遂に終わる。

さて、このバーナムの生家買い付け騒動はのちに、マーク・トウェインの旅行記『赤道に沿って』(一八九七)に、ほんの短くではあるが取り上げられた。この作品は、トウェインが一八九五年から翌年にかけてフィジー、オーストラリア、ニュージーランド、セイロン、インド、モーリシャス、南アフリカをまわった講演旅行の記録である。その第六四章に、かつてバーナムと仕事をしたことがあるという二等船客が登場し、乗り合わせた語り手、すなわちトウェインに向かって生家買収の裏話を始めるのだ。二等船客が話すところによると、バーナムははじめ、当時「皇太子と同じくらい国民に人気があり」、「イギリスの国の宝」(六三九頁)であった巨大アフリカゾウのジャンボを買収しようとしていた。しかしそれが不可能と知ると、その代わりにシェイクスピアの生家に目をつけたのだった。

「シェイクスピアの家を買うぞ。あの家をニューヨークの俺の博物館に持ってきて、周囲をガラスで覆って、神聖なものに仕立てよう。そうすれば、アメリカ中の人が集まって来てそれを拝むだろう。いやや、世界中から巡礼者が訪れるに違いない。そいつらに帽子を脱がせて敬意を払わせよう。アメリカでは、シェイクスピアが触れて神聖になったものに、どれほどの価値があるか、みんな知っているんだ。まあ、見てろよ。」(六四一頁)

第六四章による限り、バーナムは生家の買収に成功する。しかし、イギリス国民が「イギリスのかけがえのない財産」が「ヤンキーの安っぽい見世物」(六四一頁)に成り下がることに反対して大騒動となってしまった。そこでバーナムはイギリス国民に対して自分の非礼を詫び、生家を返還する代わりにジャンボを貰い受けたのだった。

トウェインの旅行記全体はドキュメンタリーだが、第六四章に記されたエピソードはどうもトウェインの創作のようである。現段階でもっとも信頼できる伝記のひとつであるA・H・サクソン『P・T・バーナム――伝説と実像』の記述によると、確かに一八八一年から翌年にかけて、バーナムはロンドン動物学会からジャンボを一万ドルで購入し、アメリカに連れて帰りサーカスの目玉にして大儲けしている（二九一―九八頁、**本書カバー裏・本扉図版**）だが、生家の競売とゾウの購入が時期的に三十年以上もずれている点からみて、ジャンボがシェイクスピアの代わりに提供されたものだったとは考えられない。複数あるバーナムの自伝をあたってみてもそうした記述は見あたらない。

ここで大切なのは第六四章の真偽追究ではない。生家がイギリスに保存されることになった経緯やジャンボが大西洋を渡った時期の特定は、今となっては多くの意味を持たないだろう。それよりも、そもそもバーナムがシェイクスピアの生家買収を試みたこと、さらにバーナムがシェイクスピアの生家買収を図った末に、その代償としてジャンボを手に入れるという物語をトウェインが作り上げたこと――ここには、アメリカにおけるシェイクスピアの位置を考えるにあたり、重要なヒントが隠されているのである。

トウェインもバーナムもシェイクスピアに親しんでいた。アンソニー・J・ベレットの研究によれば、トウェインはシェイクスピア劇の場面や言語、人物をみずからの作品に巧みに組み込んでいる。物語の元ネタとして使うのみならず、リアリスティックな言語、コメディの要素、あるいは人間の暗部を描き出す手法をシェイクスピアから学んでいた。しかも、トウェイン最後の作品は『シェイクスピアは死んだか？』（一九〇九）であり、これはシェイクスピアが同時代の哲学者フランシス・ベイコンの替え玉だったのではないかという、有名な疑惑を論じたものである。バーナムもアメリカ博物館の一角を占める劇場において、幾度もシェイクスピア劇を上演している（サクソン 一〇五頁）。しかしながら、アメリカにおけるシェイクスピア受容は、こうした個人のレベルにとどまるものではなく、植民地時代から独立・建国期を経て十九世紀にいたるまで、あらゆる、人種、階級、性差、地域にわたる言語空間において行われたものであった。

まずは、いかにシェイクスピアが新大陸に持ち込まれたのか、その移入史を植民地時代から紐解いていこう。

一　「文化の恩恵」として

北アメリカで、シェイクスピアの名前が初めて記録に登場するのは、十七世紀末のことである。すなわち一六八八年九月十八日付で書かれ、一七〇〇年四月三日に裁判所によって検認されたヴァージニアの法律家兼商人アーサー・スパイサーの遺書に、財産目録のなかの蔵書の一冊として『マクベス』(一六〇六)が記された。これこそ十七世紀アメリカに残された唯一のシェイクスピア記録である。このとき、最初のイギリス領植民地ジェイムズタウンが一六〇七年にヴァージニアの地に設立されて以来、実に百年の歳月が過ぎていた。以降、ヴァージニアのエドモンド・バークレーの遺書(一七一八年検認)とウィリアム・バードの遺書(一七四四年検認)にも、シェイクスピアの蔵書が記されている(ウィロビー 四八頁)。だが、初期植民地時代に読まれていたであろう作品の現物はいまだ確認できていない。これは、資産価値の低いパンフレット状の出版物は蔵書目録に明記されることも稀で、長く保存されることもなかったためと思われる。にもかかわらず、これら初期植民の遺書に残されたタイトルは、入植からこのかたずっとシェイクスピアが新大陸で読み継がれていた事実を示すだろう。なによりも、シェイクスピアが単独で書いた最後の作品『テンペスト』は植民地を念頭において書かれたと評されるように、この劇作家が活躍した時期とアメリカ植民地開拓の始まりは年代がぴたりと重なっている。ジェイムズタウンの設立は『リア王』(一六〇五)と『マクベス』の初演の直後の出来事であり、二番目のイギリス系植民地プリマスが設立された三年後の一六二三年には、初のシェイクスピア戯曲全集(いわゆる第一フォーリオ)の出版が始まる。シェイクスピア作品が同時代の植民と共に大西洋を渡ったと考えても、不自然ではない。実際、新大陸で最初に第一フォーリオを所有したのは、十七世紀後半にボストンで活躍した有力牧師コトン・マザー(一六六三―一七二八)だったという、未確認だが根強い説がある(ウィロビー 四九頁、ウェストフォール 三三頁)。ただし、ここで留意しなくてはならないのは、仮に十七世紀アメリカで人びとがシェイクスピアを読んでいたとしても、それが演劇として上演されることはなく、あくまで詩の作品として受け入れていたということだ。後述するように、この時代には、強固な反演劇感情が蔓延していたからである。

新大陸における演劇文化の発展は遅い。第一に、東部に移住した多くの人びとがピューリタニズムの宗教観によって演劇を不道徳と堕落の象徴と見なして嫌悪していた。他方、世俗的な貴族文化をはぐくんだ南部植民地では、比較的早い時期から演劇は容認されていた。前述したようなスパイサーやバークレー、バードらの、十七世紀末から十八世紀初頭にかけて書かれたシェイクスピアの蔵書タイトルを含む遺書も、すべて南部ヴァージニアのものである。加えて、演劇の発展に必要な条件が長く揃わなかった事情もある。一六〇七年のジェイムズタウン設立以後、大西洋沿岸には次々と植民地が設立されて、フィラデルフィア、ボストン、ニューヨーク、チャールストンといった都市も生まれた。とは言え、一七〇〇年の時点でイギリス領植民地における人口は合計三十万人を割る程度で、その九割は農業に従事していた。いまだ生活は苦しく、経済的にも時間的にも精神的にも、娯楽に費やす余裕は望むべくもない。北アメリカ初の演劇上演記録は、一五九八年に現在のテキサス州で行われたスペイン語による喜劇上演までさかのぼることができるが、本格的な演劇文化発展の基盤が整うのは、経済発達と人口増加による都市の成長を経た一七一〇年以降のことである。

一七一六年、植民地初の常設劇場がヴァージニア植民地の首都ウィリアムズバーグに建設され、一七六六年にはフィラデルフィア、一七六七年にはニューヨークも続いた。初のプロフェッショナルな劇団の公演は一七四九年、ウォルター・マレー（生没年不詳）とトマス・キーン（生没年不詳）の一座がフィラデルフィアで上演した、イギリス人随筆家ジョセフ・アディソンの『カトー』であり、一七五二年にはより本格的なルイス・ハラム（一七一四―五六）率いる一座がイギリスから渡来する。もっとも古いシェイクスピア上演は、一七三〇年三月二十三日、アマチュア劇団による『ロミオとジュリエット』、プロ劇団によるものは一七五〇年三月五日、ニューヨークはナッソー・ストリート劇場におけるマレー・アンド・キーン一座による『リチャード三世』（一五九二）である。テクストはコリー・シバーによる改作版が使われた。一七五二年九月十五日には、ハラム一座が『ヴェニスの商人』（一五九六）をもってウィリアムズバーグに初登場している。ひるがえって、アメリカ人劇作家によって書かれ、プロ劇団が上演した初めての作品は、トマス・ゴッドフリー（一七三六―六三）の『パーシャの王子』で、その初演は一七六七年である。アメリカを題材にしているという厳密な意味でのアメリカ初の劇作品はロイヤル・タイラー（一七五七―一八二六）の『コントラスト』で、その初演は一七八七年まで待たなければならなかった。独立戦争が終わるまでアメリカ独自のプロ劇団はまったく未発達で、アメリカにおける演劇文化の定着はイギリス人の手に委ねられていたことを考えれば、シェイクスピア作品が一番人気の演目だったとしても不思議はない。

劇場の外でもシェイクスピアは広まる。一七二二年七月二日号の『ニューイングランド新報』紙上で、編集人ベンジャミン・フランクリン（一七〇六―九〇）の兄ジェイムズ・フランクリンは、若手作家のためにシェイクスピアをはじめジョン・ミルトン、アディソン、リチャード・スティールなどの著作を収める図書室を作ったと宣伝している。ハーヴァード大学図書館が一六八二年に発行したコトン・マザー編纂の蔵書目録にはまだシェイクスピアの名前は見あたらないが、のちの一七二三年版の目録には『シェイクスピア劇一～六巻』（ロンドンにて発行、一七〇九年）（ボンド&エーモリー 九五頁）が記録されている。フィラデルフィアの出版史を研究するエドウィン・ウォルフの調査によれば（一六四―二〇二頁）、十八世紀半ば、大英帝国第三の都市にまで成長していたこの町では書籍輸入が盛んに行われていた。ミルトンの『失楽園』やジョン・バニヤンの『天路歴程』、ジョン・ドライデン、アレクサンダー・ポープ、ジョナサン・スウィフトらの作品、アディソンとスティールによる『スペクテイター』紙などの人気が高かった。なかでもシェイクスピアは常に販売カタログに載っている人気商品で、早くも一七四四年には、ベンジャミン・フランクリンがシェイクスピアのセットを販売カタログに載せており、一七四六年のフィラデルフィア書籍会社のカタログには前年に出版されたばかりのオックスフォード版が載っている。

アメリカで初めてシェイクスピア作品が印刷されたのは、一七八六年、イザイア・トマスがマザー・グースの本にシェイクスピアの歌をいくつか盛り込んだ時である（テッベル 一四七頁）。一七八七年には、ウィリアム・ウッズなる作家による『間違いの喜劇』の翻案物がフィラデルフィアで出版されている。オリジナルのシェイクスピア作品としては、一七九四年の『ハムレット』（一六〇〇）と『十二夜』（一六〇〇）が初めてだった（シャーザー 六三九頁）。ついに一七九五から九六年にかけて、初のアメリカ版シェイクスピア全集『シェイクスピアの劇と詩』がフィラデルフィアのビオレン・アンド・メイダン社から出版された。アメリカ版の出版が思いのほか遅いのは、本国からの輸入が容易で新大陸で印刷する必要性が低かったためだろう。歴史家フランク・ルサー・モットによれば、この全集はベストセラーになったという（三〇五頁）。モットはベストセラー認定の条件を、その本が出版された十年間の総人口の一パーセントにあたる数の売り上げがあった本と規定しているので、初のアメリカ版シェイクスピア全集は、出版された十年間（一七九〇―一七九九年）の人口の一パーセント以上、すなわち四万部以上を売ったことになる。

二　独立・建国期の演劇

十八世紀のアメリカでは徐々に演劇文化が浸透していったのだが、他方、全般的には演劇に対する偏見が強く残っていた。この時期にあって、演劇に対する規制がまったくなかった植民地はヴァージニアとメリーランドだけで、たとえば一七〇六年には早くもニューヨークで禁止令が発令されており、ボストンの禁止令は一七五〇年から四十三年間も続いた。本国イギリスから新大陸に波及した反演劇感情は結局十九世紀にいたるまで持ち越されるのであるが、その根底には、ピューリタニズムから独立・建国期の共和思想へと巧みにかたちを変えながら受け継がれた「生産主義」があった。

ドイツの社会学者マックス・ヴェーバーによれば、ピューリタンは「天職」の概念によって、世俗的な経済活動と宗教的道徳の実践を結びつけることに成功したとされる。神から与えられた労働に禁欲的制令をもって打ち込むことにより公益を満たし、ひいては個人の徳を積むことができると考えたのである。このように消費よりも生産に重きを置くイデオロギーが広く支持されるピューリタン社会にあっては、現世の快楽を意味する「消費」、すなわち贅沢品、祭りや迷信のたぐい、芸術、遊技などは禁欲の敵とみなされて厳しく排斥された。一六四二年、ピューリタン革命勃発と同時にロンドンでは劇場が閉鎖されたのであるから、[2]十八世紀アメリカでピューリタン色の強いニューイングランドにおいてことさら演劇嫌いが激しかったのも、当然のことだったのである。

このピューリタニズムの生産主義はやがて初期アメリカの共和主義へと移行する。ピューリタニズムにおいて神への奉仕と考えられた倹約、質素、節制といった個人の美徳は、共和主義政体では公共への奉仕だと捉えられるようになった。必然的に、時代の要請する資本主義的私益追求の高まりと、ピューリタニズム的・共和主義的公共観念との折り合いをつけることが急務となる。そこで私利追求も、整った市場メカニズムの場で行われることによって、結果的には社会全体に還元されるのだと考える「功利的公共観念」が編み出されたのである（金井 二三二頁）。このような共同体主義的な道徳観におけるピューリタニズムと共和主義の一致は、偶然や普遍性の産物というよりもむしろ、独立・建国の有事に際して、共和主義のほうからピューリタニズムの言葉を政治的に援用したからと考えられるだろう。共和主義は「ピューリタニズムのよりゆるやかで、世俗化されたかたち」（ウッド 四一八頁）なのである。節約と勤勉を理想に掲げて「十三の美徳」の実践に努めながら、才知と努力により立身出世を果たした十八世紀の偉人フランクリンの姿に、ピューリタニズムと共和主義の結びつきを見いだすことができるだろう。

禁欲的な生産主義イデオロギーは、創造性豊かな小説を堕落をもたらすジャンルと見なして攻撃した。したがって当時の文学は生産主義を色濃く反映したものとなっている。創造性は怠惰を助長すると考えられて文学は危険視されたため、作家の手による生産物であるという面がことさらに強調された。その内容は公益促進のために教訓色、道徳色が強く、また革命期以降に政治・文化ナショナリズムが高揚をみると、愛国的な独立自営農民の精神を鼓舞するような内容が人気を得た。たとえば、アメリカ初の小説と言われるウィリアム・ヒル・ブラウンの『共感力』（一七八九）も、初の女性作家の手によるベストセラーであるスザンナ・ローソンの『シャーロット・テンプル』（一七九一）も、創造性を否定するために実際の事件に題材を求めたことが宣伝され、主題も女性の貞節を奨励する道徳的なものとなっている。文学作品は公共の財産だとの感覚が強く、転載や盗作が公然と横行した。文筆活動を不道徳とみなす倫理観をかわすために、匿名やペンネームの使用が流行していたことも、作品の公共性、無名性を助長した。

ましてや、小説以上に刺激が強く煽情的な演劇に対する反発は一層激しかった。各植民地ごとの禁止令に加えて、一七七四年十月二十日にフィラデルフィアで開催された第一回大陸会議は、ついに戦時体制下、いっさいの娯楽を禁止するにいたる。

北アメリカにおける国王陛下の臣民の生命、自由、財産を脅かすこれら不平の原因を取り除くために、反輸入、反消費、反輸出こそ（中略）もっとも迅速かつ有効にして平和的な手段と考える。よって、ここに我々は、我々自身と我々が代表する植民地の住人のために、美徳と名誉と愛国心の聖なる連帯のもと、以下の通り賛同し連合するものである。

（中略）

第八項　我々は倹約、経済、産業を奨励し、農業、芸術、製造、とくに毛織物の製造を促進する。かつあらゆる贅沢と遊興、特にすべての競馬と賭博、闘鶏、ショーや演劇、そのほかの高価な気晴らしや娯楽に反対し、それを防止する。（「大陸会議の議事録」二九頁、傍点筆者）

ここには、演劇を嫌悪すべき消費の典型とみなした上で、生産を優先して消費を忌避する構図が一層鮮明に読みとれる。

ところで、こうした一連の禁止令や演劇嫌いは、従来は、アメリカン・ピューリタンの倫理観のみが原因と考えられてきた。しかしながら、それよりもっと世俗的な事情も見逃してはならない。当時のアメリカ人にとって、演劇はイギリス本国を連想させる贅沢な消費物の典型だった。いまだアメリカ独自の演劇文化が未熟な時代であり、演劇の持つイメージはその輸入元のイギリスと直結していたのである。マイケル・T・ギルモアは論文「生産時代における消費の様式」（一九九一）において、独立戦争はイギリス消費主義に対するアメリカ生産主義の反抗だったと主張する。一七六〇年代から七〇年代にかけて、イギリスでは中産階級が台頭して消費文化が成立したが、彼らの放漫かつ短慮な贅沢が植民地に対する重税の原因として、アメリカ人の目には映ったというのだ。植民地における演劇嫌いは宗教的な理由に加えて、宗主国の支配に対する反発によっても助長されたのだとすれば、演劇に対する拒否反応は革命期に吹き荒れたイギリス製品不買運動の一環だったとも言えるだろう。

　演劇は小説同様に、むしろそれ以上に、教訓性や愛国色を強調して非難の矛先をかわそうとした。ここに一例を挙げよう。タイラー作の喜劇『コントラスト』（一七八七年初演）には、題名通り「対照的」な人物たちが登場する。独立戦争の勇士マンリーは共和主義者で、ディンプルは英国びいきの伊達男。マンリーの妹シャーロットは派手好きだが、ディンプルの婚約者マリアはかたいインテリ女性。ディンプルの使用人である気取り屋のジェサミーに対して、マンリーの召使いジョナサンは陽気で素朴な正直者で、このキャラクターはやがてアメリカ人の理想像のひとつである「ヤンキー」の原型となっていく。物語は、不正を働こうとするディンプルをマンリーが阻止してマリアと恋仲になるという他愛もない喜劇だが、登場人物たちの人間関係は示唆に富む。勤勉で徳の高いマンリーと怠惰な浪費家のディンプルの対置にはアメリカ対イギリス、生産主義対消費主義という時代の構図が刷り込まれているのである。

　こうした作品を実際に上演する際にも、公演は「劇《プレイ》」ではなく「対話《ダイアローグ》」や「講義《レクチャー》」と称されて用心深く宣伝された。劇場自体についてもルイス・ハラムの後継者デイヴィッド・ダグラス（?—一七八六）は、一七六〇年にプロヴィデンスに建設した劇場を「学校《スクールハウス》」と名付けている。シェイクスピア劇も例外ではなく道徳的色づけがなされた。一七六一年、ハラム一座がニューポートで『オセロー』を上演したときには、「五幕からなる道徳的対話――嫉妬など邪悪な感情がもたらす悪影響を描写し、幸せは美徳の追求からのみ生まれることを証明するもの」と広告が打たれ、のちの第三代大統領ジェファソンは一七七一年の手紙で『リア王』の価値を親孝行の美徳に見いだしている。ほかにも、一七九二年八月に開場したボストン初の演劇施設は「新展示室」と称され、『ロミオとジュリエット』と『ハムレット』が「道徳的講義」として上演された。

ここで興味深いのは、演劇文化全体が反英感情の対象となり苦境に陥った独立・革命期にあって、シェイクスピアだけはそうした反発を免れたという事実である。ハラムから劇団を引き継いだダグラスはイギリス人俳優の集団であることをごまかすために、一七六六年のシーズンから一座の名称を「アメリカン・カンパニー劇団」と改名することを余儀なくされ、それでも一七七五年にはジャマイカへと亡命している。イギリス人の劇団やその舞台に向けられた反感の一方で、シェイクスピアそのものは反英感情を煽動する政治的プロパガンダにさえ援用された。砂糖法(一七六四)や印紙法(一七六五)が発令されると、評論家や記者は『ジュリアス・シーザー』(一五九九)などの歴史劇や悲劇から例題を引いて反論を試みた。のちの第二代大統領ジョン・アダムスは植民地に対する宗主国の態度をマクベス夫人にたとえ、一七六六年に発行された反英的な政治パンフレットは『ヘンリー四世・第二部』(一五九七)から「胸の中の精神は、謀反という一語のためにすっかり凍りついたのです。まるで/冬の池の魚のように」(一幕一場二一六―一七行)の一節を引いている(マーダー 二頁)。ハリソン・メゼロールによれば、詩人や講演者はジョージ・ワシントンやジェファソンら愛国的ヒーローを讃えるためにも、シェイクスピアを盛んに引用した。ボストンで発行された一七七〇年八月十一日付けの『マサチューセッツ・スパイ』紙には、『ハムレット』の有名な独白をもじった一節がある。

課税か、非課税か、それが問題だ
どちらがりっぱな生き方か、このまま心のうちに
老練な政治家の謀略と狡猾をじっと耐え忍ぶことか、
それとも寄せくる不法な税金に立ち向かい、
闘ってそれに終止符を打つことか。（マーダー　二頁）

逆に一七七六年一月三十日付けの『ミドルセックス・ジャーナル』紙上では、英国びいきのアメリカ人忠誠派《ロイヤリスト》のひとりが、「反英条項」に賛同して宣誓の署名をするべきかどうか悩んでいる。

署名すべきか、せざるべきか、それが問題だ
正直者にとってどちらがよりよいのか、
署名して身の安全を得ることか、それとも
「反英条項」に反対して、
隠居してそれを遠ざけることか。（「ためらうアメリカ人忠誠派」三〇頁）

パロディの成立には、人びとがそれらの元となった題材に精通していることが大前提となる。元ネタを知らなければ、そのパロディを聞いても誰も理解して笑えないからである。こうした政治的プロパガンダの事例は、アメリカがいまだイギリスからの文化的独立を果たしていなかったことの証左であると同

時に、少なくとも十八世紀半ばまでには、もはやシェイクスピアが敵対する宗主国の文化であることも失念してしまうほど、アメリカ人の精神に自然化されていたことをも示すのである。

独立戦争を控えた第一回大陸会議が発布した娯楽禁止令は、一七七八年に一層強化されて、一七八一年までプロ劇団の活動をいっさい禁止した。それでいながら、ジャレッド・ブラウンの研究によれば、戦時中でさえ英米両陣営においてアマチュア劇団を中心に愛国劇が上演されていたという。やがて、独立戦争と第二次対英戦争（一八一二―一四）を経た十九世紀には、精神的開放感と好景気も手伝って、演劇は地理的波及としても文化的活動としても一挙に広まりを見せるのである。

三　国民演劇の広まり

独立戦争と第二次対英戦争が終結したのち、アメリカではシェイクスピアを中核とする演劇文化が大発展を遂げる。一七九〇年に、アメリカの都市の数は二十四、都市化率は五・一％だったのが、五十年後の一八四〇年には都市の数は百三十一、都市化率は初めて十％の大台に達する（秋元 一二二頁）。人口の増加により娯楽市場が拡大し、好景気により劇場経営が高利益を生み出す事業になったため、一八二〇年代から大都市には劇場が次々と建設されていった。ニューヨークを例にとると一八二〇年にパーク劇場が建てられたのを皮切りに、チャッタム（一八二四年）、バワリー（一八二六年）、ニブロス・ガーデン（一八二八年）、ナショナル（一八三五年）、ブロードウェイ（一八四七年）、アスタープレイス・オペラハウス（一八四七年）、バートン（一八四八年）と続く。これはフィラデルフィアやチャールストンでも同様であった。地方にも劇場が建てられ、交通網の発達と郵便制度の整備により劇団の巡業が容易になった。ヘレン・クーンの研究によれば、辺境のカリフォルニアにさえもゴールド・ラッシュと同時にたくさんの劇団やスターが訪れて、金の採掘者たちはシェイクスピアを楽しんだという。一八三〇年代には、オハイオ川やミシシッピ川を上り下りする蒸気船に劇場設備をまるまる搭載したショーボートが誕生、沿岸の町へと演劇文化を運んだ。

かくして共和制時代の劇場空間はさながら社会の縮図となった。社会のあらゆる階層の人びとが一堂に会して、共同体の維持を促す共通の道徳観や愛国心を教え合い、分かち合う場になったのである。

では、ここで三つの資料を見てみよう。ひとつは現代の演劇研究家ガーフ・E・ウィルソンが仮想した一七七〇年当時の観劇体験。もうひとつは作家ワシントン・アーヴィングが一八〇二年から翌年にかけてのシーズン中に、「ジョナサン・オールドスタイル」のペンネームで『モーニング・クロニクル』紙に書き送った観劇記「ジョナサン・オールドスタイル、劇に行く」。さらにはイギリス人女性フランセス・トロロプが一八三二年に出版した見聞録『アメリカ人の国内事情』に書き残したシンシナティの観客の様子である。

これら三つの記述は時間的に半世紀ほどの隔たりがあるにも関わらず、それぞれが描写した劇場内部の様子に関する限りほとんど変化していない。劇場の平土間（ピット）には機械工や職人、事務員たちが座り、そのうしろの枡席（ボックス）は裕福な商人や知識人、専門職を持つ紳士淑女が占め、舞台から一番遠い天井桟敷（ギャラリー）には労働者や売春婦、自由黒人らがいた。黒人奴隷は限られた劇場にのみ入場が許されていて、多くの場合は主人の許可証が必要だった。座る場所は階級、人種、座席料金にあらわれた経済力で区別されていたものの、劇場内部は活気に溢れ、観客は一体となって舞台の世界と同化していた。舞台の内容や音楽が気に入ると拍手ではなく大声と足踏みで絶賛を惜しまず、気に入らないと容赦なくヤジを飛ばし、口笛を吹き食べかすを投げつけて抗議する。なかでも平土間や天井桟敷にいる観客の騒然とした観劇態度については多くの同時代人による証言がある。すでに開演前からやかましく、アーヴィングによれば「ノアの方舟」(四〇頁)を思わせるほど。ベンチの上に土足で上がってはピーナッツや果物の食べかすをところ構わず吐き出すので、平戸間の席に着いたアーヴィングの知人はこう嘆いている。

入り口で六シリング払った挙げ句に、頭に腐ったリンゴをぶつけられ、外套はろうそくの油で台無しなる。しかも座ったら座ったで服も汚れるだろう。みんなベンチの上に立ち上がっているのだから。全員が床に立てば、同じくらいよく見えると思うのだが。(アーヴィング「ジョナサン・オールドスタイル、劇に行く」四三頁)

トロロプも観客が「ひっきりなしに唾を吐き」、「たまねぎとウィスキーの混じった臭い」がひどく、「絶え間ない騒音は不快そのもの」(一三九頁)と述懐している。だが、当時の知識人には評判が悪くとも、このような活気こそが劇場の一体感を作り出していたと思われる。舞台上の俳優と観客との交流も盛んで、シェイクスピア劇の有名な独白などは観客に向かって直接投げかけられ、幕間やフィナーレの愛国歌も観客と俳優が共に合唱した。愛国劇ではアメリカに不利な場面に劇場全体が過剰な反応を示したから、しばしば内容を書き改めねばならないほどだった。

こうした劇場空間と、シェイクスピアの生きたエリザベス朝の劇場空間は似ていると指摘する声がある(3)。どちらの時代でも演劇は弾圧のもと、識字率の低い一般大衆にとって貴重な娯楽だった。グローブ座の料金は野天の一ペニーから特別桟敷の一シリングまで五段階あった。グローブ座は公衆劇場《パブリック・シアター》でありながら、レッドブル座やフォーチュン座よりも格上で、劇団の宮内大臣一座(ジェイムズ朝においては国王一座）は宮廷に招聘されることもあり、より洗練された私設劇場《プライヴェト・シアター》のブラックフライヤーズ座と演目を分け合ったりもした。そのため、上は宮廷人から下は労働者までが一堂に会することとなった。しかも女性客も多く、スリや売春婦も徘徊していた。これはまさに外部社会の縮図であり、生産主義社会アメリカの劇場風景と同じではないか。シェイクスピアの生きた時代の劇場経験は、百五十年後の新大陸において再現されたのである。

国民的人気を集めますます高まる演劇文化にあって、シェイクスピアはいつも一番人気だった。それは一本立てで上演されることはなく、一晩の公演には盛りだくさん過ぎるほどのプログラムが組まれた。たとえ悲劇の後でも観客が幸せな気持ちになれるように、笑劇《ファース》やコミック・オペラといった「アフターピース」（主な劇のあとの軽い出し物、しばしば短い喜劇）を併演し、幕間やフィナーレにはダンスや愛国歌の合唱を入れた。これは当時の慣習であり、観客を座席に留まらせ静かにさせておく効果があったという。一回の公演は多幕劇とアフターピースに二分できるが、これは決して「真面目な芸術」プラス「楽しい娯楽」を意味しない。十九世紀末まで大衆にとって、シェイクスピアも娯楽だったのである。そのためには、スペクタクルな効果を狙ってサーカスのように珍種の動物が登場、天才子役がリチャード三世やマクベス、『ヴェニスの商人』のシャイロックを演じて物見高い観客の歓心を買っていた。

ここに一八〇〇年九月五日に予定されている、ワシントンはユナイテッド・ステイツ劇場における『ロミオとジュリエット』公演の宣伝チラシ（**図版2**）がある。それを見ると、第一幕では仮面舞踏会の場面、第五幕では葬送行列と哀歌の斉唱が設けられており、派手な見せ場の演出が強調されている。歌手の配役も見えることからミュージカル仕立てだったと思われる。それに悲劇の後は『村の弁護士』という題の笑劇が続くらしい。配役表からは、『ロミオとジュリエット』でティボルトやロレンス神父といった悲劇の大役を演じたばかりの役者たちが、すぐにアフターピースのお笑い劇にも出演することが分かる。

観客はシェイクスピアに高尚な芸術を求めていたのではなく、涙や笑い、大がかりな演出を期待していたのである。

もっとも、シェイクスピアが娯楽だったとは言え、いまだ生産主義が濃厚であったから、演劇も道徳性と教訓性を求められていた。だが、この時期には、道徳そのものの解釈に変化が見られるようになる。すなわち、宗教的な意味合いが薄れて、アメリカ独特の状況や価値観に合うものこそ道徳的と考えられるようになったのだ。一八三七年の『ニューヨーク・ミラー』紙は「求む・国産演劇」と題する記事で独自の演劇文化が未発達であることを憂い、演劇はアメリカ固有の事情を映し出してこそ「改革の学校」になり得ると訴えている。

我々自身に向かって鏡がかかげられ、我々自身のあやまちが反映されない限り、舞台は改革の学校とはならない。(中略)他方、もし文学が推奨されればもっと実行されるであろう、アメリカ特有の美徳もまたたくさんあるのだ。(一〇一頁)

こうした新しい道徳観に沿って、アメリカ人が求めるままに、シェイクスピアも大胆な改変が施された。たとえば「売女」や「ふしだら女」、「処女」などの露骨な性的表現は削除され、妻の不貞を題材とする『ウィンザーの陽気な女房たち』も板にのせることは稀だった。一八三〇年代後半から四〇年代初頭に活躍した女優アナ・コーラ・モワットが書いた感傷小説『ステラ』(一八五五)では、女優のステラが『ウィンザーの陽気な女房たち』のリハーサル中、せりふを教える役目のプロンプターから削除されたはずのみだらな表現を言うように促されると、即座に「わたしはそのようなせりふは口にいたしません」と拒否している(一五五頁)。シェイクスピアの原作よりも道徳が優先するというのである。さらに十代前半に設定されているジュリエットや『テンペスト』のミランダの年齢も、常識的な結婚適齢期まで引き上げられた。道徳面の改変とは別に、当時のアメリカ人観客の知的レベルに迎合して古典文学の引用をカットしたり、スター俳優を際だたせるだけのためにサブプロットを削除してしまうこともしばしばあった。

もちろん、こうした原作をないがしろにする作為には批判の声も高かった。たとえば、一八三五年の『ニューイングランド・マガジン』誌では、さきの第六代大統領ジョン・クインシー・アダムズが、ジュリエットの年齢を十四歳から十九歳に引き上げてしまう無思慮を嘆いている。アダムズによれば十四歳という幼さこそがヒロインの性格付けのカギであり、悲劇の原因となるはずだからである（六一―六四頁）。また一八四六年、ニューヨークはパーク劇場における『リチャード三世』の公演評で『アングロ・アメリカン』紙は、リチャードとヘンリーがごちゃまぜになってしまった台本を糾弾する。

> 上演された台本の半分以上はまったくシェイクスピアのものではなかったが、当代の新聞は大衆にむかって原作に忠実だと絶賛している。記者は劇の最中、本当に劇場にいたのだろうか。もしいたとして、果たして彼はシェイクスピアの原作を知っているのだろうか？（「改良されたが不完全になったシェイクスピア」一二三頁）

同年の『アルビオン』紙も「シェイクスピアの手によって書かれたと分かるようなシェイクスピア劇は、ただのひとつとしてない」と嘆く（「十九世紀の好みに合わせたシェイクスピア」一二三頁）。

ただし、ここで重要なのは、アメリカ人がアメリカ独自のかたちにシェイクスピアを作り替えて、それを楽しんでいた事実である。この時期に、シェイクスピアはあらゆる人びとに理解され親しまれた娯楽であり、異なる背景を持つ人びとをまとめ上げるアメリカ文化そのものだった。一八二八年に作家ジェイムズ・フェニモア・クーパーがいみじくも言い得たように、シェイクスピアは「アメリカの偉大な作家」(五九頁) だったのである。

四　商品化されるシェイクスピア

一八一二年から一四年にかけて行われた第二次対英戦争により、アメリカは結果的に旧宗主国からの経済的自立を遂げた。十九世紀に入るや対英輸入禁止法 (一八〇六)、出港禁止法 (一八〇七)、さらには出港禁止法に代わり英仏との通商のみを禁ずる通商禁止法 (一八〇九) が矢継ぎ早に制定された上、戦闘が始まったことにより大陸との輸出入の道が絶たれてしまった。するとかえって国内産業が活性化し、加えて戦後もナショナリズムの高揚に伴って経済成長が促進されたのである。一八一二年以降一八六〇年にかけて、アメリカ経済は劇的な変化を経験する。十九世紀初頭、人口の大多数は小規模な共同体を作り自給自足生活を営む農民だった。農家は自身のために農作物を生産し、生活必需品の大半も手作りしたので、現金による取引は最小限に押さえられていた。ところが、南北戦争 (一八六〇―六五) 前までには、取引で得た収入で他人が生産した物品を買うという市場経済に移行する。その原動力となったのは、一八二〇年代から四〇年代にかけニューイングランドの木綿工業を中心に起きた産業革命である。その結果、農業は機械農具の導入とともに商業化され、家内制手工業は機械工業に取って代わられた。

経済面での変化を受けて、第二次対英戦争から南北戦争の間に、アメリカ人にとっての「消費」は生活活動や個体・種族維持を満たすための生産的消費から、消費自体が目的である消費的消費へと移行する。ただし、この生産主義から消費主義へのイデオロギー・シフトは一朝一夕に起きたものではない。

産業革命の始まった一八二〇年代からゆるやかに新しい消費の概念が導入されて、一八八〇年代以降一九二〇年代までに、消費者資本主義へ移行を果たしたと考えられる。

文学の分野でも生産主義から消費主義への移行はあいまいである。デイヴィッド・レナルズは『アメリカン・ルネサンスの底流で』(一九八八)において、生産主義の流れを汲む十九世紀前半の改革文学と、アメリカン・ルネサンスの創造性豊かなフィクションとの関連性を指摘する(五五―五六頁)。社会改革文学は教訓色を隠れ蓑にして、タブー視されていた悪に陥る人間の心理や魂の暗部を描き出しており、ロマン主義文学はこの特色を受け継いだと考えられる。従来の研究ではロマン主義文学は改革文学の道徳性を反面教師として生まれたと考えられてきたが、このふたつの文学形式は対立項をなすものではなく、十九世紀を通して共存し続けるものであった。

十九世紀に台頭した、こうした消費主義的な経済と思想を象徴する存在が、P・T・バーナムであった。「世界一偉大な興行師」、「ペテンの王様」などと称されるこの稀代の興行師に関しては、何度も書き直された自伝や書簡集をはじめ、伝記、論考、写真など資料が多い。彼が開いた見世物小屋のアメリカ博物館は人気が高く、一八四一年から六五年の間にのべ三千八百万人の来場があったというが、一八六五年のアメリカの総人口が三千五百万人だったことを考えると、これはまさに大記録と言わねばならない(サクソン 一〇七頁)。

バーナムの成功の秘訣は、新しい消費主義文化の要請をいち早く見抜いた点に尽きる。自由になる金と時間を手にした中産階級や労働者階級は娯楽を欲する反面、社会と人心には今なおそれをタブー視するピューリタニズムの禁欲主義も残っていた。そこでバーナムはこのふたつを上手にすり合わせてみせた。宣伝文句によると、アメリカ博物館は単に珍奇なものを楽しむ娯楽の場ではない。異文化や異人種を知ることによって、知識を身につけ、さらにはそれらを創造なさった神の偉業をも学ぶことになるという。バーナムは人びとに、罪の意識を感じさせることなく娯楽に金を使わせることに成功したのだった。アメリカ博物館に併設された劇場は娯楽と教育を折衷した格好の例である。十九世紀を通じて演劇は反道徳的なものとして攻撃されており、特に女性や子供の観劇はあまり歓迎されていなかった。そこでバーナムはまず劇場を「講義室《レクチャールーム》」と名づけた。そして笑劇やパントマイム、ミンストレル・ダンス、コミック・オペラなどとともに、シェイクスピア作品や禁酒劇『酔っぱらい』（一八四四）、奴隷制反対を唱える『アンクル・トムの小屋』（一八五二）といった教訓色の濃い作品を盛んに上演した。また昼間の公演を増やし劇場や博物館内のバーを閉鎖して、女性客や家族連れが劇場に足を運びやすいように改革した。バーナムの道徳指向はシェイクスピア劇にも及び、一八六五年には『ネイション』紙上で「わが劇場では、乱暴なせりふや身振り、下品な表現は決して許された試しはありません。たとえシェイクスピアの作品でもひるむことなく、野蛮な要素や品のない部分は容赦なく削ってしまいました」と述べている（サクソン 一〇七頁）。演劇というもっとも不道徳とみなされていた娯楽を提供しつつ、その教育的効果を喧伝するパラドキシカルな状況こそ、バーナムの経営戦略が狙い定めたものであった。

ここで、本章の冒頭に取り上げた、バーナムによるシェイクスピアの生家買収に関するエピソードに戻ってみよう。トウェインによる『赤道に沿って』第六四章では二等船客の話の後で、こんどは語り手であるトウェイン自身がバーナムから直接聞いた話として買収の真相を語り始める。そのトウェインが話すところによれば、バーナムが生家を買おうとしたのはその文化遺産を保全するためだったという。

彼［バーナム］は、その家を自分の博物館に移築して、修理し、落書きやほかのいたずらから守り、自分が死んだ後は、ワシントンのスミソニアン協会の、安全で、恒久的な管理にゆだねることが自分の目的だと言った。（六四二頁）

しかも、生家をイギリスに返却した時には「将来この聖なる遺跡を安全に守り、維持するために、十分な寄付金を募るという条件」(六四三頁)までつけた。当然のことながら、バーナムが買収を試みた動機は純粋に世界遺産を守りたかったためだけではない。彼はゾウも生家も本心から欲しかったわけではなく、無料の「合計すれば数百ページになるであろう宣伝」を新聞紙上に得ることが目的だったのだ。

ジャンボの獲得そのものが、バーナムにとって広く世間に宣伝したいことだった。実際、このことは何度も新聞の記事に、ただで取り上げられたので、彼は満足していた。彼は、もしジャンボ獲得に失敗していたら、ネルソン提督の像を買おうという考えを、誰か信頼できる友人に記事にして貰っていただろうと言った。(六四二頁)

こうして世間の話題をさらったところで、今度は「文章がへたで、間が抜けてはいるが、心のこもったお詫びの手紙」(六四二頁)を書いて、今度はネルソン像の代わりに、イギリス南部にある巨石の遺跡ストーンヘンジを買いたいと申し出る。このような無知を装ったばかげた手紙が人びとの関心を引き、金では買えないほどの宣伝効果をもたらすことをバーナムは熟知していたのだった。トウェインが第六四章で語る真相とは以上のような話である。

現実にバーナムは、最初の自伝『P・T・バーナムの生涯』(一八五五)で、一八四七年にもしイギリス人よりも先に生家を買収できていたら「大儲けできただろう。なぜなら、イギリス人たちはあの家がアメリカに持ち去られるくらいなら、俺から二万ポンドで買い取るほうを選んだに違いないからだ」(三四四頁)としたたかに述懐している。どちらに転んでも、シェイクスピアの生家が金になることを十分承知していたのである。

バーナムが一八四七年にシェイクスピアの生家を買収しようとしたことや、一八八一年にイギリスからジャンボを買ったことは歴史的な事実である。だが、このふたつを結びつける『赤道に沿って』第六四章のエピソードは恐らくトウェインの創作であり、そこからはトウェインと、同時代の読者や観客が、バーナムをどのような人物として捉えていたかを知ることができるだろう。まさにバーナムは、消費主義と娯楽と広告の時代を象徴する存在だったのだ。一八八二年に書かれたトウェインの短編作品「盗まれた白いゾウ」にもバーナムは抜け目ない興行師として登場する。シャムの王様からヴィクトリア女王に贈られた大切なゾウがニューヨークでいなくなってしまい、探偵たちが必死になって探し回る。探偵が行く先々から送ってくる捜査状況を記した電報が矢継ぎ早に警察の手元に届き、ゾウが町から町へと逃げ回り、探偵がそれを追い駆けては数時間の差で取り逃がすといったスリルたっぷりの物語が展開する。やがて、その電報の山のなかにおかしな一通が紛れ込む。事件を聞きつけたバーナムがこんな申し出をしてきたのだ。

バーナムは今現在から探偵が発見するまでの間、そのゾウを動く広告として使用する権利を四千ドルで買い取りたし。ゾウにサーカスのポスターを貼りつけるため也。折返し返答を求む。

それを受け取った警部は「バーナムの要求は却下。七千ドルなら可」と返答するのだが、するとすぐに承諾の返信が届いた。のちに発見されたゾウにはサーカスの宣伝がべたべたと貼られていたのだった（二五—二六頁）。

このようにして、十九世紀アメリカにおいて、シェイクスピアは高い市場価値を持つ消費対象となる。

バーナムは生家を見世物にして経済的利益を得ようとし、アメリカの観客たちは自分たちの好みに合わせてシェイクスピア劇を作りかえては消費した。ジャンボが金になるサーカスの目玉商品だとすれば、シェイクスピアも同様の扱いを受けた。言うなれば、演劇の巨匠は「文化的巨象」と化したのである。

五　分裂の時代

アメリカ経済に根本的な変化をもたらした産業革命の影響は、社会構造にも及ぶ。まず、職人の伝統的な徒弟制度が崩れて近代的な工場労働者が生まれた。植民地時代からすでに、貴族的資産家でもなく、かと言って年季奉公人のような無産労働者でもない、農民を中心とする「中間層」と呼ばれる人びとはいたが、やがて、他人に雇用されて物の生産に直接携わることのない非肉体労働者が、中産階級を形成するようになる。たとえば店員や会社員、役人、教師などである。一家の稼ぎ手である男性が家庭の外で賃金労働に従事するようになり、職場と家庭の区別が進むと、男性を職場という「公の領域」、女性を家庭という「私の領域」へと分離する新しい社会規範、すなわち「家庭神話イデオロギー」が生まれた。他方、労働者階級や移民の女性は労働に従事したため、同じ女性であってもその差異は顕著になる。その上ヨーロッパからの移民が増加し、黒人奴隷や先住民の問題も顕在化する。自給自足の農本社会では見られなかった貧富の差が広まると共に、十九世紀半ばころまでに社会のあらゆる側面において分裂が進むこととなった。

生産主義の時代、劇場はさまざまな人びとが一堂に会して舞台を楽しみ、それと同時に共同体意識を再確認する場であった。しかし消費主義が台頭すると、観客はどの劇場に行くかを自分で選ぶようになり、しかも選択はその人の人種・階級・性差によって決められるようになった。劇場体験も分裂したのである。

急速に個人意識が芽生えた社会では利害対立が絶えることなく、階級をめぐる闘争は演劇の場にも持ち込まれた。一八二四年には、フィラデルフィアのニュー・チェストナット・ストリート劇場が座席の値段によって入り口を区別していることに対して、強い不満の声があがっている。「アメリカの愛国精神はヨーロッパ軍の自尊心に打ち勝った。しかるにヨーロッパ的な差別の退廃を前にして同じ精神が黙していていいのか?」(「ニュー・チェストナット・ストリート劇場をめぐるブロードサイド」一三六頁)という声明の結び文句からは、庶民の強い自負と民主精神が窺える。

思えば、一八四九年五月にニューヨークで発生したアスター・プレイス暴動も、原因の一端を階級意識の盛り上がりに求められるだろう。事件の発端は、ふたりの役者が同じ日に同じ演目を演じる巡り合わせだった。そのひとり、エドウィン・フォレスト(一八〇六—七二)はアメリカ生まれで初のスター役者と称される人気者であり、特に庶民に絶大な人気を誇っていた。そのライバルのチャールズ・マクリーディ(一七九三—一八七三)はイギリス人で上流階級の支持が高かった。当時は、この時代の代表的詩人ウォルト・ホイットマンが一八四七年に「なにゆえに、我々はアメリカ演劇の名に値するものを持ち得ないのか!」(七〇—七二頁)と嘆いたように、いまだ国産演劇の水準は低く、イギリス人俳優が本場の役者としてもてはやされ、アメリカへ巡業に来る者が多かった。この両者が同じ日にそれぞれ、庶民的なバワリー劇場とエリート向けのアスタープレイス・オペラハウスで『マクベス』を演じると発表されたのである。マクリーディの公演は妨害に遭って一旦は中止されるが、後日再開されると、アスタープレイス・オペラハウスの前で双方のファンや兵隊が入り乱れての乱闘となり、二十二人が死亡する大惨事となってしまったのだった。事件の要因はいくつか考えられる。十九世紀を通じてスター役者の魅力と人気に全面的に頼った舞台作りがなされていたが、暴動はこのようなスターシステムの行き過ぎによりアイドルのファン同士が過熱した結果であった。またイギリス人俳優に対するナショナリズムの発露だったとも言えよう。あるいは、階級間の対立意識がアスタープレイス・オペラハウスで爆発したのだとも考えることができる。一八三七年、三九年に続き四九年にも経済恐慌に見舞われ、庶民は貧窮していた。上流階級がイギリス人俳優を見物しに集うオペラハウスに民衆が押し寄せたのは、拡大する貧富の差に対する不満が理由だったのではないだろうか。

劇場空間も様変わりした。劇場内に階級間闘争が持ち込まれて、一八三〇年代には暴動が頻発するようになった。たまりかねた興行主や劇場支配人は紛争を避けるために、ある特定の観客層だけを対象にした舞台づくりを心がけるようになる。その結果一八四〇年頃を境に各人が好みの演目を求めて異なる劇場に集うようになるのである。たとえばニューヨークでは上流階級や文化人はパーク劇場やアスタープレイス・オペラハウスへ足を運び、中産階級はバワリー劇場へ、労働者はチャッタム劇場へという具合である。また移民もそれぞれの母語による演目を求めた。一八五四年にはドイツ語専門のシュタット・テアター劇場がニューヨークに開場している。さらに、劇場の分化は階級や人種のみならず性差間にも及んだのだが、演劇史家フェイ・ダッデンの分析によれば、この場合は単純に男女が分離したわけではない。産業化が進むにつれて地方からの労働力が出稼ぎとして都市に流入し、その結果、男性労働者、特に独身の男性が都市文化の担い手兼消費者として急浮上した。そのため演劇は男女両方の観客を想定した従来のものと、新たに男性だけを対象にした、女性の性的魅力を売り物にするレヴューやモデル・アーティスト・ショー、レッグ・ショーなどとに分離したのだった。

もちろん、大都市ほどの観客数が望めない地方では、個々の観客に合わせた劇場を新しく建設するまではいたらなかった。しかし、一八六〇年代頃から、興行システムに変化が起こる。南北戦争前までは、各地の劇場専属の劇団がスター俳優を客演に迎えながら、決まった演目のレパートリーを繰り返し上演するストック形式を採っていた。やがて、主にニューヨークで公演毎に俳優と裏方を雇って一座を仕立て地方巡業へ出るコンビネーション形式の劇団が現れる。すると、ひとつの劇場でも日替わりあるいは週替わりで違う舞台を見せられるようになり、演目によってその日の観客層が決まるようになったのだ。このようにして都市圏のみならず地方においても劇場の分裂状態が定着すると、劇場の選択は単なる娯楽の域を越えて、みずからのアイデンティティの表明と同義にさえなったのである。

このようなハード面の分化は必然的にソフト面の分裂をも招く。前時代にみられた、せりふ劇と見世物的要素の強いアフタトピースを組み合わせた二本・三本立て公演は分解されていく。上流階級はまじめな劇やオペラ、クラシック音楽の演奏会などに足を運ぶようになると同時に、中産階級や労働者の嗜好に合う形態も発展していった。フランスの政治家にして歴史家であるアレクシス・ド・トクヴィル（一八〇五—五九）が同時代のアメリカの様相を鋭く解き明かす『アメリカの民主主義』（一八三五—四〇）には、「民主的国民の演劇に関する一考察」（一八三五）と題する論文が収められている。それによると、民主社会の演劇は貴族社会の演劇とは違って、主題の選択もその取り扱いも作者や観客の「気まぐれ」（四六〇頁）がその決定権を持つ。しかも、

> 民主的国民は学問に対してほとんど敬意を払わず、ローマやアテネで起きた出来事にもまったくと言っていいほど関心を示さない。彼らは自分たちについて語られることを望み、現実の世界について描かれることを見たがるのである。（二六三頁）

と指摘するように、民衆の求めるものは人生哲学でも英雄物語でもなく、身近な出来事の描写である。一八四八年二月にニューヨークのオリンピック劇場で初演されたベンジャミン・ベイカー作の喜劇『ニューヨーク見物』は、モスという新しい人気キャラクターを生み出して一世を風靡した。勤勉な商人のモスは消防隊員もこなす熱血漢で、髪型や服装、話しぶりなどはニューヨークの下町っ子そのものだった。劇場に集まった労働者階級の観客たちは、舞台上のモスにおのれの姿を見いだしたのである。モスは初の労働者ヒーローとなり、その後十五年にわたり三十種以上ものシリーズが上演されている。

さらに、庶民は通俗的な舞台演出を好んだ。トクヴィルは彼らの嗜好を言い当てる。

舞台の前に座っている人びとの大半は、そこに精神の悦びを求めているのではなく、生々しい情動を求めている。彼らは決して、そこに文学作品を見いだそうと期待するのではなく、ひとつの見世物を見ようとするのであり、それが分かりやすい言葉で書かれ、登場人物が好奇心をかきたて、同情を集めるならば、それだけで満足なのだ。(二六四頁)

その結果、物語はスペクタクル性が強いメロドラマ調にアレンジされた。その最たる例が、第七章で詳述する、ストウの原作を好き勝手にアレンジした舞台版『アンクル・トムの小屋』だろう。原作から目立つエピソードだけをつまみ食いしてつなぎ合わせた演出では、逃亡奴隷イライザの悲劇、主人公トムや白人少女エヴァの死などをことさら強調して観客の涙を誘い、勧善懲悪の図式を厳守してラストシーンでのカタルシスをもたらした。せりふ劇以外にも、軽い気持ちで楽しめる単純なボードヴィル(歌曲、舞踊、軽業、寸劇などを組み合わせた演芸)やミンストレル・ショー、パントマイム、女性の脚の露出を売り物にしたレッグ・ショーなどが盛んに上演されて人気を博した。

このような文化の分裂期にあって、アメリカ人のあらゆる階層に親しまれ、演劇文化に深く浸透してきたシェイクスピアは、次第に庶民大衆とは一線を画した、いわゆる高級文化へと変貌していく。しかも、この傾向はこんにちにいたるまで変わっていない。まず十九世紀半ばから、シェイクスピア劇は幕間のショーやアフターピースから切り離されて、単独で上演されるようになる。初めのうちは公演ポスターなどに「一本立てである」との注意書きが付記されていたが、やがてそれもなくなった（レヴィン 一七二頁）。一八六九年二月三日のブース劇場における『ロミオとジュリエット』の広告（**図版3**）を、前述した一八〇〇年の同じ作品の宣伝と比較してみるとよい。一八六九年の公演ではシェイクスピア作品は一本立てで上演され、もはや『村の弁護士』のようなアフターピースの併演はない。ポスターの下部に記された「悲劇は厳密な歴史考証にもとづき、シェイクスピアの原作に忠実に上演されます」という但し書きからは、スペクタクル効果を狙った演出はなく、庶民受けの娯楽性には乏しいことが推察できる。ポスターの上部には、右にゲーテ、左にシラーの肖像に挟まれて中央にシェイクスピアの顔が配してあって、おのずと偉大な芸術家の作品であることが強調されている。古代ギリシャ・ローマ風の柱で縁取ったポスターには、左下に悲劇と喜劇を象徴する仮面も描かれていて、古典劇を彷彿とさせる重厚な雰囲気を醸し出している。ことほどシェイクスピアは高級芸術と化したのである。かかる流れは東部大都市に留まることなく、一八六九年の大陸横断鉄道の開通によって辺境の地にまで及ぶのだった（クーン 一五九頁）。

十九世紀後半、アメリカのシェイクスピアは活躍の場を劇場だけでなく文学研究の分野にも広げていった。シェイクスピアが学校教育の現場に入るのは早く、既に十八世紀には弁論術の手本として用いられていた。一七四九年、フィラデルフィアに学校を作る計画をした際、フランクリンは英語の教育に「悲劇と喜劇からの演説」が適していると考えて、「イギリスの文豪」の作品を使うことを検討している。当然のことながら、シェイクスピアはその選択肢の筆頭に挙げられていただろう。ベストセラーとなった教科書であるウィリアム・スコットの『弁論の稽古』(一七九九)には、シェイクスピア劇の有名な独白やせりふのほとんどが引用されていた。しかしながら、シェイクスピアが文学の手本として使われるのは遅い。ピューリタン的生産主義の時代にあって、教育の重点は実用的な歴史や地理におかれていて、文学教育はもっぱら古典が中心だったからである。初めて授業要綱に登場するのは一八五五年のヴァージニア大学で、美学と修辞学のクラスで使用されている(マクマナウェイ 五一六頁)。歴史家ヘンリー・W・サイモンによれば、大学において初めて真の意味での英文学の授業が行われたのは、一八七二年度に開講されたハーヴァード大学のフランシス・ジェイムズ・チャイルド教授のクラスで、このとき教材には『ハムレット』が採用された。これにコーネル、イェール、プリンストン、コロンビアなどの大学が続く。大学が入試科目にシェイクスピアを組み込み始めた一八七〇年代以後は高校レベルでも採用が始まる。一八六九年度にハーヴァードが初めて、入試に『ジュリアス・シーザー』が出題されるので事前に準備しておくよう要求し、一八七三年度には『テンペスト』、『ジュリアス・シーザー』、『ヴェニスの商人』を元にした論述を入試に加えている。

次第にラテン語による古典の重要性は減り、英語・英文学の分野が大学の研究対象として注目を浴びるようになる。シェイクスピアが本格的な文学研究の対象となるのは、貴重な一次、二次資料が一般研究者に公開されてのちのことである。一八七三年にボストン公共図書館が、アメリカ初のシェイクスピア蒐集家と称されるトマス・ペナント・バートンのコレクションを入手して公開したのを皮切りに、第一次大戦後の一九二五年のヘンリー・ハンティントン・コレクション、一九三二年のフォルジャー・シェイクスピア図書館の公開などを経て、本場イギリスに匹敵する研究が生まれるにいたった。かくしてシェイクスピアは大学の研究室へと入り込んだのだった。

批評家スティーヴン・ブラウンはシェイクスピアのエリート化に関して、十九世紀末から二十世紀初頭にかけてのWASP（白人、アングロ・サクソン、プロテスタント）支配層による意図的な操作を指摘している。南北戦争後、移民の大量流入に伴いアメリカは言語と文化の分裂状態に陥ったため、文化の崩壊を恐れたWASPはシェイクスピアを中心に据えた優位文化の構築を試みた。まず義務教育制度の充実を図り、国語と文学の教科書に、さらには大学の授業と入試にシェイクスピアを積極的に導入する。その結果、シェイクスピアは高尚な古典的名作というイメージが賦与され、社会・文化支配の政治的道具と化したのである。

十九世紀後半のアメリカにおいて、シェイクスピアは明らかにそれまでとは異なる受け取られ方をするようになった。なぜかくも大衆の支持は変質したのか、いくつかの理由が考えられるだろう。第一に、多様な演劇形態が生まれ、観客の選択肢の幅が急速に広がったことが挙げられる。次世代を担うリアリズム演劇も生まれつつあった。あるいは、この時期に誕生し確実に大衆の支持を獲得していった映画にお株を奪われたとも考えられる。

しかしながら、シェイクスピアが大衆文化から高級文化へと変貌したからと言って、決してアメリカがこの劇作家を拒否したわけではない。十九世紀、シェイクスピアは大衆演劇文化の中心であったが、二十世紀には、人類最大の偉大な芸術家としてあがめられるようになる。受け取られ方は変わっても、シェイクスピアはアメリカ社会と文化において重要な位置を占め続けているのである。アメリカ・シェイクスピア学会（一九二三年創立）初代会長を務めたアシュリー・ソーンダイクは一九二七年の講演において、アメリカ人にとっていかにシェイクスピアが特別な存在であるか、こう述べている。

彼［シェイクスピア］はまさしくアイドルなのです。ワシントン、リンカーン、ならびにシェイクスピアはアメリカ人が永遠に崇拝し続ける三人であり、この三人に付け足しうる四人目というのは、わが国からも外国からも見つけられないでしょう。(五二五頁)

植民地時代からこのかた、アメリカはシェイクスピアを消費し作り替えてきた。その結果ついにシェイクスピアはアメリカ人の心に溶け込んだのである。

六　シェイクスピアの受容と変容

アメリカにおけるシェイクスピア受容を語るもっとも有名な例は、トウェインによる『ハックルベリー・フィンの冒険』(一八八四)第一九、二〇章に綴られる王様と公爵のエピソードであろう。

ミシシッピ川を下る旅の途中でハックとジムは、「王様」と「公爵」のふりをするふたりのペテン師と同行することになる。王様と公爵はロンドンの名優デイヴィッド・ギャリックとエドマンド・キーンになりすまし、『ロミオとジュリエット』と『リチャード三世』からの一場面を演じて一儲けしようと企んだ。ジュリエットに扮するにあたり自分のハゲ頭と白い髭を心配する王様に、公爵は「気にすることったない。(中略)このあたりの田舎もんはそんなこと気にしやしないさ」と意に介さない(一六九頁)。**(図版4)**その上、公爵はハムレットの独白も披露することを思いつくが、それはハムレットとマクベスをごちゃまぜにしたお粗末な代物だった。やがて一行がアーカンソーの田舎町に着き公演を開くと、客は少ししか集まらない上に、王様と公爵の舞台があまりにでたらめなので、客はゲラゲラ笑ってばかりいた。

一八八四年に出版された『ハックルベリー・フィンの冒険』が実際に執筆されたのは一八七六年から

の七年間だとされ、一八八二年のミシシッピ再訪の際の印象が色濃く反映していると言われる。王様と公爵のエピソードは、執筆時期の演劇事情について多くを語ってくれる。物語レベルでは、十九世紀半ばにはアーカンソー州の田舎町でもメロドラマ調のシェイクスピアが旅役者によって上演されていたことが分かる。交通網が整備されて巡業が容易になったほか、郵便制度やマスコミの発達によりロンドンの名優に関する情報が辺境にまで到達した。ところが、そうして全米に広まったシェイクスピアはかなりいい加減な代物だったらしい。公爵の独白のように、せりふは継ぎ接ぎだらけの即興であるばかりか、物語の筋も演出も好き勝手に改変されていた。前述したように、一八四六年の『アングロ・アメリカン』紙はナショナル劇場における『リチャード三世』のでたらめぶりを批判したが、ナショナル劇場というニューヨークの正統な劇場で行われた公演でさえこの有様だったのだから、地方の状況は推して知るべしである。クーンの研究によると西部では少ない劇団員でシェイクスピアを上演しようとしたため、原作の改変、一人二役三役は当たり前で、アマチュアを雇うことさえあった（二〇―一一頁）。しかも、公爵の言い分によれば、そのでたらめぶりを観客の誰も気にしなかったようだ。その上『ハックルベリー・フィンの冒険』を読む読者レベルで考えれば、執筆された一八七〇年代頃の読者たちは、公爵によるハムレットの独白が、『ハムレット』や『マクベス』などをつなぎ合わせただけのでたらめだと理解していたことが分かる。パロディが成立するにはその元ネタが深く認知されていなくてはならないという大前提を今一度思い起こせば、公爵の独白は、いかにシェイクスピアがアメリカ文化に浸透していたかを悟る格好の例となるだろう。

『ハックルベリー・フィンの冒険』の十二年後に出版された『赤道に沿って』第六四章のエピソードは、シェイクスピアの拡散を知るためのさらなる手がかりを提供する。バーナムは十九世紀アメリカで発展した消費文化の旗手として広く知られていた。経済発展と共に台頭した新興中産・労働者階級の欲求と嗜好をいち早く見抜き、大衆のための一大娯楽産業をうち立てたのだ。一八四七年に起きたバーナムのシェイクスピア生家買収騒動が示すことは、天才興行師にして怜悧な企業家であるバーナムが、巨額を投じて生家を買い大西洋上を船で運んでも十分儲けられると考えるほど、十九世紀アメリカにおいてシェイクスピアは人気があったということである。その上、バーナムがシェイクスピアの生家とゾウを等価交換したというトウェインの物語からは、シェイクスピアはジャンボと同じように大衆的な見世物として人気があったと推察できるのではないか。

こんにちではすっかり忘れられ、トウェインの旅行記にほんの少し触れられるだけの、シェイクスピアの生家売り出しという小さな出来事が、アメリカ文化におけるシェイクスピアの位置を理解する重要なカギとなる。アメリカにおいてシェイクスピアが芸術として認められるようになったのは、たかだかここ百五十年のことに過ぎず、それ以前の植民地時代から十九世紀後半までは、性別、階級、地域に関係なく、あらゆるアメリカ人に親しまれた大衆娯楽だった。その高い人気の要因は、シェイクスピアが時代ごとのアメリカ社会と国民の要請に応えて作り替えられていたところにある。言うなれば、シェイクスピアはアメリカ化されたのである。

註

（1） ストラットフォード・アポン・エイヴォンを訪れたアメリカ人に関しては、シェイクスピア生誕地記念財団記録部門のロバート・ベアマン氏から助言をいただいた。ストラットフォードが文学的な聖地として有名になり観光地化される経緯は、ベアマン『イギリス特権都市の歴史』第一一章に詳しい。しかしバーナムによる生家買い付けについて言及した研究書は稀少で、『イギリス特権都市の歴史』一七一頁、サクソン 一三七頁、フレミング 六〇―六一頁などに散見されるのみである。

（2）十六世紀末から一六四二年の劇場閉鎖に及ぶまでルネサンス期イギリスに吹き荒れた演劇批判の嵐は、ピューリタンの道徳観だけに起因する訳ではなかった。ウィリアム・リングラーによると、一五七七年から二年間、イギリスでは膨大な数の演劇、とりわけ営利目的のプロによる公演を攻撃する文書が発表され、スティーヴン・ゴッソンが一五九七年に発表した『悪弊学校』で頂点を極める。しかし、批判者は必ずしも狭義のピューリタンだけではなかったのである。なぜこの時期に演劇批判が突如として噴出したのか、リングラーは演劇そのものの変質を指摘する。すなわち、一五七六年、ジェイムズ・バーベッジ（一五三〇?―九七）が劇の上演のみを目的とする初の本格的な公衆劇場《パブリック・シアター》であるシアター座を開場、演劇界にプロ意識が芽生えるにいたる。観客層は低級化し、結果として劇の内容も宗教色が薄れた。この変化が批判を招いたと考えられるのだ。こうした世俗的な要因も含めて、新大陸に入植したピューリタンたちは演劇批判の精神を保持していたのだと言えるだろう。

（3）エスター・C・ダン『アメリカのシェイクスピア』（一九三九）はもっとも早い言及のひとつ。ローレンス・レヴィンは『ハイブラウ／ローブラウ』（一九八八）で、十九世紀のアメリカ人観客とエリザベス朝の観客は、どちらも二十世紀のスポーツ観戦客に近い性質を持つと指摘する。すなわち、彼らはあらゆる人種、階級、性差、年齢から構成される雑多な集合体で、しかも単なる「見物人」というよりはパフォーマンスに積極的に介入する「参加者」なのである（二四―三〇頁）。

第二章　丘の上の地球座——初期ピューリタンの説教にみる世界劇場

この世はすべてこれ一つの舞台
人間は男女を問わずすべてこれ役者に過ぎぬ（二幕七場一三九—四〇行）

『お気に召すまま』（一五九九）第二幕第七場におけるこのジェイクイズのせりふはあまりにも有名だが、世界を劇場に、そして人を役者になぞらえるいわゆる「世界劇場《テアトラム・ムンディ》」と呼ばれる隠喩は西洋思想に古くからあった。その起源は古代ギリシャのピタゴラスもしくはローマのペトロニウスまでさかのぼり、中世を経てルネサンス期にふたたび注目を浴び、『お気に召すまま』が上演された十六世紀イギリスでは広く一般に受け入れられていた。概念そのものはシェイクスピア特有のものではないのだ。そこで、ここで注目するのは、たとえば一五九九年グローブ座において、こけら落とし公演のひとつだったと言われる『お気に召すまま』が上演され、その場に集った観客がジェイクイズのこのせりふを耳にする——この時空が内包しえた世界劇場の構図である。

旅籠の中庭に作られた仮設舞台や熊いじめの円形競技場あるいはヴィトルーヴィウスの『建築書』[1]に記載の平面図など、エリザベス朝時代の公衆劇場《パブリック・シアター》の起源には諸説ある。しかしその起源がいかなるものであれ、カスバート・バーベッジらと共にテムズ河畔にグローブ座を建設するにあたり、シェイクスピアが世界劇場の概念を強く意識していたことは確かである。まさしく「地球《グローブ》」と名付けられたこの劇場の入り口には、地球を背負うヘラクレスの絵とラテン語で「全世界が劇を演じる」という文句の看板が掲げられていたという。舞台上では『お気に召すまま』に限らず、物語の筋立ては異なるものの、この主題が幾度となく繰り返し唱えられた。たとえば、『リア王』(一六〇五)において、権力を与えた娘たちに邪険に扱われ、嵐の荒野をさまよう気の狂った王は、

人間、生まれてくるとき泣くのはな、この
阿呆どもの舞台に引き出されたのが悲しいからだ。(四幕六場一八二―八三行)

と叫ぶ。あるいは、マクベスは王位簒奪に成功し殺戮を繰り返すがやがてその地位は脅かされ、そこにマクベス夫人の死が伝えられると、人生のはかなさに思いを馳せる。

人生は歩き回る影法師、
あわれな役者だ、舞台の上で大げさにみえをきっても
出場が終われば消えてしまう。(五幕五場二四―二六行)

人は世界という舞台で決められた役柄を演じる役者である。その舞台を見守るのは天上の観客と想定されていた。地球は宇宙の中心に位置し、宇宙全体は神の支配下にあると考える天動説は、プトレマイオスが提唱して以降千四百年間信じられており、コペルニクスが地動説を発表してから五十余年を経たシェイクスピアの時代でも、いまだ根強く残っていた。たとえば、ロバート・フラッドの書物(一六一七―一

九）に収められた、当時の世界観を反映する代表的なプトレマイオス的宇宙図がある**（図版5）**。この図では多重円の中心に地球が位置し、それを取り囲む外円は天を意味する。地球の上に座る「猿」は「自然の女神」と鎖でつながれ、さらにその女神は天上の神と鎖でつながれている。これは自然と神を「猿まねする」人間の姿を表す。地球をぐるりと囲む神と天使の層はまるでこの「猿芝居」を見物しているかのようである。このような世界観はまさしく、『尺には尺を』（一六〇四）においてイザベラが、兄クローディオに対して公爵代理のアンジェロが下した無慈悲な判決を責めるせりふに反復される。

　ところが人間は、傲慢な人間は、束の間の権威をかさに着て、
自分がガラスのようにもろいものであるというたしかな事実も悟らず、まるで怒った猿のように、
天に向かって愚かな道化ぶりを演じては天使たちを
泣かせています。（二幕二場一一七―一二二行）

同様のことは史劇『コリオレーナス』（一六〇八）にもあてはまる。敵方と組んでローマを攻める勇将コリオレーナスの元へ、母ヴォラームニアが妻ヴィルジーリアを伴って和平を乞いにやってくる。母の嘆願に心を動かされたコリオレーナスはローマとの和解を決めるが、これは我が身の危険も示唆していた。

　おお、母上、母上！　なんということをなさりました！
ごらんなさい、天が口を開き、神々が下界を見下ろし、
この自然に反する光景を笑っておいでだ。（五幕三場一八二―一八五行）

さらには舞台で演じられる隠喩は、その舞台を見つめる観客へとはね返る。世界がひとつの劇場であり人がひとりの役者であるならば、本物の劇場と本物の役者は現実世界を映し出す鏡となり、世界の縮図となる。エリザベス朝時代の公衆劇場は、吹き抜けの円形状空間を多層の桟敷席が囲み、その平土間の中程にまでオープンステージが張り出した構造をしている（図版6）。プトレマイオス的宇宙図が描かれた舞台の天井を「天《ヘヴン》」と呼び、反対に奈落は「地獄《ヘル》」と称し、その「天」と「地獄」に挟まれた舞台は「現世」を表していた。「地球《グローブ》」という名の劇場でジェイクイズやリア、マクベスのせりふを耳にした観客は、物語の登場人物と同様に自分たちもまた、世界という劇場で演技する役者のひとりなのだと意識せざるをえなかったに違いない。舞台で役者が「この世はすべて舞台」と盛んに唱え、観客が実人生の演劇性に思いを馳せるとき、シェイクスピアのグローブ座は多重の世界劇場を提示する。

こうしたグローブ座の精神構造は、十七世紀初め、新大陸へと持ち込まれた。第一章で述べた通り、アメリカの地に演劇文化が根づくのは遅い。植民地時代最初の百年では英語やスペイン語、フランス語の小品が上演されたという断片的な記録が散見されるだけで、初の常設劇場が建てられるのも、シェイクスピア作品が初めて上演されるのも十八世紀に入るまで待たなければならない。十七世紀アメリカには劇団も劇場の建物も存在しなかったのである。ところが、ウィリアムズバーグに初めて常設劇場がお目見えする一七一六年よりはるか以前に、実はアメリカには別の意味で既に「劇場」があったのだ。アメリカン・ピューリタンの父祖たちは説教壇を作り、そこからジェイクイズやリアさながらに世界劇場の主題を唱えた。説教を聴きに集う会衆は、グローブ座の観客と同じように、自分たちはアメリカという舞台で、神がお書きになった台本に沿って人生の劇を演じる役者なのだと自覚していた。こう見るとき、初期ピューリタンの説教の場に、グローブ座が包有した時空の再建を仮定することはできないだろうか。

一　言葉による劇場

ハートフォードの牧師トマス・フッカー（一五八六？―一六四七）が説教「魂の召命《ヴォケーション》、もしくはキリストへの強き促し」（一六三七―三八）で、「福音の言葉と聖霊のはたらきは常に共にあるのです」（八二頁）と説くように、ピューリタンの信仰生活でもっとも大切な回心という体験は聖霊のはたらきによってもたらされ、聖霊のはたらきは福音の言葉を通じて行われると考えられていた。ゆえに説教はことさら重要な役割を担っていた。フッカーは、「主は神の言葉を説教することをほかと区別なさいました。主は説教を聖別なさり、召命の手段として区別なさいました。（中略）このことは福音についても然りであって、召命にあずかるにこれをおいてほかに術はないのです」（八二―八三頁）と続ける。すべての真理は聖書に記されており、聖書の言葉を平明に語ることこそ肝要であった。そのためピューリタンは、カトリックや英国国教会の過剰な儀式性に反発し、聖像や聖画、聖歌、祭服といった装飾品をことごとく否定したのである。偶像破壊《イコノクラズム》を唱えることで他宗派との差別化を図り、ピューリタニズムの確立を標榜するという政治的動機もあった。

加えて、ピューリタンの偶像否定の根幹には、人間の想像力に対する強い不信が窺える。ピューリタン研究で知られるペリー・ミラーによれば、当時、想像力は「知覚した印象」を「自然の事物に対応することのない偽りの幻影」（ミラー『ニューイングランドの精神――十七世紀』二四六頁）へと変えてしまい、こうして生み出された幻影はしばしば理性を飛び越して意志や感情にじかに働きかけ、人を悪へと導く恐れがあると考えられていた。しかも、悪魔は自然の世界では得られないような悪のイメージを想像力に植え付けて、人を誘惑するという。一七三〇年代半ばから四〇年代を通じて起きた信仰復興運動《グレート・アウェイクニング》で中心的役割を担ったマサチューセッツの牧師ジョナサン・エドワーズ（一七〇三―五八）は、修正カルヴィニズムの神学書『宗教的熱情に関する論考』（一七四六）で、想像力を「悪魔がひそむ場所、汚れた欺瞞的精神の巣」（二八八頁）と呼んでいる。想像力そのものが悪いわけではないが、それは理性あるいは神によって制御されていなければならず、イメージは現実を映すものでなければならないのだ。

想像力は理性によって厳しく制御されなければならず、その理性が無力な場合は、神の言葉と聖霊によって制御されなければならない。想像力そのものは罪深いものではなく、宗教生活においても宗教的真実の幻影をかたち作る上で必要である。しかし、それは事実のみを映し出すものでなくてはならないのだった。（ミラー『十七世紀』二五九頁）

したがって、人工の創造物が受け入れられる余地はなかった。一六四五年、マサチューセッツ湾植民地初代総督ジョン・ウィンスロップ（一五八八―一六四九）は創作文学《フィクション》を批判している。

信心深く徳に満ちた若いご婦人が、何年もかかって彼女のうちに培われてきた、分別と理性の消失という悲しい病に冒されてしまいました。それは、本を読んだり書いたりすることにすっかり没頭し、また自分でもたくさんの本を書いたためでした。（『日記』第二巻 二二五頁）

ましてや、ほかの芸術形態以上に、ピューリタンの攻撃の矛先が演劇に向けられたのも当然と言えよう。なぜなら、人が自分以外の人物に扮し、観る人もその設定を信じたふりをするという意味で、演劇表象は作り手、演じ手、観る側すべてに多大な想像力の駆使を要求するからである。演劇に対する猜疑心は繰り返し表明された。ボストンの有力牧師コトン・マザーは『善行論』(一七一〇)において、子供に害毒を与えるものの例としてロマンスや小説、歌と並んで演劇を挙げている。

わたしは彼ら[子どもたち]に、わたしがもっとも好ましく得るものの多いと考える本を読むように与えましょう。そうしてから、読んだ本の内容についてなんらか感想を述べさせます。加えて、悪魔の書につまずいたり、馬鹿げたロマンスや小説、演劇、歌、けしからぬ余興などの毒牙にかからないように厳しい監視の目を向けます。(五八頁)

ほかにも、神学生にあてた指導書に収められた文学論「詩と文体について」(一七二六)で、コトン・マザーは演劇を「竜と怪物の口から飛び出したカエル」にたとえて「演劇に触れるなかれ、嗜むなかれ、扱うなかれ」(六八七頁)と説く。

ピューリタンの演劇嫌いはイギリス本国でも強かったが、新大陸における嫌悪感はなおのこと強かった。宗主国の文化だからという植民地側の単純な反発心があったし、もとより荒野に共同体を作るにあたり娯楽に興じる経済的・精神的余裕などあるはずもない。脆弱な政治組織にとって、演劇の持つプロパガンダ機能も脅威となるだろう。実際、演劇を法的に規制しようとする動きは植民当初からあり、十八世紀にはヴァージニアとメリーランドを除くすべての植民地において演劇禁止令が制定されたことは、第一章で既に述べた通りである。それでも演劇の上演は決してなくなりはせず、政治家サミュエル・シューアル(一六五二—一七三〇)は一七一四年の手紙で、とうとう政治の場である会議場で劇が上演されようとしていることに激しく憤っている。

何者かが次の月曜日に、会議場で劇の上演を画策しているとの噂がある。それは大きな驚きだ。私としては、これを強く禁ずる。ローマ人ははなはだ演劇を好んだが、それにしても、元老院を劇場に変えてしまうほどとは聞いたことがない。(中略)ダンスや演劇で会議場を汚すことのないようにしなくてはならぬ。(メザーブ『娯楽の台頭』二七頁に引用)

このような厳格な偶像否定ゆえにピューリタンはしばしば不毛な文化の代名詞のように論じられるが、彼らといえども普遍的な芸術的模倣《ミメシス》への欲求は併せ持っていたはずである。神の像を作ることはできないが、目に見えない神を視覚化したい、抽象的な神学理念を具体化したいとの想いは、おのずと彼らを言葉による芸術へと向かわせることとなった。結果的にピューリタンは自伝や伝記に始まり歴史、旅行記、教訓話、詩歌、回心体験記や捕囚体験記などのほかにも、公表を意図せずして書かれたおびただしい数の日記や書簡を残した。神の視覚的な像を作れないのならば、言語による像を作ればよいのである。

こうした試みのうち、もっとも広く行われ、もっとも有効だったものが説教だった。安息日の礼拝や平日に開かれた「講義の日」といった日常的な場以外にも、選挙や政治家の任命式、葬式、処刑などさまざまな機会をとらえては説教がなされた。一般的な信徒は一生のうちで約七千回、時間にして一万五千時間の説教を聞いたという(ダニエルズ 八〇頁)。しかもその多くは時をおかずして印刷・出版されたので、人びとは家庭でも説教を学ぶことができた。ピューリタンは抑圧された模倣《ミメシス》への衝動に回路を与えるために、言語による芸術を奨励して説教の伝統を築いた。ほかならぬ、その説教こそが、ピューリタンがもっとも嫌悪したはずの演劇を彷彿とさせる要素を内包していたのである。

二　説教壇という舞台

説教壇を舞台にたとえる言い回しはよく使われていた。フッカーは「救済を迎える魂の動態《アプリケーション》」（一六五七）において、派手な弁論術を使った説教を批判する。

彼ら［牧師たち］が説教をするときは、罪が真に憎むべきものであり恐ろしいものであることを誰の目にも明らかにして、人びとが恐れのあまり罪を犯そうとしなくなるように、語らなくてはなりません。あてこすりや、罪に対する非難や罵倒でも、気の利いた言い方をしては、もっとも不信心な輩は心を入れ替えるどころか喜んでしまいます。これらは主なる神の声を伝える場所、人、務めにはまったくふさわしくも似つかわしくもないものです。なんと！　牧師が道化に成り下がるとは。恐ろしい！　説教壇を舞台に変え、罪とたわむれるとは。良心がその罪を恐れるべきときに。（二一一頁）

説教壇に立つ牧師は表情豊かに身振りを交えて語り、聴衆への呼びかけや直接話法や対話体《ダイアローグ》を盛んに取り入れた。サミュエル・ダンフォース（一六二六―七四）は選挙日の説教「ニューイングランドに託されし荒野への使命」（一六七〇）の最終部分において、悲観主義的な皮肉屋の役柄を想定し、声色を変えて二役を演じ、架空の質疑応答を展開している（七二―七七頁）。一人芝居の掛け合いは難解な思想を理解する手助けにもなる有効な技法であった。

このような牧師の熱演が聴衆を魅了したのも当然と言えよう。説教を聞くことは神の恩寵を知る手段であり、ピューリタンは厳格な安息日厳守主義に従った。安息日には午前九時と午後二時の礼拝に出席し、聖書を読んだり黙想したり慈善活動をしたりするといった宗教活動以外はすべて禁じられており、安息日を破ることは時には死罪をも含む厳罰に処せられた。しかもマサチューセッツやニューヘヴン、コネチカットなどの共同体では、説教への出席が法律で定められていた。ところが信者が説教に出席したのは、必ずしも強制されたからという理由にとどまるものではない。ブルース・ダニエルズは『遊ぶピューリタン』(一九九五)において、厚い信仰心と謹厳実直な生活態度の代名詞のごとく語られるピューリタンの息抜きに注目している。礼拝や聖職按手式、葬儀、教会の祝日などは厳格な宗教的行事であると同時に、娯楽を提供する場でもあったのだ。なによりもまず、安息日は日々の過酷な労働から解放される休みの日である。日頃は離れて暮らす親戚や友人が遠方から一堂に会するにぎやかな社交の場でもある。説教は宗教的な内容に加えて科学や医学の話題を提供する知的興奮の場であり、実社会の政治や事件について伝えるメディアでもあった。ピューリタンの語りには、聖書がそうであるように、具体的で生々しいイメージやエピソード、たとえ話、誇張が溢れていた。

ピューリタンの作家たちは自然界の不可思議な出来事についても取り上げた。双頭の牛、二十五ポンドもある巨大児、岩さえ吹き飛ばす大嵐などなど、その内容はのちの興行師P・T・バーナムをも羨ましがらせるほどのものだった。(ダニエルズ 三二頁)

説教は、十九世紀に一世を風靡したペテン師的興行主バーナムが繰り広げた大袈裟な見世物と同じ楽しみを、二百年も前に既に人びとにもたらしていたのである。

ピューリタンは演劇は宗教を脅かすものだと恐れていた。コトン・マザーの父である、牧師インクリース・マザー（一六三九―一七二三）は説教「祈りにおける信仰と熱情に関する講話」（一七一〇）で、宗教を物笑いの種にした古代劇がニューイングランドに復活することを危惧している。

この世で一番痛ましい出来事のひとつは、キリスト教徒の間の恥ずべき争いでした。これがためキリスト教徒は異教徒に嘲笑され、異教徒はまたこれを理由にキリスト教徒を公共の劇場で晒し者にし、罰当たりの芝居をやってキリスト教徒を笑い者にしたのです。しかしながら、ずっと後代になったこんにち、事態はいくらかでも良くなっているでしょうか。（五五―五六頁）

それでも、牧師たちは演劇を禁止しながら、一方で説教という演劇を繰り広げていた。演劇を非難する説教そのものが多分に演劇的要素を有していたのである。図らずもピューリタンは、説教という言語による劇場を作ったのだった。

三　予型論的世界劇場

ここで説教の内容に目を転じれば、そもそも新大陸への移住そのものが、ピューリタンの予型論的《タイポロジー》発想によってひとつの世界劇場として読み替えられていた事実が浮かび上がる。予型論とはキリスト教神学における聖書解釈の一手法で、旧約聖書の人物や出来事に、新約聖書におけるキリストとその教会に対する預言を見いだそうとする試みである。この場合物理的な時間の流れとは逆に、キリストの方が「原型《タイプ》」

であり、後から書かれたはずの新約の意味に基づいて旧約のうちに「予型《アンチタイプ》」を探すこととなる。たとえば、ヨナが鯨の腹の中で三日を過ごしたことは、キリストが磔刑の三日後に復活したことの予型となるのだ。新約とは別物と思われる旧約の内容になんらかの意味や象徴を与えようとするこの解釈法は、必然的に想像力の駆使を要求する。そのため、神の言葉を歪曲する危険があるとして、特にプロテスタントの間では批判されてきた。

しかし、十七世紀初頭に新大陸に入植したピューリタンは、みずからを旧約聖書につづられたイスラエル人の姿に重ね合わせるという予型論的歴史観を展開した。新大陸への移住を「荒野への使命」と称して、イスラエル人が迫害を逃れてエジプトを脱出し、荒野を放浪した果てに約束の地カナンに定住するにいたる「出エジプト」の過程になぞらえたのである。ピューリタンは旧約聖書における「出エジプト記」という台本を、アメリカという舞台で再演する役者となる。かくてニューイングランドにおいて、ピューリタンは神との契約による共同体の建設を目指した。ウィンスロップは、新大陸上陸をいよいよ翌日に控えたアーベラ号の船上で行った有名な説教「キリスト教徒の慈愛のひな型」（一六三〇）[2]で、この神との契約関係を明言する。

このように、神と我々の間には大義が存在する。この仕事のために、我々は神と契約を交わした。我々は神の委任を受け、神は我々に契約の条項を書くことを任せたのである。我々はさまざまな目的を達成するべく、これらの行動を実行に移すための計画を明らかにしてきた。（九〇頁）

神は人に救済の恩寵を与え、その代わりに人は信仰に基づく神の国、すなわち「丘の上の町」（九一頁）を築く義務を負うのである。人が演じるべき役柄は神によって定められているのだ。ちなみに、この発想は「マタイによる福音書」の次の一節に依拠し、こんにちまで続く世界が見習うべき手本であると自負するアメリカ人の精神の根幹をなす。

あなたがたは、世の光である。丘の上の町は隠れることができない。また、明かりをつけておいて、それを枡の下におく者はいない。むしろ燭台の上において、家の中のすべてのものを照らさせるのである。そのように、あなたがたの光を人びとの前に輝かし、そして、人びとがあなたがたのよいおこないを見て、天にいますあなたがたの父をあがめるようにしなさい。（「マタイによる福音書」口語訳　第五章一四—一六節、一部拙訳）

そして契約とは双務関係であるから、もし人が約束を破れば神は容赦なく罰を下す。ウィンスロップは説教をこう続ける。

しかし、もし我々が我々自身が提唱した目的であるこれらの条項を守らず、神に背き、世俗のことばかりに気を取られて、肉欲の目的を追い求め、自分と子孫のために利益を求めるならば、神は必ずや怒りを爆発させ、誓いを反故にした人びとに復讐し、契約を破った報いを我々に思い知らせるだろう。（九〇—九一頁）(3)

そのため、ピューリタンは常に、神に契約が確実に履行されているかどうか「見られている」のだと、一種の脅迫観念を抱くようになった。コトン・マザーは日記に記している。

わたしの心はその性質もはたらきもすべて、遍在する神の目に常に見られている。行動と言葉のみならず、思考と気持ちまでも偉大なお方の監視下にある。(『日記』第二巻一五五頁)

言動だけでなく心のなかも神が見張っているというこの感覚は、説教でも頻繁に言及される。インクリース・マザーの「人びとに奉仕するダビデ」(一六九八)がその典型だろう。その一節には「目」や「見る」、「見張る」といった意味合いの単語がたくさん使われている。

いかなる目が我々に注がれているか、常に覚えておきましょう。神の目は、我々には見えないけれども、我々の行動をすべて監視しています。聖なる天使たちの目も我々に注がれています。福音書「コリント人への第一の手紙」第四章九節「わたしたちは、天使に対して見世物にされたのだ」。(中略)そして神の子イエス・キリストの目も我々をご覧になっています。(中略)神はあなたを見ておられます。天使たちはあなたのそばにいらっしゃいます。あなた自身の良心があなた自身の行動の目撃者となるのです。(二二六―二二七頁)

言うなれば、神は人間の繰り広げる人生という舞台を見守る観客として立ち現れる。

その一方、アメリカへの植民をめぐるより世俗的な事情に着目すれば、ピューリタンの演じる世界劇場が必ずしも宗教的動機のみに裏打ちされたものではないことが分かる。観客は天上の神だけではなかった。ウィンスロップは説教の核心でこう説く。

我々は、丘の上の町となることを考えなければならない。すべての人びとの目が我々に注がれている。したがって、もし我々が携わるこの事業において神を裏切り、そのことによって神が今差し伸べてくださっている援助の手を引いてしまうようなことになれば、我々の噂は広まり、世界中の物笑いの種になるだろう。（九一頁）

本国イギリスでの宗教闘争に敗れて追われるようにアメリカへやって来たピューリタンは、ともすれば単なる敗残者の汚名を着せられて、「物笑いの種」とされてしまう。新大陸への逃亡を正当化するためには、我こそは旧約に記された「出エジプト」の原型《タイプ》であり、聖書のなかのイスラエル人のごとく、神の国を建設すべく神と契約をかわした選民であることを実践してみせなければならない。「すべての人びとの目」が注がれているからである。しかもマサチューセッツ湾植民地に限ってみるならば、一六二〇年にメイフラワー号に乗って海を渡り、プリマスに入植したピルグリム・ファーザース（巡礼の父祖）たちが英国国教会からの完全分離を掲げる「分離派」会衆派だったのに対して、マサチューセッツの人びとは「非分離派」会衆派と呼ばれる一派だった点も忘れてはならない。彼らは英国国教会の改革を可能だと信じ、改革された真の教会の姿を本国に対して示そうとしていた。この手本としての自負が「見られている」という自意識を強めたとも言えよう。

さらにもっと身近にも見ている存在はあった。マザーが『善行論』において指摘するように（八五頁）、共同体ではいくら自分が神との契約を守っていても、構成員のうちひとりでも背く者があれば、全体が罰せられることになる。ゆえに人びとはお互いを厳しく監視していた。たとえ成人でも独身者が一人暮らしを禁じられていたのはこのためである。批評家ジェイン・カメンスキーは十七世紀ニューイングランド社会では、人びとは他人の言葉に非常に敏感だったと指摘する。それは神の言葉としての聖書を唯一の拠り所とするピューリタンが言葉そのものを重視していたからとも、情報に飢えていたからとも考えられるが（四六―四八頁）、なによりも未熟な閉鎖社会においては、みずからの名誉を守るためには他人の言葉に絶えず聞き耳を立てていなければならなかったことによる（一二頁）。「見張り、見張られる」という感覚が生まれたのも必然であった。宗教共同体にとってもっとも恐いのは、背信を犯し神権制を脅かす異端者の存在である。神権制下においては、公民となるためには教会員であることが条件とされ、教会員となるためには、牧師やほかの信者が見守る前で信仰を告白し回心体験を述べなければならなかったのだが、これこそまぎれもなく一種の監視制度であろう。

ピューリタンの説教は、神の書いた台本に従いキリスト教信者としての役柄を演じるように説き、そうすることによって恩恵がもたらされ救済にいたることができると教えた。説教を聞く側も固くそう信じていた。ジェフリー・リチャーズによる詳細な資料がすでに明らかにするように（一〇一―七三頁）、アメリカを舞台に見立てる表現は当時から珍しくなく、むしろ親しみ深いものだった。植民地設立の先人たちを役者にたとえるコトン・マザーの歴史書『アメリカにおけるキリストの大いなる偉業』（一七〇二）の書き出し部分などは有名だ。人びとはこうした世界劇場観を説教によって植え付けられていたとも考えられる。神と世界が見ているから信心深く生きよと説くことによって、権力者たちは若い組織をまとめ上げ、神権制を保持しようとした。説教の場は初期植民地時代のアメリカ固有の政治的要請に応えた劇場だったのである。

四　死刑の説教

アメリカン・ピューリタンの説教はあらゆる機会に行われ、その内容も多岐にわたるが、そのなかでも特に演劇性を有すると思われるのが「死刑の説教」である。死刑の説教は教会で鎖につながれた罪人を前にして、絞首刑の直前あるいはそれに先立つ水曜日か安息日に約一時間かけて行われた。一六八六年三月に行われた殺人犯ジェイムズ・モーガンの処刑では、処刑日の前の安息日にコトン・マザーとジョシュア・ムーディが、当日にはインクリース・マザーの合計三名の牧師がそれぞれ説教をしている（ボスコ 一五九―六〇頁）。説教が終わると、牧師と罪人は処刑台のある広場へ行列をなして向かう。この時、すぐに罪人が入ることとなる棺桶も一緒に行進したりもした。説教と処刑は大変人気が高く、何日もかけて遠方からわざわざやってくる者もいた。説教には五百五十から八百五十（ミニック 七九頁）、処刑には三千から六千もの人が集まったという（ウィリアムズ 八三二頁）。一万二千人が集まったという推算もある（ミニック 八〇頁）。これは教会の収容定員をはるかに上回る人数で、コトン・マザーは別の死刑の時は、教会内の説教壇にたどり着くのに「信徒席や人の頭」を越えていかなければならなかった、と『日記』に記している（第一巻 二七九頁）。その場では、興奮した観衆は、罪人が教会から処刑台に向かう行列に群がり、少しでも罪人に近づこうとした。罪人の生い立ちや犯罪の様子が詳しく書かれたパンフレットが売られたりもした。処罰やその説教がいかにニューイングランドの人びとの見世物的好奇心をあおり立てたかは、ナサニエル・ホーソーンの小説『緋文字』（一八五〇）冒頭において、姦通を犯したヘスター・プリンが獄舎から引き出されて晒し刑に処せられる様子に見て取れる。あるいはユージーン・オニール、テネシー・ウィリアムズ（一九一一―八三）と並んで三大アメリカ人劇作家のひとりと称されるアーサー・ミラー（一九一五―）の四幕劇『クルーシブル』（一九五三）は、十七世紀末に実際に起きたセイラムの魔女狩りを題材に、密告や集団ヒステリーといった人間心理を描く現代劇であり、作品中の魔女裁判からは、罪人の断罪や処刑に熱狂したであろう当時の人びとの様子が察せられよう。さらに出版された死刑の説教は、時には版を重ねるほど人びとの求めるものだった（ミニック 八〇頁）。その表紙にはセンセーショナルな惹句やデザインが施され、罪人の投獄中の姿や告白、処刑の様子などの詳しい描写が付録としてついていた。死刑の説教で初めて活字になったのは、サミュエル・ダンフォースの「ソドムの叫び」(一六七四)であった。

死刑の説教の構成は同時代のほかの説教と大差ない。まず聖書からの一節が取り上げられて、その引用から引き出される「原理」が示される。続く「応用」の部分において、その原理が実際のニューイングランドの状況、死刑の説教の場合は実際の犯罪と罪人に当てはめられる。さらに罪が弾劾され、死刑の宣告とその正当化が行われる。説教の締めくくりには罪人に向かって罪の告白と懺悔が勧告され、もしここで悔い改めて回心すれば、処刑ののち天国への道が開かれることが告げられるのだ。ここでも神の視線が強調される。前出のジェイムズ・モーガンの死刑に際してムーディが行った説教「断罪されし悪人への訓戒」は、「自分がかかわった罪、そしてそのほかにも、全知全能の神がご覧になっていたより多くの罪」(六二頁)を悔い改めよと諭す。また、ダンフォースは「ソドムの叫び」で、「神はどこにでもいらっしゃるのです。(中略)神はもっとも隠された不正をご覧になっており、はるか彼方からでも私たちの考えを知っておられます。神は調べたり質問をしたりする必要もないのです」(二頁)と言う。このように、神はいつも人の罪を「見ている」のである。

死刑の説教で特徴的なのは、処罰される罪人個人の罪とその末路が、その罪人が所属する共同体全体の運命と重ね合わされる点にある。殺人や強盗、同性愛などの犯罪が存在すること自体、その共同体が「丘の上の町」を建設するという神との契約を忘れつつある証拠なのである。説教を聴く人びとも罪人となんら変わらず、罪を犯さずに済んでいるのはたまたま神の恩恵があるからに過ぎない。主人を殺害したふたりの召使いに対する説教「邪悪な者の運命」(一六七四)において、インクリース・マザーはこう述べる。

我々は、ほかの人が弾劾されているような罪に陥らずにいるでしょうか。もしそうだとしても、これは我々自身の心のおかげではありません。なぜなら我々は彼らと同じ性質を持っており、もし神が我々を欲望がおもむくままに放置なさるなら、我々は彼らと同じくらい、あるいは世のあらゆる人の子と同じくらい邪悪だったはずだからです。（二六頁）

説教は実際の殺害方法など犯罪の詳しい経緯には触れずに、罪の普遍化を図る傾向にあったが（ハルトゥーネン 七五―七六頁）、これも罪人と聴衆が「同じ性質」を持つことを強調するためであろう。全員が原罪を悔い改めなければならないのである。死刑の説教は罪そのものを問題とするのではなく、むしろ罪を犯した罪人がいかに懺悔にいたったのか、その過程を中心に述べた。罪を悔い改め天へと召される罪人の姿は、人びとが従うべきモデルである。人間は原罪を負うが、神の恩恵によって回心すれば救済されるのだというピューリタンの教えを、人びとはまず死刑の説教から、ついで実際に目の前に立つ罪人から学ぶ。ジョン・ロジャースが記した幼児殺人犯エスター・ロジャースに関する犯罪体験記《クリミナル・ナラティヴ》『罪の報いは死なり』（一七〇一）の言葉を借りるならば、死刑という「悲劇的な舞台」は「神の恩恵の劇場」（一一八頁）へと変貌する。説教と処刑に集まった観衆は、神に見られていることを思い出し、神との契約を再確認せずにはいられない。

死刑における説教と公開処刑は、罪を犯した者が回心しキリスト教信者として立派に死んでいく姿を示した。しかし、この一連の行事が、神権制共同体の強化を図る権力者側によって巧妙に計画されたものであったことは明白である。牧師は獄中の罪人を頻繁に訪れては、どうすれば回心にいたることができるか熱心に説いたが（ウィリアムズ 八三―三五頁）、それは、回心者はどのような態度を取り、どのような告白の言葉を言うべきものかを教え込むためだったとも解釈することができる。マザー・バイルズは幼児殺しの黒人に対する説教「ダビデの祈りと嘆願」（一七五二）で、「死刑囚よ、わたしはお前の義務を語り説教を締めくくるとしよう」と、処刑までの間になすべきことを教示する。

残されたわずかの時間、おのれの罪を思い出し、次第におぞましさも増していくその様をできるだけ詳しく神に告白しなさい。おのれの罪を隠す者は繁栄することはないが、告白し罪をやめる者は神の慈悲にあずかるだろう。（一八―一九頁）

罪人は処刑を見物しに集まった観衆の前で、罪の告白と懺悔の言葉を言うことを求められたが、この最後の演説でさえ多くの場合、その台本は牧師の手によって書かれ、しばしば牧師自身が代読した（ウィリアムズ 八四六頁）。バイルズは「『神よ、わが救済の神よ、あなたの名とあなたの息子の名によって、わたしを許し新しくしてください』と言いなさい」（一九頁）と、罪人の言うべきせりふを教えている。罪人は役者であり、その役柄は罪の告白によって神の恩恵の素晴らしさを表現することにあるのだ。ナサニエル・クラップは、妻とその姉妹を殺し家に放火した男に対する説教「民を召命する主の御声」（一七一五）において、まさにこの点を言い当てている。

もし神が聖なる神意をもって、ほかの人びとに対する例証とするために、この世界という舞台に罪人を登場させたのならば、より隠された罪を告白することによって人びとの前で神を讃えることは、彼ら罪人の義務なのです。そのより隠された罪こそいま白日のもととなった罪の大元なのであり、それゆえに彼らは世間に晒される結果となりました。（中略）世間に対して罪を悔い告白することによって、彼らは神を讃えることとなりますが、それはほかの人びとがそれを聴き恐れを抱き、主に背かないようにするためです。（一一四頁）

牧師は説教を行う役者でもあり、罪人に演技指導を与える演出家でもあった。説教壇あるいは処刑台という舞台で牧師と罪人という役者が、人生の劇場において神が書いた台本に背いた者の運命を演じる。集まった観客が罪人と自分を重ね合わせて「憐憫」の情を抱き、刑の執行なる末路を見て「恐れ」を感じていたとすれば、死刑の説教と処刑はまさにアリストテレスが『詩学』において唱えた「憐憫と恐れ」という劇的カタルシスをもたらす「悲劇」にほかならなかった。

五　O《オー》字型の木造小屋

『お気に召すまま』と共に、グローブ座こけら落とし公演のひとつとして初演されたとされるシェイクスピアの歴史劇『ヘンリー五世』（一五九九）のプロローグにおいて、次のような口上が述べられる。

　だが、皆様、どうかお許しを、
われら愚鈍凡庸な役者たちが、この見すぼらしい舞台で、
かくも偉大な主題をめぐる芝居をあえて演じますことを。
この闘鶏場のごとき小屋に、はたしてフランスの大戦場を
収めうるでしょうか？　このO《オー》字型の木造小屋に

かのアジンコートの空をふるえおののかせたおびただしい冑を詰めこみうるでしょうか？　ああ、
どうかお許しを！　このOの字は数字で言えばゼロですが、
末尾につけば百万をもあらわすことができます。そして
百万にたいしてゼロのごときわれらは、ひとえに
皆様の想像力におすがりするほかありません。（プロローグ　八―一八行）

粗末な舞台上に『ヘンリー五世』という英仏両大国にまたがる壮大な物語を再現するには、役者の力だけでは到底及ばない。だから観客は「想像力」を働かせて、足らざるところを補って欲しいと頼むのである。

グローブ座の時空は想像力によって成立する。説明役の語る「O《オー》字型の木造小屋」の「O《オー》」という記号に注目しよう。シェイクスピアはこの「O」の記号を、さまざまな意味で作品中に用いている。まず「O」はその形状から「あらゆる丸いもの」を表す。『恋の骨折り損』（一五九四）ではロザラインがふざけてキャサリンに対して「あなたのお顔のあばた（O's）が一万個もなかったらよかったのに」（五幕二場四五行）と言うが、ここでは丸いかたちをした「天然痘のあばた」の意味で使われている。『夏の夜の夢』（一五九五）では魔法をかけられたライサンダーが「美しいヘレナがぼくを引き寄せるのだ、金銀の星（oes）が／空を飾るよりももっと夜を美しくするあの人が。」（三幕二場一八七―八八行）とヘレナを讃えてハーミアを袖にするが、ここでは天上の丸い「星」を指す。語形から考えれば「O字型の木造小屋」の「O」は円形劇場、すなわちこの劇『ヘンリー五世』が今まさに上演されようとしている「グローブ座」である。さらに世界劇場の観点を導入すれば、これは「地球」でもある。『アントニーとクレオパトラ』（一六〇六）において、クレオパトラがアントニーを賞賛するせりふ「あの人の顔は大空のようだった、そこに

は／太陽と月がかかり、軌道をめぐり、小さい丸い／この地球（The little O, th' earth）を照らしていた」（五幕二場七九―八一行）では、「O」は「地球」を指している。また「O」は、その形から「ゼロ」、そこから派生して「無、あるいは取るに足らないもの」の意味でも使われる。たとえば、愚かにも娘に権限を譲り渡して冷遇されるリアのことを、道化は「いまじゃあ掛け値なしのゼロ（O）だ、おれのほうがまだましだぜ、とにかくおれは阿呆ではあるが、おまえさんはなんにもなしだ」（一幕四場一九二―九四行）と揶揄する。

他方、この「O」をレトリカルに解釈すれば、「O」は確かに「無」であるが、同時に「有」を生み出す力を持つ。プロローグが述べる通り（一五―一六行）、「O」は数字の「0（ゼロ）」でもあり、それはほかの数字の末尾につけば多数（「百万」）をも表すことができるからである。ここで思い出されるのが、「頓《とん》呼《こ》法」の「O」が発揮する行為遂行的《パフォーマティヴ》発言としての効力である。頓呼法とは、文章の途中でその場にいない人または擬人化したものに呼びかける修辞の技法で、しばしば「O《オー》」という呼びかけで始まる。不在者や生命を持たない物体に呼びかけるこの行為は、いない人がいることを、無生物に生命と感情があることを想像して初めて成り立ち、呼びかけられた側が、ジョナサン・カラーの言葉を借りれば「反応する存在」（「頓呼法」一三九頁）であることを前提とする。この呼びかけは伝統的な記号内容《シニフィエ》と記号表現《シニフィアン》の関係を解体する。呼びかけの「O」はその発話行為のプロセスそのものによってパフォーマンスを実践し、なんらかの行為を遂行する機能をもった行為遂行的発言であり、呼びかけられた側を「経験的時間」ではなく「言説的時間」（一五〇頁）に位置づけることによって、「架空の、言説によって生み出されたイベント」（一五三頁）たらしめる。頓呼法の「O」は、想像力によって不在者を存在せしめ、物体に生命を与える作用を持つのである。『ヘンリー五世』の口上を字義的に解釈すれば「O字型の木造小屋」の「O」は「グローブ座」を指すが、それは「地球」でもある。しかも説明役が述べように「無でありながら有をも生み出す数字のゼロ」でもあり、さらには「頓呼法のO」をも想起させるのであった。「グローブ座」は「取るに足らない」「ゼロのような」舞台だが、観客の想像力を借りることで、そのなにもない空間に無限大の歴史絵巻が繰り広げられるのである。

同じように、アメリカン・ピューリタンの牧師たちも偶像破壊を唱え想像力を否定するようでいて、その実その力を大いに利用していた。説教は行為遂行的《パフォーマティヴ》発言によってひとつの劇世界を作り出し、聴衆の想像力に訴えかけて、それを信じ込ませたのである。マサチューセッツ湾植民地における選挙日の説教について論じるにあたり、批評家A・W・プラムステッドは説教壇をグローブ座にたとえて、こう指摘している。

一七一三年の古めかしいタウンハウスや会議場の「演壇」は、ニューイングランドの「O字型の木造小屋」とでも呼ぶべき劇場の役割を果たしていた。そこでは牧師たちが、独白のかたちで、しかしときには主人公と相手役の声色を使い分けながら、調子や雰囲気を巧みに変えて、歴史や預言、歌や物語など一大叙事詩を繰り広げていたのである。（二四頁）

グローブ座の時空を「人生は舞台、人は役者」という世界劇場観を作り出してそれを観客に伝授する場と捉えれば、その独特のかたちを初期アメリカン・ピューリタンの説教に見いだすことができるだろう。新大陸においてピューリタンは、丘の上に「町」のみならず「地球座《グローブ》」をも建てたのである。

こうした説教の背景には十七世紀植民地時代のやむにやまれぬ事情があった。世界の僻地に追いやられたことを弁明するためには、選民思想にもとづく契約の理念を徹底させて、強固な共同体を少しでも早く築かなければならない。神に与えられたキリスト教信者の役を忠実に演じよと説く説教は、神権政治のプロパガンダ劇でもあった。こうしてみると、イギリス人の入植から百年が経ち十八世紀に入り、信仰心が衰退し神権制の弱体化が起きるのと時を同じくして、本物の劇場が建設され、本物の演劇文化が芽生えたのも単なる偶然とは言えないだろう。十八世紀の揺籃期を経て十九世紀に入り、シェイクスピアの伝統を中核とする一大大衆演劇文化が花開くと、アメリカとシェイクスピアの受容と変容はいよいよ興味深い局面を迎えることとなる。

註

(1) フランセス・イェイツは『世界劇場』(一九六九)において、バーベッジ周辺の人間関係を分析することにより、グローブ座の設計が、ヴィトルーヴィウスの『建築書』第五書にある古代ローマ劇場の平面図に触発されたのだと推量した。グローブ座に具現化された世界劇場観は古代ローマから継承されたものだと結論づけるイェイツ説は、ルネサンス期に盛んだったこの概念の根拠を説明するには都合が良い。しかしながら、こんにちまでこれを立証する確たる物的証拠はなく、玉泉八洲男ら反論を呈する研究者も多い。

(2) 当時はウィンスロップのような民間人も説教を行うのが常だったが、一六三六年に牧師以外の者による説教が禁止された。これはマサチューセッツ湾植民地において、召命を受けたあかしとして善行に励むよう説く会衆派教会に対して、アン・ハッチンソン(一五九一―一六四三)が信仰のみによる救済を主張したために起きたアンチノミアン論争(一六三六―三八)の最中に、聖職者階級が言論統制を図ったためである。

(3) この契約の理念は、予型論とともにピューリタン・レトリックの双璧をなす「エレミヤの嘆き」でも強調された。ニューイングランドのカルヴィニズムは、神と人は契約関係にあり、人がその契約を履行する限り救済は保証されると考える契約神学の思想に基づいていた。そのため、十七世紀末、特に一六七〇年代の植民第二、第三世代の時代になると、社会の世俗化とともに顕著になった宗教心の衰退を憂い、第一世代が遵守した神との契約の再強化を図る論調が多く見られるようになったのである。インクリース・マザーは説教「天からの召命」（一六九七）で、「ニューイングランドにおけるキリスト教徒の第一世代は言うなれば舞台からひっこみ、その代わりにほかのより罪深い世代が登場した、と言い表せるだろう」（六一頁）と、演劇の比喩を用いて嘆いている。一方で、サクヴァン・バーコヴィッチによれば、ピューリタンは神の罰を神の愛のあらわれと考えて、常に救済を確信する楽観主義者でもあったという。（バーコヴィッチ『アメリカのエレミヤ』三―三〇頁、ミラー『植民地から直轄地へ向けて』二七―二九頁）

第二部

第三章　いたずらオセロー――フレデリック・ダグラスの『自伝』（一八四五）と黒人大衆演劇の伝統

独立革命と第二次対英戦争を経てイギリスから政治的・経済的独立を達成すると、アメリカの関心はおのずと国内事情に向かった。そこでにわかに浮上したのが人種問題である。特に、一八三〇年のインディアン強制移住法制定により、先住民が白人の生活圏から実質的に立ち去ったため、今度は黒人奴隷制度をめぐって激しい論争が起きた。擁護派と反対派の対立が深まり、国を二分する南北戦争へと発展し、さらに戦後も、この問題が完全な解決をみることはなかった。同時代の演劇はこうした社会情勢に敏感な反応を示し、舞台には黒人キャラクターが溢れるようになった。

南部プランテーションの奴隷として生まれ、北部自由州への逃亡に成功したフレデリック・ダグラスは、十九世紀アメリカでもっとも活躍した黒人の奴隷解放運動家となった。彼は、一八八一年に出版した三冊目の自伝『フレデリック・ダグラスの人生とその時代』で、みずからをシェイクスピアのオセローにたとえている。

わたしは人生のもっとも高貴にして最良の時期にいたったのだと感じた。わが一派は分解し、教会は解散し、組織はなくなり再結集することはない。奴隷制反対運動は軌道に乗り、もはやわたしの助けを必要としない。「オセローの仕事は終わってしまった」。（八一一頁）

「オセローの仕事は終わってしまった」とは、裏切り者の部下イアーゴーの讒言によって白人妻デズデモーナの不義を吹き込まれたヴェニスのムーア人将軍オセローが、妻に裏切られて、唯一自己の拠り所とする軍人としての使命にも専念できなくなり、生涯の仕事は終わってしまったと嘆く、『オセロー』第三幕第三場のせりふである。

さらばだ、羽根飾りをつけた軍隊、野望さえ
美徳となる生死を賭けた戦い――おお、さらばだ!
さらばだ、いななく駿馬、喨々たるラッパの音、
志気を鼓舞する太鼓のひびき、耳をつらぬく笛の音、
堂々たる軍旗、輝かしい戦場における
いっさいのもの、その誇り、壮絶な光景!
それに、ああ、破滅を呼ぶ大砲、そのすさまじい砲声は
不滅の雷神ジュピターの怒号にもまさるおまえ、
さらばだ! オセローの生涯の仕事は終わってしまった! (三幕三場三四九―五七行)

ダグラスは奴隷制が制度上は廃止されて、その運動に人生を捧げてきたおのれの役目も終わったと感じて、この一節を引用したのだ。
また同じ自伝の別の箇所では、一八七四年に頭取に就任したばかりの解放奴隷《フリードマン》銀行が倒産したことについて説明している。

大理石のカウンターと黒いくるみ材の仕上げが施された立派な建物があった（中略）、しかし命とも言うべき金はなかった。そしてわたしは、「魔薬、魔術、まじない、魔法のちから」によってそれを取り戻すことを期待されてそこに呼ばれたのだった。（八四二頁）

ここで引用されるのは、娘をたぶらかしたと責めるデズデモーナの父親ブラバンショーに向かって、自分がいかに妻を魅了したかを弁明するくだりである。

だがお許しがあれば、わたしたちの愛のいきさつを
ありのままにお話ししましょう、いかなる魔薬、魔術
またいかなるまじない、魔法のちからによって——
わたしがそのような手段を講じたと責められましたが——
娘御の心を得たか、その一部始終を。（一幕三場八九—九三行）

黒人男性が白人女性の愛を勝ち取ることは不可能に近い。その不可能を可能にしたオセローの魔力をもって、銀行を再建することが期待されたのである。このようにダグラスは自伝において自分の役柄をオセローに見立てた。

確かに、ダグラスの人生をオセローの姿と重ねて見ることは、それほど難しくない。ふたりは黒人であるから、社会の主流からはずれた周縁に位置し、虐げられた存在であった。ヴェニスにおいて、物語の冒頭でデズデモーナをめとったオセローは「年老いた黒い羊」（一幕一場八八行）、「悪魔」（一幕一場九一

行)、「アフリカ馬」(一幕一場一一一―一一二行)、「淫らなムーア」(一幕一場一二六行)とののしられ、ダグラスの場合は、南北戦争後の北部においてでさえも差別の対象であった。奴隷解放宣言後も目に見えるかたち、見えないかたちで、アメリカ社会には人種差別がはびこっていたからである。にもかかわらず両者は、黒人でありながら白人の価値観に近づこうとする「白人好き《アングロフィリア》」である。オセローはムーア人の血筋を誇りにしつつも、武勲とキリスト教を擁護することによってヴェニス社会に受け入れられようと試みる。たとえば、オセローはキプロス島への遠征に新妻を同伴する理由を「天に誓って申しますが、私は欲情を満たさんがため/このようにお願いするのではありません。また、情熱にかられて――いや、若い血は私には/もうありません――わがままを通すのでもないのです」(一幕三場二六一―六四行)と言い訳して、キリスト教的な家庭観を擁護する。また夜中に喧嘩騒ぎを起こした副官キャシオーとモンターノーを「おれたちはトルコ人か、トルコ人でさえわれわれに/刃むかうことはできなかったのに、それを自分でやるのか?/キリスト教徒として恥を知れ、野蛮人のように争うな」(二幕三場一七〇―七二行)と叱る。きわめつけは、妻の不貞を信じ込んだオセローは「月の女神のように清らかであった/あれの名が、このおれの顔のようによごれ黒ずんでしまった」(三幕三場三八六―八八行)と嘆くが、これは黒を視覚的にも道徳的にも不浄のものとみなす白人の価値観そのものである。

ダグラスもまた、特に南北戦争後、黒人特有の民族性や文化を否定して白人との同化主義へと傾いていく。「合衆国は半分奴隷、半分自由ではいられない」(一八八三)と題された演説では黒人同胞に対して白人との「統合」を訴えている。

我々にはひとつの運命しか残されていないのです。それは、あらゆる面においてアメリカ国民の一部となるよう、おのれを仕向け、また周囲の人からし向けられるようにすることです。孤立ではな

く同化こそが我々のやり方であり、進むべき運命です。統合は生きる道であり、分離は死を意味します。（三七〇頁）

また「ニグロの未来」（一八八四）と題された文章では、ノルマン人とサクソン人が融合してイギリス人となったように黒人も統合し、かつてヨーロッパで憎まれていたユダヤ人が高い地位を獲得したように黒人も出世するだろうと予言する（八六頁）。しかもオセローがデズデモーナと結婚したのと同じように、ダグラスも黒人である最初の妻アンが病死すると、一八八四年に元秘書の白人女性ヘレン・ピッツと再婚している。

シェイクスピアのオセローはアメリカの人種問題全体を指すメタファーとなる。それは白人と黒人間の対立を示唆するとともに、黒人が密かに直面する、黒人でありながら白人社会で認められたいと切望する心理的葛藤をもあらわすだろう。この心理状況は、ダグラスと同時代に一世を風靡した大衆演劇の形態であるミンストレル・ショー、とりわけ黒人芸人によるブラック・ミンストレル・ショー、およびその発展型である世紀末のクーン・ショーに共通するものでもあった。

そこで、本章では一八四五年に書かれたダグラス最初の自伝『フレデリック・ダグラスの人生の物語』（以下、『人生の物語』と略記）を用いて、自伝作家ダグラスと黒人芸人たちに共通すると思われる心理構造を明らかにしたい。それによって、シェイクスピアのオセローが、自伝というアメリカ的表現の場を経由してミンストレル・ショーへと変容し、アメリカ文化のうちに自然化されたことを示せるのではないだろうか。ほかでもない、「オセローの仕事は終わってしまった」という自伝の一行に着目すると、いままで明かされることのなかったダグラスの演劇性が浮かび上がるのである。

一　自伝のパフォーマンス

まず確認しなければならないのは、自伝というジャンルがアメリカ文学に占める特権的な位置である。植民地時代のピューリタンによる告白や日記に始まり、ベンジャミン・フランクリン『自伝』（一八一八）、ジャン・ド・クレヴクール『アメリカ人農夫からの手紙』（一七八二）、ヘンリー・デイヴィッド・ソロー『ウォールデン』（一八五四）、ウォルト・ホイットマンの詩、ヘンリー・アダムズ『ヘンリー・アダムズの教育』（私家版一九〇七）など、アメリカ文学史のなかで重要視されてきた古典の多くは自伝であり、その後も実にたくさんの作家が自己を語ってきた。また人種や性別の枠を意識して執筆された自伝群は、アメリカの社会と文化の多様性を鮮明に描き出す。もちろん自伝の伝統は欧米に限られたものではない。だが、それでもなお、アメリカにおける自伝文学が占める一次資料の多さは特筆に値する。二冊の代表的な書誌、ルイス・カプランほか編『アメリカ自伝書誌』（一九六一）とメアリー・ブリスコーほか編『アメリカの自伝　一九四五―一九八〇――書誌』（一九八二）には自伝、日記、回想録、書簡集などを含め、十七世紀から一九八〇年までに記された一万点以上のタイトルが列記されており、一九八〇年以降については、テーマ別の書誌はあるものの、もはや総括的な統計は不可能な状態である。しかもこれら作品の多くが出版を目的とせず、純粋に自己の記録として書かれた点もアメリカ固有の特徴である。自伝文学はまさにアメリカ的表現の主流をなすと言えるだろう。

なぜアメリカでは自伝文学が盛んなのか。アメリカン・ニュー・ヒストリシズムの元祖サクヴァン・バーコヴィッチは『アメリカ的自己のピューリタン起源』（一九七五）において、自伝の根底をなす自己への執着の原点とも言える、アメリカン・ピューリタニズムの自己観を解き明かした。従来の研究では、ピューリタンの自伝は自己を正直に告白する手段だったと考えられてきたが、実際のところは、第二章でも見た通り、人びとは宗教思想的上も社会生活上もひどく抑圧されていた。自己を克服し滅却しようとすればするほど、逆に自己への関心は高まってしまう。そのためピューリタンは自己と信仰心の絶え間ない対立に苦悩することとなり、その状態はまるで、死後の世界で絶えず転がり落ちる大石を山頂へと上げる刑に処せられたギリシャ神話の「シシュフォス」(一九頁)のようであった。その葛藤による精神的負担はすさまじく、ヒステリーや精神異常、自殺も頻繁に起こったという。このような強い自己への執着が、こんにちにいたるまでのアメリカ人の精神と文学の根底に流れ続けており、結果的に多くの自伝文学を生み出したと考えられるだろう。

一九六〇年代の公民権運動など少数民族によるエスニック・リバイバル、次いで七〇年代の女性運動といった社会的変動を反映して、マイノリティは自分と自分が属する集団のアイデンティティを模索し、それを書き留めては出版するようになった。かくして、一次資料の多さに呼応するように一九六〇年代以降、アメリカにおける自伝ジャンル批評が興隆する。さらに、アメリカの批評界が新しい外国の文学理論にさらされて理論の時代を迎え、特にジャック・デリダのディコンストラクション批評が熱心に受け入れられると、自伝テクスト内部の問題に目を向けた研究方法が一気に高まり、ついにジェイムズ・オルニー編集の『自伝――理論と批評の論文』(一九八〇)によって体系化されることとなった。近代的自伝はロマン主義による自己への関心の高揚から成立したのだが、構造主義以降の批評に共通するのはこの伝統的な自己への信頼を問い直す姿勢であり、自己の問題の背後に潜む言語の問題を重視するのだった。

このような、言うなれば自伝研究における構造的アプローチは、自伝が作者の意識の介在したひとつの物語であることを明らかにし、その虚構性を暴いた。見方を変えれば、それは自伝という文学形式に内在する演劇性を前景化したのだと言い直すことができるのではないか。イェール学派の指導者ポール・ド・マンは一九七九年の論文「顔を消すこととしての自伝」で、イギリス・ロマン主義を築いた詩人ウィリアム・ワーズワースの「墓碑銘に関するエッセイ」を取り上げて、自伝のもつ「比喩的言語構造」(七一頁)を解明した。その際にド・マンは墓碑銘にみられる「活喩法」のレトリックに着目した。活喩法とは、文章中で死者にしゃべらせたり、人でないものを人に見立てて表現する修辞の一技法である。活喩法において死んだ者が言葉を話すように書くことは、すなわち死者に「顔」を与えることである。

声は口を、目を、ついには顔を獲得する。(中略)活喩法とは自伝のあやであり、それによって書き手の名前が顔として理解され記憶されることが可能になる。(七六頁)

他方、死者に「顔」を与えることは生きている者の「顔を消す」ことにほかならない。つまり自伝を執筆する際に、「死者=過去の自分」に「顔」を与えてあたかも生きているかのように語らせることは、その瞬間に執筆するペンを手にしている「生者=現在の自分」の「顔」を消してしまうことになると、ド・マンは唱えるのである。これを演劇になぞらえれば、自伝作家は執筆の過程においては常に過去の自分の「顔」という役柄の仮面をつけて、それを演じているのだと言えるだろう。さらにウィリアム・スペンジマンは『自伝のかたち』(一九八〇)で、小説『緋文字』(一八五〇)の物語を作者ナサニエル・ホーソーンの自伝と読み替えて、自伝とフィクションの境界を解体してみせた。つまり主体は言語行為によって創出されるのであり、書かれたものはすべてそれが構築する主体について語ることになる。すべての自伝はフィクションとなり、逆にすべてのフィクションはその作者の自伝となるのである。ド・マンはこの自伝とフィクションを隔てるあいまいな境界線を「回転ドア」（七〇頁）と呼んでいる。ついには同年、マイケル・スプリンカーが「自伝の終焉」を宣言するにいたる。

自伝の出発点と終着点は書くという行為に収束する。（中略）主体、自己、作者という概念がテクストを生産するという行為のうちに融合するような記述という場、その境界を越えてはいかなる自伝も存在し得ないからである。（三四二頁）

自伝を執筆する者は、ド・マン言うところの「顔」という自伝的主体を創造して、それを自伝という舞台で意識的に演じる役者である。スペンジマンやスプリンカーが明らかにしたように、自伝を書くという言語行為が主体を創出し、その外側には自己は存在しないならば、自伝作家の本質は演技であり、演じるという行為こそがその主体を存在せしめていることになる。すると、自伝作家をひとりの役者として、自伝作品をひとつの演劇として読み換えることが可能になるではないか。

ダグラスは一八四五年に第一の自伝を出版するのだが、その執筆動機は注目に値する。と言うのも、それはまさに自伝が本質的に内包する演劇性の否定から始まっていたからだ。『人生の物語』は、ダグラスが一八一八年頃（奴隷ゆえに正確な生年月日は不明）、奴隷の子供として南部メリーランドのプランテーションに生まれてから、自由を求めて北部への逃亡を成功させた一八三八年までの二十年間を追う自伝である。なぜその後一八四五年にこの自伝を書くにいたるか、その経緯はさらに十年後に出版された第二の自伝『わが束縛と自由』（一八五五、三六六―六九頁）と、さらにまた二十六年後に出た第三の自伝『フレデリック・ダグラスの人生とその時代』（六六二―六四頁）に明らかである。それによると、一八三八年に北部への逃亡に成功したダグラスは、一八四一年には高名な白人の奴隷解放運動家ウィリアム・ロイド・

ギャリソン(一八〇五―七九)に弁論の才能を見いだされて、各地をまわって講演をするようになる。しかし求められたのは演説家としての意見や主義主張ではなく、ありていに言ってミンストレル・ショーのパフォーマンスだったのだ。

ミンストレル・ショーという演劇形態は、一八二八年に北部の白人芸人トマス・D・ライス(一八〇六―六〇)が黒人キャラクターのジム・クロウを演じたのが始めとされる。バンジョーやタンバリン、弦楽器からなるバンドが半円形に並んで民謡や流行歌を歌い、その合間に軽妙なダンスや男ふたりの掛け合い漫才を披露するのが一般的な形式であった。一八四三年にはダン・エメットの一座が旗揚げされて人気を不動のものとし、一八六五年には初の黒人によるミンストレル劇団も設立されて、十九世紀を通して高い人気を誇った。黒塗りの化粧をした芸人が戯画化された紋切型《ステレオタイプ》をおもしろおかしく演じたり、南部プランテーションに題材を取った物語や歌を披露したりするのが基本的な内容だった。この場合、南北戦争前は黒人が舞台に立つチャンスは皆無に等しかったため、黒人の役は白人の芸人が演じていた。白人芸人は顔に炭を塗りたくり、ぎょろぎょろした目と分厚い唇を強調し、ちりちりの髪のかつらをつけたのだが、この化粧法は「ブラックフェイス」と称する。彼らが演じたのは、従順でまぬけなジム・クロウ、伊達男のジップ・クーン、人の良いオールド・ブラック・ジョーや黒人のばあやなど、画一化された黒人像である。この延長線上に、ハリエット・ビーチャー・ストウが創出した、無抵抗で信仰深いアンクル・トムの姿があることは間違いない。南北戦争前に流行した、このような白人が黒人を演じるミンストレル・ショーは「ホワイト・ミンストレル・ショー」と呼ばれ、白人が黒人像を作り出して演じるという搾取の構図を内包していた。

ダグラスの講演に押し寄せた聴衆は彼の演説を聴きに来たのではなく、「奴隷、物品、南部の財産」(三六六頁)に過ぎない黒人が本当にしゃべるのかといった、物珍しい見世物感覚だけで集まった。その上、ギャリソンら奴隷制反対を支持する白人たちでさえも彼を客寄せの道具としか見なしていなかった。支持者の一人が「事実をしゃべってくれれば、主義主張の方はこっちで受け持とう」と言うように、ダグラスに期待されたのは「いつもの同じ物語」(三六七頁)をしゃべることであり、黒人はただ白人という演出家が決めたせりふを暗唱する役者であった。白人の聴衆や支持者はダグラスに、ミンストレル・ショーのジム・クロウ役——南部プランテーションで幸せに暮らす素朴な田舎者——の演技を求めたのである。

しかしながら、ダグラスはジム・クロウ役に甘んじることなく、すぐに知識を身につけて、奴隷制やキリスト教会に対する自分の意見を述べ、時には批判をぶつけるようになる。するとたちまち白人の側から異論がわき起こる。支持者たちは、ダグラスがあまりにも上手にしゃべったり立派な意見を述べたりしたら、聴衆は彼が逃亡奴隷だとは信じなくなるから、ジム・クロウらしく「むしろちょっと黒人訛を使うくらいがいい」と言う。そして案の定、一般聴衆もダグラスを疑い出す。

> 人びとはわたしが本当にかつて奴隷だったのかと疑った。奴隷のような話し方でなく、奴隷のようには見えず、奴隷のような振る舞いではないと言い、一度もメイソン・ディクソン線よりも南にいたことはないに違いないと信じていた。(三六七頁、傍点筆者)

このメイソン・ディクソン線とは、一七六九年に承認されたメリーランドとペンシルヴェニアの境界線で、北部と南部、あるいは自由州と奴隷州を隔てる象徴的な意味をも持つ。つまり、知識があって流暢に演説するダグラスは、自分たち白人が知っている「奴隷のよう」ではなく既存のイメージに合わない、だからダグラスはニセ逃亡奴隷に違いないという論理である。黒人演劇の研究家ロバート・トールやエリック・ロットらによれば、ミンストレル・ショーの舞台で演じられる黒人像は、実際の黒人とは無関係に白人が想像力で捻出した安全な理想型でしかない。それはこの演劇形態が南部ではなく、実際の黒人に接する機会さえ稀だった北部で生まれたという事実にもよる。白人観客は舞台上のジム・クロウを積極的に現実の黒人と同一視することで、異質なものへの恐れや嫌悪、あるいは奴隷制に対する不安を打ち消すことができたのだった。

ミンストレル・ショーの白人観客に見られるこの姿勢は、ダグラスの支持者や聴衆に通じる。彼らは、ダグラスに訛のある無学なジム・クロウ役を演じることを求めて満たされず、知的な演説をするダグラスが既存の黒人像にあてはまらないがゆえに、ニセ逃亡奴隷だと考えた。つまりダグラスが自分の持つ黒人像と合わなければ、おのれの先入観を修正するのではなく、本物にニセモノの演技を期待する。この点、雄弁なダグラスに対してひとりの白人支持者が言う「本来の姿になりたまえ」(三六七頁)という文言は、非常に示唆に富む。この場合、「本来の姿」とは一体誰にとっての「本来」なのか。

ダグラスは自分が真の逃亡奴隷であることを示し、白人観客が押しつける紋切型の役柄を否定するかのように、手に筆をとり自分の物語を書こうと決心するのである。

> 遠くないいつの日にか、わたしは真の逃亡奴隷以外には決してなし得ないような事実の開示を行うことによって、すべての疑いを晴らしてやろうと決心したのだった。(『わが束縛と自由』三六八頁)

二 ジム・クロウの仮面

しかしながら、そうした目的にもかかわらず、最初の自伝『人生の物語』を一読して気づくのは、その形式や内容があまりにも奴隷体験記という文学ジャンルの常套形式《ステレオタイプ》に忠実過ぎるという矛盾である。演説家として数年のキャリアを積み、北部白人社会が自分になにを求めているか十分悟っていたであろうから、そんなダグラスが無意識のうちに考えもなしに、白人読者が求めるような奴隷体験記の定型を使ったとは考えにくい。恐らく、ここにダグラスの自伝を書く上の操作があるのではないか。押しつけられた演説パフォーマンスに反発する意図で書かれた自伝において、ダグラスはさらなるパフォーマンスを繰り広げているのではないか。この論旨を強化するために、まずはダグラスがいかに『人生の物語』において奴隷体験記の形式を踏襲しているかを検証しておきたい。

ジェイムズ・オルニーは「わたしは生まれた」（一九八五）と題する論文で奴隷体験記というジャンルに共通する条件を十七点挙げるが（一五二―五三頁）、ダグラスの『人生の物語』はそのすべてを満たしている。たとえば、ほかの文学形式と比較した際、奴隷体験記に共通する大きな特徴に、作者本人の存在を証明するためのさまざまな道具がある。ダグラスの自伝には作者本人の肖像画と直筆の署名が付され、副題には「本人によって書かれた」という決まり文句もある。ギャリソンとウェンデル・フィリップス（一八一一―八四）といった白人奴隷解放運動家による、確かにダグラス本人が書いたと証明する序文や手紙も付してある（三―一三頁）。物語の冒頭、「わたしは生まれた」という書き出しで、自分が生まれた場所や両親についてまず記すのも典型的である。奴隷は体験記になにを書くかという内容以前に、まず作者である自分という人間が存在することを示さなければならない。ダグラスの流暢な演説を耳にした人びとは、フレデリック・ダグラスという逃亡奴隷そのものの存在を疑ったが、それと同じ疑惑が奴隷体験記の執筆者にも向けられるからである。奴隷体験記特有のこうした手法が示すのは、奴隷体験記の作者が、本文に入る前の段階から既に読者の存在を想定していることである。ウォルター・J・オングは

「作家の観客は常にフィクションである」と題された一九七五年の論文で、演説など声による伝達方法の場合、話者は眼前の観客を相手にするのに対して、作家は架空の観客を創出しながら執筆すると論じたが、奴隷体験記も十九世紀の北部白人、リベラル、奴隷制廃止論支持者といった読者層を強く意識した作りになっている。

奴隷体験記にはさまざまな文学的仕掛けが用いられた。たとえば、主人がいかに残酷に奴隷の人間性を否定するかを詳しく描写した。主人が奴隷、しかもしばしば女奴隷を鞭打つのを目にしたときの描写や、奴隷の家族が無慈悲にもバラバラに引き離されてほかのプランテーションに売られて行く様子は奴隷体験記に欠かせない場面である。『人生の物語』では、「主人でさえその残酷さに激怒するほど女たちの頭を酷く切る」「彼女に悲鳴をあげさせるために鞭打ち、さらに、彼女を黙らせるために鞭打ち、疲れてぐったりするまで、血がべっとりついた鞭を振り回すのをやめない」ような奴隷監督プラマーが登場したり（四〇―四一頁）、主人のアンソニーがダグラスの叔母を（四二頁）様子を生々しく表現する。あるいは、奴隷の母親が情が移らないうちにと生まれたばかりの子供からすぐに引き離される様子を詳述する。ダグラスも母親と赤ん坊の頃に引き離されてしまったが、それでも母親は夜中にこっそりとダグラスに会いに来ており、その場面は読者の胸を打つ。

彼女は夜中にわたしに会いにやってきた。一日の仕事を終えてから、その道のりを全部歩いてきたのだ。（中略）わたしは明るい時に母に会った記憶がない。彼女がわたしといる時は夜中だった。わたしに添い寝をし、寝かしつけてくれたものだったが、わたしが目を覚ますずっと前に、いなくなってしまうのだった。ふたりの間には意思の疎通はごくわずかしか存在しなかった。（四〇頁）

これら女性虐待や子別れの描写は奴隷制度の悪を訴えるのが第一の目的ではあるが、同時に、十九世紀に流行した感傷小説《センチメンタル・ノベル》の読者層を意識した、同情や憐憫の情を引き起こすメロドラマティックな技法でもある。

あるいは、奴隷が自由を求めて北部へと脱出するくだりは、当時の読者大衆のスペクタクル好みを刺激する目玉であった。『人生の物語』第一〇章では、一八三五年のこととして、ダグラスは数人の仲間と共に逃亡を計画し、失敗すれば死ぬことが強調され、いよいよ決行する段になって仲間の裏切りに遭う。逃亡に成功するシーンはさらにスリリングだ。第一一章で再び逃亡を決心して成功したと書きながら、肝心のどうやって逃亡したかは結局明かされないままである。その理由をダグラスは、南部の奴隷主たちに警戒させないように、また助けてくれた人たちに迷惑をかけてしまうからと、もっともらしく説明している。

> 自分の決意により、一八三八年九月三日、わたしは束縛を逃れ、なんの妨害もなくニューヨークに到達することに成功した。どのようにそれを行ったか、どのような手法を取ったのか、どの方向に旅をして、どのような交通手段を使ったのかは、説明せずにおかなければならない。（八九頁）

ちなみに、ダグラスの逃亡の詳細は第三の自伝が出版されるまで、その後三十六年間も明かされないままであった。いずれにしても、いかなる理由があるにせよ、逃亡場面や逃亡の経緯の謎解きはスリルに満ちている。手にする『人生の物語』という自伝の存在そのものが、逃亡が成功したことの動かぬ証拠であり、所詮ダグラスが助かることは自明の理である。にもかかわらず、読者はハラハラせずにいられないのだ。こうした自伝の持つ人工性を巧みに隠蔽しながら、当時流行した煽情小説《センセーショナル・ノベル》の手法を取り込み読者の興味をかき立てるのである。
読者の求めるところを鋭く見抜いたダグラスは、白人文学の伝統を巧みに取り込んで独自のものとしていく。黒人文学研究の第一人者ヘンリー・ルイス・ゲイツ・ジュニアは黒人文学の特徴をこう説明する。

黒人の書くテクストは、西洋伝統を構成する文学形態を取り込んでいるところが多い。黒人文学は西洋の文学伝統、特に英語、スペイン語、ポルトガル語、フランス語によるものと共通点を多く有し、それは相違点よりもはるかに多いほどである。しかしながら、黒人文学の反復行為には常に差異が生じ、その黒人が生み出す差異はある特定の言語の使い方にあらわれる。黒人が生み出す差異の起源であり反映でもある言語を内包する容れ物とは、黒人独特の英語による口承言語の伝統である。（『いたずら猿』xxii-xxiii頁）

ダグラスも感傷小説や煽情小説の手法以外に、シェイクスピアや聖書の比喩を頻繁に挿入してみせた。フランシス・フォスターによれば奴隷体験記は、無垢の喪失から試練を体験しついに約束の地に到達するという、ユダヤ・キリスト教神話の構造を踏襲している（八二―八七頁）。驚くことに、いやむしろ当然のことながら、ダグラスの自伝もこの形式にぴたりとあてはまる。ダグラスは無知な状態から自分が不当に貶められた奴隷の地位におかれていることに気づき、現実とのギャップに悩み、ついに逃亡に成功して至福の自由を手に入れるのだ。ダグラスと奴隷仲間は残忍な奴隷調教師コーヴェイを「ヘビ」と呼ぶが（五六頁）、これは言うまでもなく、コーヴェイのずる賢く邪悪な性質をエデンに巣食うヘビに見立てている。

三　クーン・ソング

ダグラスは自伝においても、わざと過去の自分に奴隷体験記の常套形式を当てはめて、ブラックフェイスのジム・クロウ役を演じた。この心理構造は、ダグラスと同時代に活躍したミンストレル・ショーやクーン・ショーの黒人芸人たちに共通するものだった。南北戦争以前は、白人芸人が白い顔にブラックフェイスの化粧をして黒人キャラクターに扮する「ホワイト・ミンストレル・ショー」が中心だったが、戦争が終わるとショーの舞台に黒人の芸人が溢れるようになる。解放されたと言っても、黒人俳優は正統な劇場にはなかなか受け入れられなかったため、彼らはより軽いショーを目指したのだ。黒人芸人は、元から黒い顔にさらに黒塗りの化粧を施し、白人が作り出した黒人像を演じた。こうした形態を南北戦争前に流行したものと区別して「ブラック・ミンストレル・ショー」と呼ぶ。後発のブラック・ミンストレル・ショーは、黒人が黒人を演じるという自虐的な構図を逆手に取って、黒人としての本質を売り物にした。つまり白人芸人との差別化を図るために、宣伝文句に「本物の」、「生粋の」、「オリジナル」、「生まれながら」といった単語を多く使い、南部プランテーションの出身でなくともそうであるかのように装って、「奴隷一座」や「奴隷ブラザース」などと名乗り、進んでまぬけな奴隷役を演じたのだった（トール『ブラッキング・アップ』一九八―二〇一頁）。

黒人音楽家たちは、黒人でありながら人種問題を軽視するようなヒット曲をいくつも生み出している。たとえば、オリジナル・ジョージア・ミンストレル一座に所属し、「ニグロのスティーヴン・フォスター」と称されたジェイムズ・ブランド（一八五四―一九一一）が作曲した「懐かしきヴァージニア」（一八七五）

といった歌である。こうした手法は白人観客の好奇心を刺激し、一八七〇年代には、ブラック・ミンストレル・ショーは完全にホワイト・ミンストレル・ショーに取って代わる人気演目にのし上がる。

世紀末になると、ボードヴィルやミュージカル、蓄音機や映画といった新しい娯楽形態が生まれるにつれて、一八八〇年代にミンストレル・ショーは勢いを失い、世紀末になると、そのキャラクターや音楽、芸人たちはクーン・ショーと呼ばれるボードヴィルの一形態に吸収されていく。ボードヴィルとは歌や踊り、軽業、寸劇などを組み合わせた、バラエティに富む内容のショーである。「クーン」とは元来「アライグマ」の意味だが、「ずるい奴」とか「まぬけ」といった意味を含む口語であり、黒人の蔑称でもある。その語源は、ずるがしこさが似ているからとも、黒人が好んでアライグマを食べたからとも言われる（ドーモン四五二頁）。あるいは、南北戦争前にもてはやされた「ジップ・クーン」という都会的なキャラクターが、黒人の台頭に伴って復活したためにクーン・ショーという名称がついたとも考えられる。

その舞台で踊りに合わせて歌う歌は「クーン・ソング」と呼ばれ、最盛期の一八九〇年代には六百曲以上も作曲され、ヒット曲は文字通りのミリオンセラーとなった。クーン・ソングはミンストレル・ソングの特徴をそのまま受け継いだ、差別と偏見に満ちたお笑いで、クーン・ショーの黒人芸人たちはさらに徹底して紋切型を歌い演じている。たとえば、「クーンのトレードマーク "The Coon's Trade Mark"」という曲では、黒人はすいか泥棒で無法者、にわとり泥棒だという根強いイメージが繰り返される。

いつも一緒の四つのもの
おてんと様、お月さんは関係ない
すいか、かみそり、にわとり、クーン！（Bert Williams and George Walker, 制作年不詳）

クーン・ショーの定番ネタには、白人の価値観や生活様式をまねて、白人として通用《パス》したいという願望をあらわにする黒人の姿もあった。「クーン、クーン、クーン "Coon! Coon! Coon!"」(Gene Jefferson詞、Leo Freedman曲、一九〇一)には「色が薄くなったらなぁ」というストレートなサブタイトルがついている。ボブ・コールとビリー・ジョンソンの「クーンお断り "No Coons Allowed"」(一八九九)は、黒人の「パッシング」願望を歌い上げる。「モルモン教徒のクーン "The Mormon Coon"」(Raymond A. Brown詞、Henry Clay Smith曲、一九〇五)は、「ブルネットとブロンドの娘たちといちゃつくぜ」と自慢する黒人男性を笑い飛ばす内容だが、これは植民地時代から白人男性が抱き続ける異人種間結婚に対する恐怖の裏返しだろう。アーネスト・ホーガンの「もうあなたのベイビーじゃないの "No More Will I Ever be Your Baby"」では、白人に近づくために金を得て、黒人の恋人を捨てる黒人女性が歌われる。

　あの子はもう黒んぼのちょっかいなんか要らないってさ
　黒んぼに眉をひそめちゃって(中略)
　もうクーンは用なしだってさ
　金が入ったから、これからは白人で通す算段さ(Earnest Hogan, 一八九七年頃)

「白人の習慣を身につけて "Get Your Habits On"」(John Queen, 一八九九)や「白人を働かせてるんだ "I've Got a White Man Working for Me"」(Andrew Sterling, 一八九九)は、教育や金を手に入れることで白人になろうとする姿を描写する。

しかし、白人観客は黒人の他者性を再確認することを常に望んでおり、クーン・ソングはその欲求に応える。ポール・ローレンス・ダンバー脚本・作詞、ウィル・マリオン・クック作曲、ジョージ・ウォーカー（?—一九一二）出演のショー「セネガンビア・カーニバル“Senegannbian Carnival”」で歌う曲「ディキシーで一番ホットなクーン“The Hottest Coon in Dixie”」は、黒人の性欲の強さを白人の結婚と家庭観に反するものとし、「ホット」という単語で揶揄した。またアーネスト・ホーガン作詞によるクーン・ソング最大のヒット曲「クーンはみな同じ“All Coons Look Alike to Me”」も、黒人の性欲を誇張すると同時に、黒人はみな同じと歌うことによって彼らの個性やアイデンティティを否定する（**図版7**）。

クーンはみな同じ
新しい恋人ができたの
でも、彼はあなたと同じくらいいいわ、黒んぼさん!
彼はお金持ち——
だからもうあなたは全然お呼びじゃないの
クーンはみな同じ（Earnest Hogan, 一八九六）

三百万枚のヒットを記録した「もし月《ムーン》にいるのがクーンだったら“If the Man in the Moon were a Coon”」では、白人の白さが月にたとえられ、黒人の黒さは否定される。

もし月《ムーン》にいるのがクーン、クーン、クーンだったら、どうする?
そいつは黒い顔で銀色のムーン、ムーン、ムーンを隠してしまうよ
夜の公園をそぞろ歩くこともできないし
明るい月明かりのもとで彼女をかわいがることもできないよ

もし月《ムーン》にいるのがクーン、クーン、クーンだったら（Fred Fisher, 一九〇五）
クーン・ソングは戯画化された黒人の姿を歌い、クーン・ショーの舞台はこうしたイメージに命を吹き込む役目を果たした。ここで重要なのは、白人の芸人や作詞作曲者に混じり、率先してクーン・ソングを作ったり、ブラックフェイスの化粧をして舞台に立ったりした黒人たちも多いという事実である。いま例に挙げてきたクーン・ソングを作ったのも、実はほとんどすべて黒人であり、一八九六年にバート・ウィリアムズ（一八七四？—一九二二）とジョージ・ウォーカーの黒人コンビは「ふたりの本物クーン」という宣伝文句で売り出して絶大な人気を博したのだが、ウィリアムズの方は肌の色が薄かったため、特に厚いブラックフェイスの化粧を施してクーンを演じたのだった。

四　白人好き《アングロフィリア》のトリックスター

では、白人読者が求める奴隷体験記の形式を採用したダグラスや、ブラック・ミンストレル・ショーまたはクーン・ショーに関わった黒人芸人たちは、ただ白人に迎合しただけだったのだろうか。確かに当時の社会状況や出版事情を考えれば、そういう一面がまるきりなかったとは言えないだろう。奴隷体験記という自伝文学の一形態が最盛期を迎えた一八三〇年代は、奴隷解放運動が活発化した時期で、奴隷体験記はそのプロパガンダとして大いに利用された。決まった目的のために黒人作者が書き、白人運動家が支援し、白人読者が買って読むという一定システムのもとで大量生産・大量消費されたのだから、ひとつの型が生まれて来るのも自然の成り行きである。あるいは、これを受け入れなければ黒人作家は自著を出版できなかった、という逆の見方もできるだろう。黒人作家は奴隷制を描写したり批判する内容を記す際には、細心の注意が要求される。なぜならば、自著のスポンサーや出版元、読者はまさにその著作が批判の対象とする白人社会の住人だからだ。

黒人が話したり書くことを許されたのは、白人の政治・社会運動にとって利用価値があったからであり、奴隷体験記は黒人の真の主体を語るものではないと捉える見方もある。しかし、果たして奴隷体験記は、ジョン・セコラ呼ぶところの「白い封筒に納められた黒い主張」(一九八七)に過ぎないのだろうか。むしろダグラスはそうした関係をいち早く理解して、逆手にとったのではあるまいか。白人支持者は黒人に奴隷体験記を書かせて政治的に利用したが、黒人の側も感傷小説や煽情小説などの白人文学伝統を取り込み、奴隷制度の悪を訴える奴隷体験記のスタイルを作り上げていた。ダグラスは自伝中わざとブラックフェイスを演じることにより、白人支持者と白人読者という観客の目を欺いたのである。

ダグラスが活躍したのは、雄弁術がことのほか尊重された時代であったが、彼が従来の黒人運動家が使った演説ではなく、書くという手段を選択したことは特筆に値する。ダグラスは『人生の物語』を執筆した動機を、次に書いた自伝『わが束縛と自由』において、「伏せてきた日にちや地名、人の名前を挙げ」ることによって、「逃亡奴隷の物語の真偽を証明するため」(三六八頁)だったと説明しているが、もしそれだけが目的だとしたら、講演でもその目的は十分果たせたはずだ。しかし、ダグラスはあえて執筆することを選んだ。

もっとも、元はと言えばダグラスはプロの演説家として頭角をあらわしたのである。奴隷解放運動に参加した初めの一歩は一八三九年に説教師となったことにあり、一八四一年にはギャリソンに演説家として雇われている。執筆や政治運動のかたわら、生涯演壇にも立ち続けた。そもそも文字で書き残す白人の文字文化に対して、黒人はずっと口承文化を維持してきた。アフリカから強制的にアメリカに連れてこられた黒人にとって書き言葉は英語しかなく、そのため黒人文化の伝統は歌や語りによって伝えられるしかなかったからである。この点では、演説家ダグラスも黒人の伝統を体現していたと言えよう。『人生の物語』に序文を寄せたギャリソンは、最初にダグラスに出会った時、彼が奴隷の体験を語るその演説に魅了されたと告白し、彼を「演説の天才」（四頁）と呼んでいる。それはまるで、オセローが身の上話をする語り口で、デズデモーナを口説き落とした時のようである。オセローはブラバンショーに気に入られて、屋敷に招かれては「野戦、城攻め、勝敗の運不運にいのちをかけた／私の歳月の物語」（一幕三場一三〇―三一行）を語るようになった。するとブラバンショーの娘デズデモーナは熱心に耳を傾け、話が終わると、すっかりオセローに魅了されてしまったのである。

そしてお礼とともに言ったのです。
もしもわたしの友人が
あれ［デズデモーナ］を愛したら、わたしの物語をさせればいい、それだけで、
あれの心はなびくだろうと。（一幕三場一六三―六六行）

かくして恋に落ちたオセローとデズデモーナを、イアーゴーは秘かに次のように嘲弄する。このせりふは、オセローとダグラスの特質、ひいては語りによる黒人文化そのものを言い当てている。

指を口にあてて、ようく考えてみろ。いいか、あの女が最初ムーアに惚れたのは、夢みたいなホラ話を吹きまくられたからだろう。そんなおしゃべりのせいで、いつまでもやつに惚れていられるか
――あらためて考えてみるまでもないだろう。（二幕一場二二一―二五行）

しかし、語るだけでは黒人の領域にとどまっており、白人と対峙するには不十分である。前述したダグラスの演説に対する白人支持者や観客の反応が示すように、語りの段階にとどまる限り、ダグラスは演じることを期待されたジム・クロウの役から抜け出すことはできない。いまだ白人の保護と影響のもとにあり、自己の所有者とはなり得ていない。このことは、ナンタケットで一八四一年八月十一日に開かれた奴隷制反対集会の様子に暗示されているだろう（『人生の物語』九六頁、『人生とその時代』六六〇―六一頁）。すでに一八三八年に北部へと逃亡を果たしていたダグラスは、その日突然周りの要請を受けて初めて人前で奴隷の体験を語ることになった。しかし緊張のあまり、自分が何をしゃべったのかまったく覚えていない。他方、そのすぐ後に演説を始めたギャリソンは、ダグラスを例に取り流暢な演説を繰り広げたのだ。

その時わたしは初めて演説をすることになったのだが、ただのひとつの文章も覚えていない。（中略）緊張感こそがわたしの演説のもっとも効果的な部分だったかもしれない。もしそれが演説と呼べる代物だったとしての話だが。（中略）その後ギャリソン氏が続いてわたしを題材にして演説した。わたしが自由のために雄弁に語れたかどうかは定かでないが、ギャリソン氏のは耳にした者は決して忘れないであろうくらい素晴らしい演説だった。（『わが束縛と自由』三六四―六五頁）

このふたりの対照的な語りはダグラスとギャリソンの、さらには黒人と白人の関係をもあらわす。すっかり自己喪失したダグラスの語りは、そのまま奴隷のアイデンティティを示すようである。「わたしを題材にして」とあるように、ギャリソンはダグラスをみずからの語りのうちに搾取しており、ダグラスは自分の語りではなくギャリソンの語りによって存在させられている。語りだけでは、ダグラスは白人に取り込まれてしまうのである。

そこでダグラスはどうしたか。オセローの場合、人生について書き残すことはない。イアーゴーの讒言に惑わされ、妻が白人の部下キャシオーと浮気をしていると誤解したオセローは嫉妬に狂い、デズデモーナを殺してしまう。その後、欺かれたことに気づくと自害して果てるのである。その死に際に、自分の人生をつづる筆を白人の手（この場合はロドヴィーコー）に託す。

あなたが手紙を書いて、この不幸な出来事を報告されるとき、
ありのままの私をお伝えいただきたい、いささかもかばったり
あるいは悪意をまじえたりせずに願いたい。（五幕二場三四〇―四三行）

一方のダグラスは読み書きの能力を身につけ、みずから筆を取って『人生の物語』を執筆するのである。『人生の物語』第六章に収められた、奴隷のダグラスが読み書き能力を獲得するエピソードはあまりにも有名だ。ボルチモアのオールド夫妻に買われたダグラスは、オールド夫人から思いがけず読み書きを習う機会を得た。ところがそれを知ったオールド氏は妻をきつくたしなめる。

「学問はこの世で一番の黒んぼでさえも、台無しにしてしまう。（中略）永久に奴隷に向かなくしてしまうのだ。読むことを教えたらたちまち手に負えなくなり、主人にとって価値はなくなってしまうだろう。奴隷自身について言えば、勉強は彼にとって何の役にも立たないどころか、大きな害になるだけだ。不満で不幸せにするだろう。」（三七頁）

その言葉はダグラスの胸に深く突き刺さり、彼の目はある真実に向かって開かれる。

わたしにとって一番頭が混乱し難しかったこと、つまり、黒人を奴隷にする白人の力、が今分かったのだ。それはすごい成果で、すばらしいことだった。その瞬間から、わたしは奴隷制から自由にいたる小道を理解したのだった。（三七—三八頁）

ひとたび読み書きの能力を身につけると、奴隷という身分の理不尽さに気づく。しかし、それは同時に耐え難い状況でもある。学問を身につけて自分の立場に気がついても、奴隷の身分から逃れる手立ては用意されていないからである。『テンペスト』において、言葉を教えてやったと恩を着せるミランダに向かって、奴隷のキャリバンは「たしかにことばを教えてくれたな、おかげで／呪いの言いかたは覚えたぜ」（一幕二場三六三—六四行）と悪態をつく。ダグラスはこのシェイクスピアのせりふを再利用してこう述べる。

わたしはもだえ苦しんで、読み方を覚えることは祝福というよりもむしろ呪いだった、と時として考えた。それは自分の置かれた悲惨な状態について教えてくれたが、救済する手段は教えてくれなかった。それは恐ろしい穴に対して目を開かせてくれたが、そこから抜け出るための梯子に対しては目を開かせてくれなかった。（四二頁）

このような読み書きの能力獲得にまつわるエピソードは奴隷体験記には不可欠の要素である。それは、読み書きの能力こそが黒人奴隷にとっては奴隷制度の理不尽さに気づいて自由へと踏みだし、やがては自伝執筆にいたるまでの、最初の一歩だからにほかならない。ダグラスに学問を教えようとするオールド夫人を夫が厳しくたしなめるのも、ポスト・コロニアル批評がすでに明らかにしたように、読み書きの能力が白人の武器であり、支配の原動力だからだ。「白人の習慣を身につけて」というクーン・ソングでも歌われている通りである。

読み書きを学んだりすると
黒んぼはたいてい自分が白人だと思いこむけど、どうしてかな（John Queen, 一八九九）

だからこそ奴隷はこの力を必死に手に入れようとし、主人はそれをなんとしても阻もうとするのである。

彼［オールド氏］がもっとも恐れたことを、わたしはもっとも望んだ。彼が一番愛したことを、わたしは一番憎んだ。彼が注意して避けるべき大変悪いことは、わたしにとっては大変良いことで、懸命に求めるべきことだった。（三八頁）

ダグラスは『人生の物語』第一〇章で、奴隷から真の人間になったターニングポイントを、奴隷調教師コーヴェイを打ち負かした時だと記している。しかし、実際にはその後も奴隷の身分に変わりはなく、北部に逃亡してからも語りでは自己喪失の状態にある。ダグラスの真のターニングポイントは、黒人の口承文化から脱出し白人の文字文化を乗っ取った時、すなわち最初の自伝を書き終えた一八四五年四月二十八日（一〇二頁）ではなかっただろうか。『人生の物語』は、それを書くという行為そのものが、既に白人を凌駕し欺いているのである。

ダグラスは『人生の物語』を書く際に、個人と同時にアメリカ黒人全体の利益のためという姿勢を強調する。自伝の最後の段落では、おのれの自伝が「アメリカの奴隷制度に光を当て、束縛された多くのわが兄弟に対して、喜ばしい解放の日を早めるために役立つこと」（一〇二頁）を祈っている。このような個人よりも民族を優先させる視点は黒人の自伝文学に共通するものである。それは十九世紀アメリカでは、黒人はひとりの人間である以前にひとりの黒人だったからだろう。ロバート・セイヤーによれば、黒人が自伝を執筆することは、言語の力によってほかの黒人の利益を促す働きがある。

教育を身につけることによって、ダグラスはプランテーションから逃亡する道筋を書き残すばかりでなく（これ自体も重要な象徴であるが）、はっきりとものを言うことのできるヒーローにもなれる。彼は言葉と説得の力を用いておのれの物語を語り、ほかの男女を解放することができるのである。（一六六―一六七頁）

ダグラスは『人生の物語』を通じて、自伝作家である自己の確立を図ると同時に、黒人種の民族確立を目指した。ダグラスは奴隷体験記というブラックフェイスの舞台化粧により白人支持者と読者の注意をそらしつつ、自伝文学が内包する演技性というあやを巧みに隠した。しかもその陰では、白人が潜在的にもっとも恐れていたこと、すなわち黒人種の自立を目指していたのだった。

ダグラスの自伝にみられる二枚舌は、ヘンリー・ルイス・ゲイツ・ジュニアが『いたずら猿――アフリカ系アメリカ文学批評の理論』（一九八八）において論じた、「いたずら」Signifyin(g)（大文字のSで始まり、かっこにくくられたgで終わる造語）の概念に正に当てはまる。Signification（大文字のSで始まる）なる単語は、言語論上は「意味作用」のことだが、ゲイツは黒人英語にみられる、字義通りの意味と同胞に向けた含意とを使い分ける「二枚舌」（五一頁）のレトリックを指して「いたずら《シグニフィケーション》」と称したのである。

「いたずら」の習得は「レトリックに長けたアフリカ系人間《ホモ・レトリカス・アフリカーヌス》」を創造し、（中略）黒人がふたつの言語宇宙を自由に行き来することを可能にする。これこそ、わたしが言語的仮面《マスキング》と呼ぶものの最良の例である。それは白人の言語領域と黒人の言語領域——このふたつの区域はまさにいたずら《シグニフィケーション》の概念によって同義語的な関係を持ち隣り合わせに存在する——との境界をはっきり区別する黒さの仮面の言語記号なのである。（七五—七六頁）

五　二枚舌

事情は黒人芸人の場合も同じである。十九世紀には、正規の劇場の舞台に黒人が立つことは非常に稀だった。『オセロー』や『アンクル・トムの小屋』、ダイオン・ブシコー（一八二〇?—九〇）のヒット作『オクトルーン』（一八五九）のように黒人が主人公の演目でさえ、ブラックフェイスの白人役者が役を独占していたからである。そのため、黒人役者に開かれた舞台は二流どころで上演されるショーの類しかなく、舞台に立つには観客の求める定番の黒人像を演じざるを得なかった。しかし、その反面、ミンストレル・ショーやクーン・ショーに出演することによって、彼らがかつてないほど大きな自己主張と社会進出の糸口を摑んだこともまた事実である。南北戦争後、労働力として黒人よりもヨーロッパからの白人移民が好まれたため、芸人になることは黒人に残された数少ない出世の道だった。実際に人気スターともなれば、並の白人以上の名誉と収入がもたらされた。そもそもプランテーションでは、役者は黒人奴隷の仕事だった。白人主人は奴隷に歌をうたわせ、「ケーキウォーク」を踊らせては、その芸を楽しんでいた。やがて黒人は、白人に強要されてきた芸人としての役割を本職にしてしまったのである。

ちなみに、「ケーキウォーク」とは南部プランテーションで盛んだった奴隷の踊りで、その名は白人主人から与えられる賞品のケーキに由来する。一八九六年、ジョージ・ウォーカーがニューヨークの舞台で披露して人気に火がついた。マーチやパレード、ポロネーズ、カドリールなど白人のしゃちほこばった舞踊を奴隷がパロディ化して、アフリカの伝統的な踊りに取り込んだものである。白人が黒人をパロディ化したミンストレル・ショーとちょうど逆で、黒人が白人の舞踊伝統を搾取する構造が窺える（サンドキスト 二八六、二九三—九四頁、ピータース 一三七頁）。

そもそも紋切型を演じることは、それを修正する機会を手にすることでもある。たとえば、ホワイト・ミンストレル・ショーの定番に、南部プランテーションで過ごした昔を懐かしむジム・クロウ像というのがあり、ブラック・ミンストレル・ショーでも相変わらず繰り返されたが、白人の主人を懐かしがったりする歌詞は消えている。しかも奴隷解放を高らかにうたい上げる歌詞まであらわれるにいたった（トール 二四五頁）。

おれは生きてこの目で見たぞ、
偉大なる建国百周年を。
そのうえ解放の日も、生きてこの目で見たぞ、
黒人にとって一番幸せな日さ。（C. A. White, 一八七六）

一八五〇年の妥協(1)以降は、ホワイト・ミンストレル・ショーは人種差別のテーマを扱わなくなるが、ブラック・ミンストレル・ショーは訴え続けた。「お聞き！　赤子よ、お聞き！」と題するミンストレル・ソングは奴隷解放後に作られたにもかかわらず、奴隷の母子を襲う悲惨な光景を歌い上げる。

お聞き！　赤子よ、お聞き！　お前のママが死んでいく、
子供を主人の仕打ちから守ろうとして。
ああ！　残酷な、残酷な奴隷制！　何百人も死んでいく。
どうぞわたしの赤ちゃんを死なせてあげてちょうだい。(George Bohee, 一八八八)

ホワイト・ミンストレル・ショーについては厳しく批判したダグラスも、奴隷解放運動の機関誌『北極星』において、紋切型を演じる黒人の持つ可能性を認めている。

いかなるかたちであれ、黒人が白人観客の前に登場できることには得るものが大きい。この一座［ガヴィット・オリジナル・エチオピア・セレネーダー］でさえ、勤勉さと臨機応変さ、それに適切な趣向を備えれば、我々の人種に対する偏見を取り除くのに役立つだろう。(一八四九年六月二十九日)

もはやミンストレル・ショーやクーン・ショーを、従来通りの支配と被支配者の単純な二項対立で捉えることはできない。

十九世紀の百年間は人種不安の嵐が吹き荒れた時代だった。南北戦争が終わっても、戦前の予想や期

待とは反対に、白人と黒人の関係は改善されるどころか一層悪化していった。このような状況下、白人側はミンストレル・ショーやクーン・ショーの舞台で黒人の画一化を図り、それを現実とすり替えて笑い飛ばすことにより、不安と恐怖を鎮めようとした。黒人側はそれをさらに逆手にとったのである。強制されたイメージを否定するどころか進んでそれを演じ、その影で着々と自己確立と民族の自立を目論んだのだった。黒人に対する厳しい逆境にもかかわらず、ダグラスは『人生の物語』を出版にこぎつけ、芸人たちは舞台に立つために、黒人でありながらブラックフェイスの仮面をつけて、白人領域の乗っ取りを試みる複雑な混成主体を形成していた。ダグラスも黒人芸人たちも、白人に迎合する姿勢を見せながらその裏をかく「白人好き《アングロフィリア》のトリックスター」だったのだ。

自伝という舞台で紋切型を演じてみせたダグラスは、まさに芸人である。言うなれば、ダグラス自身がオセローと称した自伝的主体は、ミンストレル・ショーやクーン・ショーの役者だったのである。そうだとすれば、彼の自伝『フレデリック・ダグラスの人生の物語』そのものがひとつのショーである。ダグラスの自伝は演劇作品だったのだ。あるいは、視点を変えてみれば、シェイクスピアの『オセロー』はダグラスの自伝というアメリカ的文学装置の場において、これまたアメリカ特有の演劇形式であるミンストレル・ショー、またはクーン・ショーに姿を変えたとも言えるのではあるまいか。さらに、こうした十九世紀演劇にみられるトリックスター的オセロー像は、次章で詳述するように、アメリカ黒人の心理状況を象徴する有効なメタファーとして、演劇史の潮流に乗って二十世紀近代劇へと継承されていく。

註

（1）連邦加入にあたってカリフォルニアを自由州とするか奴隷州にするか争った際に、南部の連邦脱退を引き留めるためにヘンリー・クレイが提案した妥協案。五つの法律からなるが、そのうちのひとつによって、逃亡奴隷を幇助した者をより厳重に取り締まる逃亡奴隷法が制定されることとなった。

第四章　オセローの息子たち——ユージーン・オニール『すべて神の子には翼がある』（一九二四）再考

南北戦争後、ブラック・ミンストレル・ショーが人気を博していた時期と時を同じくして、演劇の世界には新たな動きが芽生えつつあった。散文リアリズム演劇である。まず戦後にわかにもてはやされた地方色豊か《ローカルカラー》な劇作品が、作品の内容と形式の両面においてリアリズムのはしりとなる。一八八七年、パリに自由劇場が誕生したのを皮切りに、ヨーロッパ各地でアウグスト・ストリンドベリ（一八四九―一九一二）やヘンリック・イプセン（一八二八―一九〇六）らが活躍するようになると、アメリカにも単なる商業主義の枠を越えた劇作家が現れて、社会問題を真っ向から取り上げる作品を発表した。同時に、スペクタクル効果をねらった大仕掛けの演出や派手な演技スタイルは徐々に人気を失い、舞台背景や装置、衣装、せりふや演技法にも本物らしさが求められるようになる。十九世紀末には「アメリカン・リアリズムの父」と呼ばれるウィリアム・ディーン・ハウエルズ（一八三七―一九二〇）がリアリズム演劇の理論を打ち立てると、ジェームズ・A・ハーン（一八三九―一九〇一）が発表した『マーガレット・フレミング』（一八九〇）はその実践として画期的な作品となった。イプセンの『人形の家』（一八七八）に影響を受けたこの作品は、夫の不貞を糾弾し女手ひとつで子供を育てようと決意する新しい女性像を描いている。そのほかにも、同時代の社会問題を次々と劇化したクライド・フィッチ（一八六五―一九〇九）、東部と西部の統合を訴える『大分水嶺』（一九〇六）を発表したウィリアム・ヴォーン・ムーディ（一八六九―一九一〇）

らが時代の橋渡しとなる。一九一五年にはアメリカにおける小劇場運動が始まり、ついには一九一六年、ユージーン・オニールがイギリスのカーディフ港に向かう船内の人間群像を描く一幕劇『カーディフ指して東へ』を上演するにいたって、アメリカに近代劇が生まれたのである。

一九二四年初め、オニールが前年に執筆した表現主義的な手法を用いる新作劇『すべて神の子には翼がある』の台本を出版し、これが小劇場運動の担い手であるプロヴィンスタウン・プレイヤーズによって上演されることが報道されるや、数ヶ月にもおよぶ大論争へと発展した。白人と黒人両方から激しい非難の声があがり、白人至上主義をかかげる秘密組織クー・クラックス・クラン（ＫＫＫ）は、作者の息子を誘拐するとか劇場を爆破するなどといった内容の脅迫状まで送りつけてきた。挙げ句の果てに同年五月十五日の開幕わずか数時間前になって、ニューヨーク市当局が妨害に出る。子役を使うには許可が必要だという、既に形骸化していた取り決めを盾に難癖をつけてきたのである。しかも後日正当な理由が開示されることもなかった。結局、開幕初日は八人の子役が登場する第一場を朗読で済ませる異常事態に陥ってしまった（シェーファー『息子と芸術家』一三四―四三頁）。これほどの問題となったのは、黒人男性と白人女性の異人種間結婚という物語の設定に原因がある。

『すべて神の子には翼がある』の物語は、ニューヨークの貧民街で白人と黒人の子供たちが共に遊んでいる場面から始まる。なかでも、黒人少年ジム・ハリスと白人少女エラ・ダウニーはとりわけ仲がよく、肌の色の違いも気にかけずに無邪気に愛を告白する。九年後、ジムは弁護士を目指す実直な青年に成長するも、エラは白人の恋人に夢中で彼のことは眼中にない。さらにその五年後、ジムは人種的劣等感に苛まれて司法試験に幾度も失敗し、他方、エラは私生児を生み死なせた挙げ句、親からも白人仲間から見放され、女工におちぶれてしまっている。そんなエラをジムは盲目的に愛し、結婚するのだった。その二年後、ヨーロッパでの暮らしに見切りをつけてふたりはアメリカに戻ってくる。エラは黒人の夫に対する劣等感に苛まれて極度の精神不安に陥ってゆく。ジムは妻のために白人から認められようと司法試験に挑戦するが、姉ハッティは弟のそうした姿勢を民族に対する裏切りだとなじる。数ヶ月後、またもやジムが試験に落ちる。するとエラは、夫に対する自分の優位が保たれたとヒステリックに喜ぶ。ジムは狂気に陥った妻に一生従う決心をするのだった。

批判の矢面に立たされた作者は、作品の主眼は普遍的な人間性の探求にあると弁明している。

肌の色が黒かろうとグリーンだろうとオレンジだろうと白かろうと、人が人生を克服しそれに意味を与えようとする葛藤を描かずして、ほかに演劇の目的はあるだろうか。（「オニール、ニグロ劇を弁護する」四七頁）

確かに人間関係の対立や夫婦間の断絶、帰属感の欠如など、オニールが生涯をかけて追い求めた、近代人をめぐる主題がこの作品にも色濃く見受けられる。主人公の黒人男性ジム・ハリスは白人女性との結婚を責められて「黒人だとか白人だとか、人種のばかげた話ばかりだ！　どこに人間の入り込む余地があるんだい」（三〇九頁）と反駁している。しかし、『すべて神の子には翼がある』においては、こうした葛藤の根本原因は明らかに人種にあり、作者の弁明にもかかわらず、執筆・上演された一九二〇年代アメリカにおける黒人をめぐる情況を考え合わせる必要はあるだろう。実際のところ騒動の渦中にあって、オニールは「けれども、違いがあるとお思いじゃないですか。白人種は黒人種よりも優れているのではありませんか」との質問に、隠し切れない自身の人種意識をこうあらわにしている。

精神の面で考えれば、人種間に優劣というものはありません。いかなる人種においてでもです。けれども我々は人種として少しだけ知性が進歩しているのです。ただし、これは個人としてという訳ではありません。（前掲書　四六頁）

ほかにも作品には、黒人の苦悩と原始性を象徴する道具としてアフリカのコンゴの仮面が登場する。これは初演の宣伝ポスターにも描かれており、人種のテーマに決して無関心ではなかったことが分かる。

さらに言えば、この作品は『オセロー』を反復する。なによりも作者本人が生まれながらにしてシェイクスピアに慣れ親しむ環境にあった。後述するように、オニールは十九世紀に活躍した俳優ジェイムズ・オニールの息子に生まれ、かつて有能な古典役者だった父はシェイクスピアの一節をいつも口ずさんでいて、家族でせりふの競演をすることさえあったという。ルイス・シェーファーの伝記によると、オニールは有望な劇作家として頭角を現し始めた一九二〇年に、シェイクスピアの偉大さに「目覚めた」と告白している。

「精神的かつ肉体的に変化して初めて目覚めがやって来たんだ」とオニールは一九二〇年に言った。「学校でシェイクスピアを勉強して、それで怖くなってしまった。シェイクスピアに教訓と楽しみを見いだせるようになったのは、つい最近のことだ」。（『息子と劇作家』一一四頁）

そして、オセローがデズデモーナと結婚するように、劇中では黒人男性ジムが白人女性エラと結婚し、それゆえに苦悩する。一九二四年、上演前の騒動に比して公演そのものはあまり盛り上がらず劇評もふるわずに終わった。後世の評価も今のところ、物語設定の衝撃度や表現主義的手法などにばかり話題が集中している感がある。作者のキャリアに照らせば、すぐ後に中期の代表作とされる『楡の木陰の欲望』

（一九二四年執筆、初演）が控えているため、その直前に書かれたこの劇は伝記や研究書でも扱いが軽い。しかしながら、オセローという視点を導入し、アメリカにおける黒人史と演劇史の文脈に新たに位置づけることによって、再評価の糸口が見つかるのではないだろうか。

一　オニールの一九二〇年代

アメリカ演劇史上、オニールは十九世紀の舞台を席巻したジム・クロウの紋切型《ステレオタイプ》を廃して、黒人の社会闘争と心理的葛藤を描き出すことに成功した初の劇作家に位置づけられる。オニールが斬新な主題を追求し、実験的な手法を駆使する作品をいくつも世に送り出した一九二〇年代は、黒人史においても大きな転換期とされる時代である。一八六五年の南北戦争終結後、黒人を取り巻く状況は好転するどころか悪化の一途を辿っていた。元奴隷主は、経済力と武力をもってほどなく政界復帰を果たし、一八七〇年代半ばまでに政治的支配権を再確立した。一八九六年に「分離すれども平等」との判決が連邦裁判所でもくだされ、人種差別を是認するいわゆる「ジム・クロウ法」が横行する。世紀転換期には南部を中心にリンチが横行し、第一次世界大戦後にはアングロ・サクソン文化を擁護する愛国主義の再燃と共にKKKが暗躍する。しかもこの時期のKKKは活動範囲の面でも構成人員の面でも類を見ないほど大規模で、不道徳的な白人や非プロテスタント、ユダヤ人、移民らと並んで黒人は激しい攻撃の危機にさらされたのだった。もちろん、劇場では相変わらずの黒人像が大量生産・消費されていた。

他方で、一九二〇年代はハーレム・ルネサンスの時代でもある。黒人層の意識改革と教育の普及、人口の都市集中といった要因が契機となって、ニューヨークを中心に黒人文化が興隆した。特に黒人による活発な演劇活動が展開した（ロンドレ&ウォーターマイヤー　三一二―一七頁）。オール黒人キャストによるミュージカル『シャッフル・アロング』（一九二一）の大ヒットをきっかけに、ジャズとブルースを取り入れた作品が数多く上演され、一九二四年には黒人俳優協会が結成をみる。かつて黒人観客は天井桟敷にしか入場を許されなかったが、実際に劇場に足を運ぶ黒人が増加するにつれて、一九二〇年代末までにはこうした座席の差別は少なくともニューヨークでは稀になっていた。一九一〇年代から二〇年代にかけて、黒人劇作家と黒人劇団による小劇場運動が起きる。さらにガーランド・アンダーソン（一八八七―一九三九）の『外見』（一九二五）はブロードウェイで上演された初の黒人作家によるせりふ劇となり、一九三五年にはラングストン・ヒューズ（一九〇二―六七）の、白人と黒人半々の混血児《ムラート》を題材とする『ムラート』がブロードウェイでロングランを記録した。

アフリカ文化への関心の高まりは原始賛美と原始回帰を促し、白人側のモダニズム運動にも大きな影響を与える。その流れを汲むオニールはこの時期『夢見る子供』（一九一八年執筆、一九一九年初演）、『皇帝ジョーンズ』（一九二〇年執筆、初演）、『毛猿』（一九二一年執筆、一九二二年初演）、『すべて神の子には翼がある』などの黒人を主人公とした作品を発表し、その原始性と心理変化の描写に成功している。なかでも八場からなる『皇帝ジョーンズ』は傑作として評判が高い。寝台車のボーイだった黒人ジョーンズが脱獄して西インド諸島のある島の皇帝に収まったが、圧政を続けた挙げ句に島民の反乱に遭う。二場から七場までは、次第に早まる太鼓の音に追われてジャングルを逃げるジョーンズの心が自分の過去、および黒人種の過去の歴史にさまようさまが綴られ、黒人の心理、ひいては近代人の状況を表現主義的手法にのっとって描き出す。初演の主役には、黒人俳優チャールズ・シドニー・ギルピン（一八七八―一九三〇）が起用されている。

十九世紀の黒人像からの脱却に加えて、『すべて神の子には翼がある』は、新大陸に黒人が連れてこられてからこのかた最大級のタブーとされていた白人と黒人の結婚を正面から取りあげた初の劇作品でもある。それまでも異人種のカップルが登場する舞台はあった。その代表的な例は、奴隷制反対運動の高まる一八五九年に初演されてヒットしたダイオン・ブシコー作『オクトルーン』である。ヒロインの美しい奴隷ゾオウは見た目はほとんど白人だが、題名にある通り八分の一《オクトルーン》の混血児である。そのため、フランスから来たプランテーションの主人と恋仲になるも、奸計に陥って売られることになり、最後は絶望して自殺してしまう。またエドワード・シェルドン（一八八六—一九四六）の三幕劇『ニガー』（一九〇九）は、南部の知事を務めるフィリップ・モローが政敵に黒人奴隷の血が流れていることを暴露されてしまうが、白人の婚約者ジョージアナに支えられて出自への偏見に敢然と対峙する物語である。どちらの作品もロマンスに重きがおかれ、人種のテーマは比較的曖昧に処理されている。その点、ハーレム・ルネサンス最大の指導者W・E・B・デュボイス（一八六八—一九六三）は、オニールのこの作品を黒人のありのままの姿を伝える試みとして高く評価した。

一世紀の間アメリカにおいて、ニグロの血筋やニグロの人生については醜い描写、汚れた幻想、胸の悪くなるような言及や悲観的な未来像しか描かれることはなかった。その結果、こんにちのニグロは黒人種を描こうとする芸術家のいかなる試みも恐れるようになってしまった。（中略）あるがままの姿を描かれることとさえ恐れている。（中略）このような殻を打ち破る芸術家は幸いである。彼は永遠の美の殿堂にいるからである。（中略）まさにユージーン・オニールはそれをなし遂げたのである。（シェーファー『息子と芸術家』一三八頁に引用）

にもかかわらず、『すべて神の子には翼がある』に対しては、白人のみならず黒人からもひどい反発が噴出した。劇中でジムの姉ハッティが「軟弱で気弱なばか、お前はわたしたち黒人の裏切りものだわ！」(三〇九頁) となじるように、観客の目にはジムが白人に卑屈な黒人と映ったからである。ハリエット・ビーチャー・ストウが描いた『アンクル・トムの小屋』の主人公の態度に倣い、このような迎合主義を揶揄して「アンクル・トム主義」と呼ぶが、この意味においてジムはまさしく「アンクル・トム」だった。ヴェニスのオセロー同様に、いやむしろそれ以上に、ジムは白人になりたいと切望する。ニューヨークの下町に住む少年ジムは白人の少女エラが好きなあまり、一日三回も白墨を水に溶かして飲んでは肌の色が白くなることを夢見ている。長じて、ジムの父親は事業に成功して財をなし、ジムは大学を卒業して司法試験に挑戦し続ける。ジムにとって試験に「合格《パス》」することは、すなわち白人として「通用《パス》」することと同義だからだ。彼の努力は、すべてエラに認められたいがためである。

僕のすべては彼女のものだってことを証明しないといけないんだ。価値ある人間だってことを証明しないといけないんだ！ 僕を誇りに思えるってことを証明しないといけないんだ！ 僕が白人以上に白いってことを証明しないといけないんだ！ (三〇九頁)

と姉に訴えるように、黒人が白人社会と白人女性に認められるためには「白人以上に白い」存在であることを証明してみせなければならないのである。劇中幾度も繰り返される「白人以上に白い」なる言い回しは、ヴェニスの社会でオセローが「なみの白人以上に美しい」と称されることを連想させる。公爵はデズデモーナの父ブラバンショーにこう言う。

どうだろう、

美徳にこころよい美しさがともなうとすれば、心美しい
婿殿は、なみの白人以上に美しいとは言えまいか。（一幕三場二八九―九〇行）

しかし、ジムは何度受験しても司法試験に受からない。白人ばかりの試験官やほかの受験者に囲まれると、強い劣等意識のせいで実力がまったく発揮できないのである。

片やエラのほうはと言うと、私生児を産んで病死させた挙げ句、男に捨てられて女工に落ちぶれてしまう。今となっては、白人仲間からも見向きもされない。そんなエラをジムは心から愛して妻に迎える。フランス人社会思想家フランツ・ファノンは『黒い皮膚・白い仮面』（一九五二）において、黒人男性にとって白人女性との結婚は究極の同化にほかならないと、こう記している。


私は黒人として認められたくはない。白人として認められたいのだ。

ところが（中略）それをなしうるのは、白人の女でなくして誰であろう？　白人の女が私を愛するならば、彼女は、私が白人の愛に値するものであることを証明してくれることになる。私は白人のように愛されることになる。

私は白人になる。

彼女の愛は、光輝く回廊を私に開け広げ、それは全的な密度―充実《プレグナンツ》へと通じていく……。

私は白人の文化、白人の美、白人の白さと結婚するのだ。

私の手がいたるところを愛撫する白人の胸の中で、私がみずからのものとするのは、白人の文明であり、白人の尊厳である。（八五頁）

第一幕の終わりで、ジムはエラと結婚するにあたり、文字通りの「奴隷」となることを誓う。

愛して欲しいとは望まない。なにも望まない、ただ君のことを待っていたいんだ。君に仕え、邪悪なものと悲しみから君を保護し守り盾となるために、君の奴隷となるために！　そうだ、君の奴隷だ、君を聖女のようにあがめる黒人の奴隷だ！（彼はひざまずく。自己放棄の熱狂に包まれて、彼は最後のせりふを言いながら地面に頭を打ちつける。）（二九四頁）

社会的に成功した父を持ち学歴もある黒人男性が、身持ちの悪いプア・ホワイトの女性を愛するとは、黒人観客にとって許し難い設定だっただろう。第一幕最後の結婚式の場面では、第二幕で顕在化する白人と黒人の対立が暗示され、バックには有名なミンストレル・ソング「オールド・ブラック・ジョー」が流れるのだった。

二　アンクル・ジム

こうして結婚したふたりはパリへ渡り、幸せな新婚の日々を過ごした。かの地では人種の違いを意識せずに済んだ。この二年間の外国生活は舞台上で描写されることはなく、後からせりふで語られるだけである。作家の関心はあくまでも人種というくびきと対決する人間の葛藤を描写することにあり、アメリカ社会における問題こそ重要なのである。夫婦の間に横たわる根源的な問題からいつまでも逃避することはできない。第二幕はエラとジムが帰国するところから始まる。

アメリカへ帰ってきたものの、デズデモーナがオセローと結婚して感じたような幸福感を、エラはジムとの関係に見いだすことができない。ふたりは結婚してから一度も性生活がないが、これはエラが黒人との結婚によってみずからの白さも汚れると危惧するためである。ジムの姉ハッティは弟に「きょうあの子は『黒い！　黒い！』って狂ったようにわめいたわ。自分の肌が黒くなるって、お前が毒を盛ったんだって」（三〇八頁）と訴える。黒人が白人と結婚することで白人と同化することを願ったとするならば、白人は黒人と結婚することで黒く染まることを恐れたのである。エラはジムに対して複雑な感情を抱いている。ジムが「白人以上に白い」心の持ち主であることを理解しながら、一方では、白人としての優越感と経済的にも学問的にも勝る黒人への劣等感に引き裂かれる。結婚するほどジムを愛していながら白人としては黒い夫を恥じずにはいられず、ジムが司法試験に合格することを願いつつも、黒人が弁護士になることは腹立たしいのである。黒人が自分よりも優れていると認めることは耐え難い。エラは次第に精神錯乱へと陥っていく。

ふたりの家の居間には、弟が民族意識を持つようにとハッティが贈ったコンゴの仮面が飾られている。エラにとってこの仮面は夫との仲を隔てる人種の壁をあらわし、悩み苦しむたびに仮面が笑っているかのように感じる。コンゴの仮面に向かってエラは叫ぶ。

なぜジムを放っておかないの。なぜあの人を今まで通り幸せにしといてあげないの、あたしと一緒に。なぜあたしを幸せにしといてくれないの。ジムは白いわ、白人以上に白い心の持ち主だわ。お前、どこまで邪魔するつもりなの。黒い！　黒い！　毒を盛ったわね。いくら洗っても落ちやしない！　お前なんか大嫌い。なぜジムとあたしを幸せにしといてくれないの。（三一二頁）

エラにとって「ジムとあたしの幸せ」とは黒人の夫が常に自分よりも下位にとどまり、優越感を満たしてくれる状態のことである。そしてジムが司法試験にまたもや落ちたことを知ると、今度は勝ち誇ったようにコンゴの仮面にナイフを突き立てる。

するとジムは「合格したかって？　この俺が？　このジム・クロウ・ハリスがかい？　このニグロのジム・ハリスが一人前の弁護士になるって？」（三一三頁）と自嘲し、白人妻のためにアンクル・トムならぬ「アンクル・ジム」となることを決心するのだった。

エラ　「ときどきはアンクル・ジムになってちょうだいね。何年もうちにいた、あの爺やに。いい、ジム？」

ジム　（すっかり諦めて）「いいとも。」（三一五頁）

黒人観客は物語のこの終わり方に納得しなかった。エラの奴隷となって生きるジムの「自己放棄の熱狂」（二九四頁）や「すっかり諦め」た様子の自己犠牲は、黒人種全体の劣等性を肯定しかねないからである。ではジムはエラに負けたのか。

黒人男性が白人女性の愛情を得て夫婦関係を持続させる結末こそが肝要である。ジムは「かわいいお前、いいよ、遊ぶとも。天国の門まで君と一緒だよ！」（三一五頁）と叫び、エラを愛し守り続ける夫として生きることを誓う。ここでアメリカにおける黒人史を思い起こすならば、ジムはむしろ勝利を収めた側だと解釈することもできるだろう。南部プランテーションの時代から白人男性には、黒人男性は常に白人女性を強姦しようと狙っているとの根強い脅迫観念があった。特に世紀末になると、ヴィクトリア時代の価値観にのっとって、白人女性はその階級にかかわらず、すべて純潔で貞淑の化身として崇め奉られていく。白人女性は白人男性の優越性を象徴し、白人種全体の崇高さを象徴するものとなったのである。裏を返せば、白人男性は白人女性に黒人男性の恐ろしさを刷り込むことによって、彼女たちを所有物とし、同人種内部の性差による優劣を確立したともみなせよう。したがって、黒人男性が白人女性に近づく行為は、白人女性個人の人権を侵害する犯罪なのではなく、白人男性の名誉を犯すことを意味した。白人女性を奪われることは財産を奪われることであり、白人男性を頂点とする、肌の色と性差に基づくヒエラルキーが崩壊する危機を招くのである。

『すべて神の子には翼がある』の結末は黒人種の敗北を示唆し、初演当時の騒動やそれ以降は再演されることも稀だった事実がその解釈を裏付けている。だが、ジムは「アンクル・ジム」に徹することによって歴史上、黒人男性が決して得ることのできなかったもの、すなわち白人女性の愛情を手に入れることに成功した。

エラ　「そして決して決して決して、あたしを捨てないでね。」
ジム　「決して捨てないよ。」
エラ　「あなたはあたしのすべて……あたし、あなたを愛してるわ、ジム。」（エラ、子供のように彼の手に優しく感謝を込めてキスする）（三一五頁）

ジムが勝ち得たエラのキスは、白人社会の秩序、ひいては一九二〇年代アメリカの権力構造の転覆を意味する。ジムはあえて白人妻の望む役に徹することによって、その裏をかく。異人種間結婚のテーマが与えるスキャンダラスな第一印象ですっかり隠されてしまったが、オニールが描き出すアメリカのオセロー像は、ハーレム・ルネサンスから始まり、やがて一九五〇年代後半から一九六〇年代の公民権運動へとつながる、アメリカにおける黒人の台頭を予言していたのである。

三　エラのキス

初演時に起きた大騒動の原因は作品の筋立だけでなく、それを上演するにあたっての配役にもあった。エラがジムにキスする最終場面は二重の問題を含んでいた。物語のレベルで考えれば、キスシーンは白人女性が黒人男性を愛することの証であり、白人側にとっては白人種の敗北を、黒人側にとっては民族の誇りを捨てた同胞の敗北をあらわす。その上、一九二四年のブロードウェイにおける実際の公演では、当時の伝統に反してジム役に黒人俳優を採用したために、必然的に舞台上で白人女優が黒人俳優の手にキスをする事態となった。ジム役はポール・ロブソン、エラ役はメアリー・ブレアが演じた（図版8）。

十八世紀に始まり十九世紀に花開いたアメリカ演劇には、ブラックフェイスの黒塗り化粧をした白人俳優が黒人の登場人物を演じる伝統があった。第三章で述べたように、十九世紀にも黒人が舞台で活躍する機会はあったが、それもミンストレル・ショーやクーン・ショー、ボードヴィル、コメディなど大衆芸能の分野だけでの話である。シェイクスピアが上演されるような、白人支配人が仕切る正統な劇場は依然として門戸を閉ざしたままで、二十世紀に入ってからも、黒人俳優がそうした劇場の舞台にあがることは非常に稀だった。したがって、オニールもグレンケアン号の船内における人間模様を描く一幕劇シリーズのひとつ、『カリブの月』（一九一六―一七執筆）を上演した一九一八年の段階では、黒人役にブラックフェイスの白人俳優を使っている。初めて黒人俳優を起用したのは翌年、黒人ギャングとその母親を描写する一幕物『夢見る子供』初演であった（ゲルブ『オニール』三三九―四〇頁）。

『すべて神の子には翼がある』の初演で起用されたロブソンは、もっとも早い時期に活躍したアフリカ系アメリカ人の俳優である。逃亡奴隷の子供に生まれ、ラトガーズ大学に史上三番目の黒人として入学し、コロンビア大学ロースクールを経て司法試験に合格した。こうした経歴はそのままジムの役柄に重なる。だが、ロブソンは途中で役者に進路変更をして、その理由を『ニューヨーク・ヘラルド・トリビューン』紙のインタビューで答えている。オニール劇の題名は黒人霊歌の歌詞「ぼくには翼がある／きみにも翼がある／すべて神の子には翼がある／天国に行ったら／翼をつけ／神の国を飛びまわろう」から取られたのだが、この歌の意味を聞かれてロブソンはこう言う。

それはわたしたちがみな可能性を、なにかを達成する能力を持っているという意味です。ニグロであるがゆえに対峙しなければならないことを過小評価するつもりはありません。けれども、役者は弁護士よりは困難が少ないと思うのです。(中略)すべての役者は自分の身体的特徴によってなんらかの制限を受けるものです。痩せた五フィートの人間は大男の役を演じられないし、豊満な太った女性は純な娘役はできないでしょう。僕も制限を受けている。つまり体の大きさと肌の色。ほかの役者と同じ制限プラスもうひとつというだけです。(一九二四年七月六日)

一九二〇年代にアメリカ演劇界に身を投じたロブソンは、一九三〇年のロンドンでロブソン自身が前出インタビューで「頂点」と位置づけるオセローの役を演じた。黒人としては、一八六五年にアメリカ出身のアイラ・オールドリッジ(一八〇四—六七)が演じて以来、実に六十五年ぶりのことであった。さらに一九四三年には、黒人として初めて白人製作によるブロードウェイ公演でオセロー役を演じるにいたる(**図版9**)。その後は左翼系黒人解放運動家となり、一九五〇年代の赤狩りの際はCIAのブラックリストにも載ったりパスポート没収の憂き目に遭いながらも、ジム・クロウ法の撤廃と黒人の自立を目指して精力的に政治活動を続けたのである。

ロブソンは十九世紀の黒人芸人のように演劇界に出世の糸口を見いだした。フレデリック・ダグラスが白人奴隷解放運動家たちの助けを借りたように、ロブソンはオニールの助力で正統な劇場へと進出し、ついには長く白人俳優に独占されてきたシェイクスピアのオセロー役を奪取するにいたる。一九二六年に行われたインタビューでこの点をこう語っている。

ニグロが良い作品の主役となること、およびそれに対する観客の反応。彼［ロブソン］によれば、これは『アンクル・トムの小屋』からこんにちの『皇帝ジョーンズ』や『すべて神の子には翼がある』までを貫く大いなる願いだった。「ニグロの能力は白人によって発掘された」と彼は言う。「ニグロの才能が前面に押し出され、ついに知的奴隷制の足かせは断ち切られたのだ」。（「ポール・ロブソンと演劇」七二頁）

ロブソンはブロードウェイに進出し、白人劇作家の手による近代劇の舞台で主人公を演じ、しかもジムに扮することによって白人女優が扮するエラのキスを受けた。これは黒人演劇の伝統において画期的な瞬間である。しかもそれにとどまらず、やがては黒人全体のために政治に働きかけるまでになるロブソンの後々の経歴を考えれば、ロブソンが受けたエラのキスにはオセローからアメリカン・オセローへと移行する、アメリカにおけるアフリカ系アメリカ人の歴史が凝縮されていたとも考えられるだろう。

四　父を生み直す

『すべて神の子には翼がある』にオニールの自伝的背景を読み込めば、さらにもうひとりのオセローが浮かび上がる。物語の主人公たちは、その名前にも明白なように、作家自身の両親ジェイムズとエラ・クィンラン(一八五七—一九二二)を念頭に置いている。両親と兄ジェイミー(一八七七—一九二三)は一九二〇年代に相次いで死んだ。独善的な旅役者の父、モルヒネ中毒の母、アルコール中毒で風来坊の兄という悲惨な家族の影は、皆が死したのちもオニールを悩ませ、ようやく晩年になってそうした肉親との関係に向かい合えるようになったのだった。一九三五年にアメリカ人劇作家として初めて、そしてこんにちにいたるまで唯一のノーベル賞を受賞しながら、この時期以降オニールは体調を崩し、三番目の妻カーロッタ・モントレーと共に長い隠遁生活を送るようになる。その人生の最後に生み出した作品のうち『夜への長い旅路』(一九四一年執筆、一九五六年初演)は両親を、『ヒューイ』(一九四一—四二執筆、一九五八年初演)と『日陰者に照る月』(一九四三年執筆、一九五七年初演)は兄をモデルにしたものであった。『夜への長い旅路』は「亡霊に取り憑かれたタイローン家の四人に対して深い憐れみと理解と許しの念を抱きつつ書いた」(七一四頁)と献辞にある通り、家族の暗い過去と葛藤が浮き彫りになる、一九一二年のある一日を描いた四幕劇である。『夜への長い旅路』では三幕を通じて、アクションはメアリーのモルヒネ中毒再発とエドマンドの結核が判明することの二つしか起きないが、その過程で現在の家族関係を呪縛する過去の過ちと強烈な自責の念が明るみになっていくのだ。死後上演されたこの傑作によって、オニールは四度目のピューリッツァ賞を受賞した。劇中、父ジェイムズ・オニールはジェイムズ・タイローン、母エラはメアリー、作者ユージーン自身は夭逝した次兄エドマンドの名を借りて登場する。

どちらもアイルランド系だった父母の間に、オセローとデズデモーナにあるような人種の違いというものはなかったが、階級の差は歴然としていた。オニールの母エラ（劇中ではメアリー）は中産家庭に生まれ育ち、女子校に学んだカトリック教徒だったが、一八七七年に二十歳の若さで旅役者ジェイムズの妻となる。スターだったジェイムズの舞台姿に惚れ込む様子はオセローの語り口に魅了されるデズデモーナを思わせる。だが、彼女の結婚生活はひどい孤独の日々だった。『すべて神の子には翼がある』のエラ・ダウニーは黒人と結婚したことで白人から相手にされなくなったことを悲しみ、だからと言って黒人に同胞意識を抱くことも到底できない。同様に、母エラも役者と結婚して中産階級から仲間はずれになったことを悲しんでいた。『夜への長い旅路』においてメアリーは夫をこう責める。

でも、わたしが役者と結婚するとみんなそっぽを向いてしまった、当たり前だけど。あの頃役者ってものがどう思われてたかご存じでしょう。（中略）あれ以来、昔のお友達はわたしを哀れむか無視するかのどちらか。だけど、哀れむ人のほうが無視する人よりずっと憎かったわ。（七六四頁）

反面、エラは夫の属する芸能界にも馴染めない。巡業先のホテルを転々とする日々に安定した家庭を築くこともできない。帰属感を失い、出産を契機にモルヒネ中毒となり、やがて廃人となってしまう。メアリーは、

ここは決して家庭なんてものじゃなかったわ。あなたはいつもクラブやバーに入り浸り。わたしにはここは一晩限りの、ホテルの汚い部屋と同じくらい寂しいものだった。本当の家庭なら決して寂しくなんかないものよ。（七五六頁）

とこぼしている。

一方の夫ジェイムズ（劇中ではタイローン）は、極貧のアイルランド移民の母子家庭に生まれたため、家族のなんたるかを知らずに育ち、幼い頃から過酷な労働に従事して来たせいで、吝嗇が身についてしまっている。家庭を顧みることなく、貧乏を恐れて怪しげな土地投機に金を注ぎ込んできた。ジェイムズはエラに対して強烈な劣等感を抱いており、オセローがデズデモーナとの結婚を正当化しようとヴェニスのお偉方に演説する、「国家を代表し国事に参与される元老員議員諸卿、／敬愛おくあたわざるご一同につつしんで申し上げます」で始まる第一幕第三場のせりふ（七六―九三行）をしばしば口ずさんでいたという（シェーファー『息子と芸術家』一一八―一九頁）。あまりに育ちが違い過ぎて結婚観も家庭観も合うはずがない、こうした階級に端を発する夫婦の断絶を、息子ユージーンは人種問題へと投射して、『すべて神の子には翼がある』を創作したのである。

『夜への長い旅路』は、過去に囚われた家族の物語である。過去の過ちと向き合いながら、過酷な現状を受け入れる勇気がなく、家族中で見て見ぬふりの演技を繰り返して、日々をやり過ごすしかない。劇中でメアリーは「なぜ、どうして忘れられるものかしら？　過去は現在のこと、それに未来のこと。みんな嘘をついて過去から逃れようとするけれど、人生はそんなこと許してくれないわ」（七六五頁）と言う。メアリーは自分が育った父の家のような暖かい家庭を作ることだけを願っていたが、孤独に苛まれている。なにより悔やまれるのは、夫の巡業先について行っているあいだに、留守番をする赤ん坊の次男をはしかで死なせてしまったことである。メアリーは、幼い弟に嫉妬した長男ジェイミーがわざと自分の病気を伝染させたのだと疑っている。しかも、死んだ次男の代わりにと三男エドマンドを生んだために、モルヒネ中毒になってしまった。それもこれも役者と結婚したせいである。物語が進行するにつれて、メアリーの記憶は幸せだった娘時代へと退行していき、劇の最終場面は人生で一番幸福な瞬間だった結婚の記憶で締めくくられる。恍惚とした表情で古びたウェディングドレスをひきずって歩くメアリーを前に、夫も息子たちもなすすべなくただ呆然とするだけだった。

しかも、ジェイムズを捕らえて離さないのが、オセローの幻影なのである。ジェイムズ・オニールはかつて将来を嘱望された若手シェイクスピア役者で、その姿は『夜への長い旅路』のタイローンのキャラクターにそのまま反映されている。劇中、部屋には全集が三組も揃っており、本棚の上にはシェイクスピアの肖像が掲げられていて（七一七頁）、タイローンは、シェイクスピアは自分と同じアイルランド人でカトリック教徒だとさえ言う（七九三頁）。彼はエドマンドに向かって無類のシェイクスピア好きぶりをこう吐露する。

俺はお前が聖書を勉強するみたいにシェイクスピアを勉強したんだ。（中略）俺はシェイクスピアを愛していた。シェイクスピアの劇なら、どんなものでも金を貰わずとも演じただろう。あの偉大な芸術に身を浸す喜びだけで十分さ。俺はシェイクスピアを演じるのがうまかった。刺激を受けるのを感じた。もしあのまま続けていたら、きっとすごいシェイクスピア役者になっていただろうよ。絶対さ！（八〇九頁）

父ジェイムズの最大の自慢は、一八七四年、十九世紀を代表するシェイクスピア役者エドウィン・ブース（一八三三―九三）のイアーゴーを相手に、オセローを演じたことだった。劇中のタイローンはこう言う。

俺がオセローを演じた最初の日の晩、ブースが支配人に『あの若者は俺のどのオセローよりもうまいよ！』と言ったんだ。（誇らしげに）あの名優ブースがだぜ！　しかもこれは決してお世辞じゃな

い。俺はあのときたった二十七歳だった。今思うと、あの夜は俺の人生の絶頂だったな。（八〇九頁）

ところが一八八三年に『モンテ・クリスト伯』のエドモン・ダンテス役で当たると、ワン・シーズンで三万五千から四万ドルもの報酬に目がくらんで、メロドラマ役者に落ちぶれてしまう。ジェイムズが活躍した時代は、観客がセンセーショナルなスペクタクルを好んだ時代で、『モンテ・クリスト伯』のような勧善懲悪の復讐劇は大人気だった。初演以来三十年余にわたって、同じ役を六千回以上も演じながら全米各地をまわり、八十万ドルを儲けたのである。タイローンは過去を振り返り、ばかの一つ覚えで安易な演技を繰り返して、才能をすり減らしてしまったと嘆く。

これだけは誓える、エドマンド、自分の土地と呼べるものなど一エーカーもいらん、銀行にだって一銭もなくていい。（中略）年を取って家もなく、貧窮院行きになったっていい、もし望んでいたような良い役者になれたと、自分で振り返ってみて納得できるならばな。（八一〇頁）

やがて十九世紀末から二十世紀初めにかけて、大げさなスター芝居を中心とした商業主義演劇が衰退していくと、ジェイムズも仕事を失い、晩年はすっかり世間から忘れ去られてしまう。アメリカ演劇史をみると、ジェイムズの時代を最後に潮流はリアリズムへと移る。その先鞭をつけたのが、ほかでもないジェイムズの息子ユージーン・オニールであった。後世この息子は「アメリカ近代劇の父」と称されるようになる。『夜への長い旅路』は一九一二年八月に設定されている。これは自殺未遂の果てに、結核でサナトリウムに入院したオニールが劇作を開始した年であり、こののちオニールが演劇史に残した燦然たる足跡を考えれば、一九一二年はアメリカ近代劇が始まった年だと称しても差し支えない。タイローン家の本棚に、シェイクスピア全集と一緒に、イプセンやバーナード・ショー、ストリンドベリといった近代劇の書物が並べられている様子は、あまりに示唆的である（七一七頁）。劇中、作者ユージーンの分身として登場するエドマンドが読んでいる本を、父タイローンはけなす。

（濁った声で）どうしてお前はそう妙な作家にばかりかぶれるんだ？　本棚を見てみろ。（奥にある小さな本棚を指して）ヴォルテール、ルソー、ショーペンハウエル、ニーチェ、イプセン！　無神論者にばかに気狂いばかり！　詩人といえばダウスンにボードレール、スインバーン、オスカー・ワイルド、ホイットマンにポーだ！　女好きの変人ばかり。なぜ俺のシェイクスピアを読まないいんだ。（大きな本棚をあごで示し）全集が三組もあるっていうのに！（七九九頁）

このせりふにはタイローンとエドマンドという劇中人物、あるいはジェイムズとユージーン・オニール父子の葛藤のみならず、演劇伝統の新旧対立をも暗示している。言うなれば、ジェイムズはオセローである。妻に強い劣等感を抱くオセローに共感して、その弁明のせりふを口にする。才能をすり減らしたことを後悔しつつ、オセロー役の夢をひきずっている。エドモン・ダンテスの人気が衰えて時代から取り残され、オセローを演じた過去の栄光にすがりつくジェイムズの姿は、十九世紀に一世を風靡したメロドラマなる演劇ジャンルそのものの衰退を体現する。これはとりもなおさず、メロドラマからリアリズム近代劇への移行という、アメリカ演劇史の事象を裏書きするものであり、さらに換言すれば、息子によるエディプス・コンプレックス的父親殺しと翻訳することができるだろう。

あるいは逆の捉え方もまた可能であり、かつ、このふたつは両立すると言ってもよい。『すべて神の子には翼がある』と『夜への長い旅路』の二作品は、父の伝記である。父ジェイムズは前者ではジム・ハリス、後者ではタイローンの名のもとに登場する。思えば一九七〇年代以降、伝記という文学形態は真実を伝えるとみなされた特権的地位を剝奪されて、作家によるひとつの物語へと解体された。伝記のなかで語られるある人物の生涯は、伝記作家の意識を介在して新しく作り出された人生となる。すなわち伝記作家は伝記執筆という行為を通して、対象とする人物を再生産するのである。そうだとすれば、ユージーン・オニールは近代劇の幕を開けることによって父ジェイムズを殺したのだが、その裏を返せば、ふたつの伝記劇を書くことによって息子は父を生み直したわけでもあった。

第五章　闘うジュリエット——女優アナ・コーラ・モワットと家庭神話

多元文化主義の視点を得て、いまや十九世紀アメリカにおける女性の位置を探る論考は枚挙にいとまがない。家父長制規範がいかに女性を規制し、女性がそうした抑圧にいかに耐え、闘い、妥協したかは、あらゆる人種と階級、地域にわたって研究されている。その一方で見落とされがちだったのが女優という職業である。

イギリス演劇においては、シェイクスピアの時代には少年俳優の伝統が残っており、十八年にわたる劇場封鎖を経て一六六〇年、王政復古によりロンドンの劇場が再開した時に初めて女優が登場する。かたや、アメリカ演劇は十八世紀になってから成立したのだが、初のプロ劇団であるマレー・アンド・キーン一座やハラム一座が活動を開始した当初から女優が活躍していた。にもかかわらず、それはすんなりと社会に認知されたわけではなく、劇場という文字通り「公《パブリック》」の舞台と、女性に割り当てられた「私《プライヴェト》」の領域を渡り歩く、曖昧な存在であり続けた。

では、この当時、女優はいかなる特異な位置を占めたのか。この疑問を探る契機を提供するのが、シェイクスピアの『ロミオとジュリエット』である。アメリカにおけるシェイクスピア上演の長い歴史は、まさに『ロミオとジュリエット』をもって始まった。一七三〇年、ニューヨークでアマチュア劇団がこの作品を演じたのが、記録に残る最初のシェイクスピア公演なのである（ウィルメス&ビグスビー　三三頁）。

その後、十九世紀に開花した演劇文化はシェイクスピア劇を中心に発展したが、なかでも『ロミオとジュリエット』は常に人気の上位を占めていた。デイヴィッド・グリムステッドは、一八三一年から五一年の間に四都市（フィラデルフィア、チャールストン、ニューオリンズとセントルイス）で行われた各劇作品の上演回数をまとめている（二五四―五五頁）。その統計によると、『ロミオとジュリエット』は総合で十四位。シェイクスピア作品に限れば『リチャード三世』、『ハムレット』、『マクベス』、『オセロー』に継いで五位の人気を誇る。

第六章で詳しく述べるが、当時の男優は「女々しい」（三幕一場一一二行）ロミオ役を演じることを避ける傾向にあった。それに対して女優はジュリエット役を競って演じた。一八四〇年代から五〇年代にかけて活躍した人気女優アナ・コーラ・モワットもそのひとりである。モワットはこんにちではアメリカ最初の風習喜劇（社会の風俗や習慣を諷刺する、軽妙で機知に富んだ喜劇）であり、エドガー・アラン・ポーも賞賛した『ファッション――ニューヨークの生活』（一八四五）の作者としてのみ記憶されている。だが、一八三〇年代から詩歌や論文の執筆を始め、多くの女性作家を輩出した五〇年代には、小説もいくつか出版している。アメリカ・ロマン派文学の黄金時代、すなわちアメリカン・ルネサンスが男性作家によって達成されたものだとする従来の歴史観に従えば、モワットはまさにその裏面史に参加した作家であった。特に一八五三年に書かれたモワットの自伝『ある女優の自伝――八年間の舞台生活』（以下、『自伝』と略記）はベストセラーとなり、当時の代表的作家ナサニエル・ホーソーンも「アメリカの特徴を備えたオリジナリティ溢れる作品」（ブレジ 三〇九頁）と絶賛している。また同時代の演劇界について語る一次資料としての歴史的価値も高い。その自伝によれば、モワットはジュリエット役に強い思い入れがあったようだ。モワットは一八四五年六月、『リヨンの貴婦人』のポーリーン役をもってニューヨークはパーク劇場で初舞台を踏む。その後デビュー四作目にして、初めてシェイクスピアのヒロインを演じる機会に恵まれるのだが、それがジュリエットであり、「ほかのどんな役よりもわたしを興奮させるものでした」（二三七頁）と述懐するほど熱中した。その思い入れは、一八五五年の自伝的な中篇感傷小説『ステラ』において、全篇を貫くモチーフにジュリエットの隠喩を用いていることからも窺えるだろう。

悲劇『ロミオとジュリエット』は娘による父への反抗の物語と捉えられる。十六世紀イギリスでは、女性の地位と権利は制限されていた。批評家ジュリエット・デュシンベリは、人文主義者による女性教育の普及とプロテスタントの結婚観は、ルネサンス期の女性に解放をもたらしたと論じた。確かに才気煥発で生き生きした女性像は、たとえば『お気に召すまま』のロザリンドや、『恋の骨折り損』のベアトリス、『終わりよければすべてよし』（一六〇三）のヘレナなどに見受けられる。しかしながら、ローレンス・ストーンやマージョリー・ガーバー、リサ・ジャーディンらはこぞって異を唱え、女性はいわば「ダブル・バインド」（ジャーディン 三七—六七頁）の状態にあったという。教育は施されたが、それは古典や詩作、裁縫、音楽、ダンス、フランス語といった科目ばかりで、社会進出の助けとならないばかりか、かえって女性の偶像化を促進するものだった。プロテスタントの自由な結婚観も夫に対する妻の自発的服従を促したに過ぎない。女王エリザベス一世が結婚を躊躇したのも、ひとたび結婚すれば、女王と言えども夫に仕えなければならないことを知っていたからではないか。貞淑で信仰心が篤く従順な女性という理想像は中世から変わることなく、女性は男性——すなわち父、夫、息子、兄弟——の所有物であり、結婚の時期や相手も男親が決めるのが常識であった。

長年の宿敵モンタギュー家の息子ロミオと秘かに恋に落ちたため、父親の定めた婚約者パリスとの結婚を拒否する娘ジュリエットを、父キャピュレットはひどくののしる。

わしの娘なら、わしの言う男といっしょになれ、

ちがうというなら、乞食になれ、のたれ死にしろ、
わしは断じておまえをわが子とは認めぬ、
財産もけっしておまえの手には譲らぬ。（三幕五場一九一―九四行）

結婚は血筋の保護と財産の継承の重要な手段であり、家庭という単位は社会全体の秩序の基盤である。したがって、ロミオとジュリエットの悲劇の要因は、劇中何度も言及される「不幸な星」（一幕プロローグ六行）の巡り合わせにあるというよりも、むしろ父権制社会の規範を乱す行為にあるだろう。

エリザベス朝時代の観客にとって、ロミオとジュリエットの悲劇は、オセローの場合と同じように、不運な星の恋愛が原因ではなく、むしろ自分たちが暮らす社会の規範を犯すことによって、みずからが破滅を招いたことにある。ふたりの場合、それは子供が親に絶対服従すること、および代々続く友好関係と敵対関係を忠実に守ることを意味していた。エリザベス朝時代の恋人も、この若いカップルにいくらか同情するほどには恋の魔力を知ってはいただろうが、義務についてもよく理解していた。（ストーン　八七頁）

ジュリエットは社会の秩序よりも、おのれの意志が欲するところに忠実に従い、ロミオとの恋愛を成就させようとしたのである。家父長制が男性を神のように戴く制度だとすれば、それに反抗した娘の悲惨な死は、ロレンス神父が「わしらの逆らいようのない大きな力が／わしらのもくろみをはばんだのだ」（五幕三場一五四―五五行）と指摘するように、「天の采配」（五幕三場二六一行）によって定められていたと言えよう。

ジュリエットを襲う悲劇は、もちろんロミオの身にも降りかかる。スティーヴン・オーゲルは『性を装う』（一九九六）で家父長制を性差よりも階級と世代間の問題として捉え、親と子、あるいは国家と家族の関係において、十六世紀イギリスのすべての男女は家父長制の制約を受けており、その意味で全員が「女性」であったと論じる。しかしこの制度下にあって、男性よりも女性に対してより厳しい制約が働いたことは確かであり、やはりジェンダーの視点を軽視することはできないだろう。

父権制への反抗と、その結果として導かれる悲劇的末路をジュリエットのうちに見いだす時、彼女の「アメリカの娘」とも呼ぶべき姿を、十九世紀アメリカ女優、とりわけモワットに求めることができる。ジュリエットがヴェローナ（あるいはシェイクスピアの生きたルネサンス期イギリス）の権力構造に刃向かったように、女優もまた「公」と「私」の領域の中間を渡り、家庭神話イデオロギーに基づく男性支配に挑戦する存在だったからである。十九世紀アメリカにおいて、女優はいかなる特異な位置を占めたのか。女優はその地位を築くために、いかなる策を用いたのか。ジュリエットのメタファーを手がかりに、モワットの『自伝』と感傷小説『ステラ』の分析を通して、その解明を試みる。

一　自家撞着をおこす女優

女優は「公」の舞台の上に立ち、「公衆《パブリック》」の面前で演じるという意味において、「公の女性《パブリック・ウーマン》」と言える。しかしながら十九世紀アメリカにおいては「公」と「女性」はまったく相容れないふたつの単語であり、「公の女性」なる連語は自家撞着を起こすものであった。

女優がおかれた社会的地位を考える際、モワットも舞台で活躍した一八四〇年代から五〇年代という時代は大きな意味を持つ。第二次対英戦争終結ののち、一八二〇年代から四〇年にかけて東部を中心に起こった産業革命は、市場経済資本主義の成立を促し、社会構造に大きな変化を巻き起こした。家内制手工業の衰退にともない男性が家の外で働くようになり、就業形態が変化して中産階級が台頭する。そこで一八四〇年代以降、こうした急激な社会生活の変容を受けて、旧来の家父長的伝統を新社会に対応させせつつ保持する、中産階級の新しい倫理観が形成されたのである。「家庭神話」、あるいはバーバラ・ウェルターの有名な言い回しによれば「真の女性らしさの神話」と称されるこの社会規範では、男性は職場という「公」へ、女性は家庭という「私」の領域へと分離されて、女性には信仰心、貞淑、従順、家庭性が強く求められた。ここには男女の資質は生まれながらにして差異があり、それは神と聖書によって定められているとする大前提がある。男女の生物学的差異を知的・道徳的劣等性へと転嫁するレトリックは、黒い肌を差別の根拠とした黒人差別にも見られる、当時の白人男性が常套手段とする詭弁であった。

このように「男性＝公の領域」、「女性＝私の領域」と素朴に割り切る二分法が必ずしもアメリカの過去の現実と則さないことは、特に社会歴史研究の分野で指摘されている。実際、黒人女性と労働者階級や移民の白人女性は、家庭の外で賃金労働に従事していた。それに女性が進んで家庭神話を受け入れていた面も否定できない。しかしながら、男女を「公」と「私」に分離して女性に「真の女性らしさ」をもとめる価値基準が、白人中産階級のみならず、十九世紀アメリカのすべての女性に課せられていたことは確かである。女性は家庭という適切な場所において適切な役割を果たすことが期待され、その成果として築かれる安定した家庭は、社会と国家全体の秩序につながる。したがって、ここに「公の女性」など存在する余地はない。「真の女性らしさの神話」は男女の差異に基づくイデオロギーであると同時に、同性内の差異をも生み出す。白人中産階級の女性は「私」の領域に止まる「真の女性《トゥルー・ウーマン》」であり、反対に労働者階級や黒人の女性は「公」の領域に存在し、よって「真の女性」ではない。「公の女性」はすべて、

「真の女性」でもなければ「中産階級」でもなく、「白人」ですらないことになる。かくして女優の位置も極めて危ういものとなる。

女優を取り巻く環境をさらに困難にしたのは、女優につきまとった性的意味合いである。そもそも「公の女性」とは俗語で「娼婦」を意味する上に、女優と娼婦は常に重ねて考えられていた。十八世紀に劇場が建設されて以来、劇場の一番安い三階席は娼婦が詰めかけて客引きに公然と精を出す場であった。支配人たちも貴重な収入源なので、時には一、二階席とは別の入り口をもうけて娼婦の行動を黙認していたし、劇場街周辺には売春宿が建てられたため、劇場は性的不道徳の場として批判の矢面に立たされていた（ギルフォイル 一〇八―一二、三六五―六六頁、スタンセル 九四―九六頁）。しかも舞台上で夫ではない男と淫らな場面を演じる女優が、どうして舞台裏でも同じ行為に及んでいないと信じられるだろうか。かくして牧師J・M・バックリーは演劇批判の書『キリスト教徒と演劇』（一八七五）において、女優と彼女の演じるふしだらな役柄とは切り離せないものであると主張する。

役者の外見や服装、表情、言葉、態度は演じる役柄と最大限までに一致するに違いないし、また実際に一致しているというのは、よくよく考えてみればとても重大なことだ。尻軽女や堕落した女性、道楽者、賭け事師、酒飲み、反逆者――こうした役を演じる者はそのように振る舞い装わねばならないのだから。（六三頁）

皮肉なことに、一八四〇年代に起きた劇場の浄化運動は、この不名誉なレッテルを貼られた女優に追い打ちをかけた。演劇が娯楽として普及するにつれ劇場数が増加したため、劇場支配人たちは新たなる観客層の開拓を迫られた。そこで、不道徳だと見なされて観劇する機会をあまり与えられてこなかった女性客を新しく誘致しようと、三階席を占める娼婦たちの追い出しにかかったのである。モワットも『自伝』において劇場の浄化を唱え、「劇場のいかなる場所をも、劇を鑑賞する以外の目的でやって来た人びとのために用意しておくことは、道徳的に好ましくない影響があるのではないでしょうか。(中略)いずれにしても、この件は女性が触れるにはいささか難しい問題です」(四四五頁)と述べている。ほかにも、同時代の演劇関係者が、劇場浄化を目的とする娼婦追放を訴える記述を数多く残している。そのなかには劇作家兼演出家ウィリアム・ダンラップ(一七六六―一八三九、四〇七―一二頁)や地方巡業に力を入れたプロデューサーのノア・ラドロウ(一七九五―一八八六、四七八―七九頁)、女優オリーブ・ローガン(一八三九?―一九〇九、五三七―四三頁)らが含まれる。一八四〇年代にニューヨークのニブロス・ガーデン劇場は、男性のエスコートのない女性はすべて娼婦とみなし入場を拒否する作戦に出て、五〇年代にはほかの劇場もそれに従った(ブッチュ 三八六頁)。これは中産階級の「真の女性」ならば男性の支配と保護のもとにあるはずであり、単独で「公」の領域に姿を現す女性は「真の女性」ではない、よって彼女は娼婦のはずだとの思考に裏打ちされている。

やがて一八七〇年代までには劇場から娼婦の姿はすっかり消えるのだが、そこで消えゆく娼婦の代役を求められたのが女優であった。第一章でも触れたように、一八四〇年代、劇場体験は性差によって分化した。と言っても、女性客の絶対数が少なかったため、男性と女性が別々の劇場に通うという状況にはならなかった。産業の発展を支える労働力として都市部に独身男性が大量流入すると、独身男性は重要な消費者として注目されるようになり、彼らだけを対象とする演目とそれを専門に上演する劇場が生まれたのである。劇場は男女が一緒に安心して通える正統な劇場と、独身男性のみを取り込むものへと二分された(ダッデン 二二〇―二一頁)。

それに伴い、独身男性客は女優と娼婦をますます同一視するようになり、レヴューや脚線を露出するレッグ・ショー、バレエ、モデル・アーティスト・ショーなど女性の肉体美を売り物にした演劇ジャンルが急速に発達する。モデル・アーティスト・ショーとは、全身タイツやレオタードを身につけた女性たちが古代の彫像をまねたポーズで静止しているさまを鑑賞する催しで、男性客は女性があたかも裸でいるかのような幻想を楽しむことができた。女性が男性キャラクターに扮する、いわゆる男役の「ブリッチーズ・パート」でさえ、このあと第六章において詳述するが、男優の領域を侵すかに見えつつ、その実タイトなズボンに見えるエロティックな脚を売り物にする側面を有していたのだった。職場であれ街角であれ舞台であれ、労働者の女性も娼婦も女優も、男性の性的な対象となる可能性がある。公の場に出ることにより女性は男性の視線にさらされ、男性の消費物と化すのである。女優にとって「舞台に立つことは見知らぬ者の面前におのれの身体を展示すること」であり、「視線にさらされる商品は、場合によっては、そっくりそのまま売り買いの対象となる」のであった（セネリック「十九世紀大衆演劇における男装の発展」xii頁）。モワットのように正統な劇場に出演する女優も、身体の誇示を売り物にする踊り子らと同じ危険があった。

他方、女優という職業の利点は絶大である。女性に専門知識や技術を習得する機会が与えられず、工場労働や針仕事、教師や家事手伝いなど職業選択の幅が極端に狭かった時代に、女優業は高い所得を約束し、男性からの経済的自立を可能にした。一八四〇年代、女性労働者が平均週給二ドル以下、女性教師の平均月給が四ドルから十ドルだったのに対して、普通クラスの女優でさえ週に四十ドルから六十ドルは稼ぐことができたという。それに演劇界は才能と人気が優先する世界なので、比較的広く男女平等の精神が貫かれており、女性興行主も多かった（ジョンソン『アメリカの女優』五〇―五九頁）。なによりも舞台に立つ行為そのものが、女性の能力を顕示する最良の機会を提供する。その反面、女優はおのが存在について弁明し続けなければならない。生まれながらにして家庭内にとどまり貞淑で従順である存在とされる中産階級の女性でありながら、比喩的な意味でなく実際に公の舞台に立ち、名前と身体をさらして役を演じるからである。女優を指す「公の女性」なる連語は、「公」と「女性」という十九世紀アメリカにおいては決して相容れることのない概念を併せ持つ。この自家撞着語はまさに、解放と抑圧、自立と弁明を同時に求められる女優の位置を明白に示している。ほかならぬ、モワットは執筆を通して、この二律背反の位置を維持してみせた稀有な存在なのだった。

二　がみがみモワット

モワットの社会進出は「舌」の解放に象徴される。元来「がみがみ女《スコウルド》」は世界に不条理と混乱をもたらすとして疎まれてきた。古代ギリシャ・ローマの喜劇や諷刺から東方の伝説、中世の階層諷刺文学、聖書にいたるまで、善女は貞淑かつ従順で口数が少なく、悪女は情欲が強く頑固でおしゃべりである。ジャーディンはアマゾネスやジャンヌ・ダルクのような男装の女よりも、むしろおしゃべりな女の方が脅威であると指摘する。前者が一種の「はみ出し者で、センセーショナルな怪物《フリーク》」なのに対して、後者がもたらす被害は「身近で家庭内のもの」(二〇六頁)であり、「がみがみ女」は家のなかに入り込んで権力を振るい、女性の従順と沈黙によって支えられる男性中心の家庭と、ひいては国家全体の秩序を乱すからだ。逆にみれば、噂を生みだし告げ口をし男性に口答えする「舌」は、非力な女性の唯一にして最大の武器でもある。

楠明子は『英国ルネサンスの女たち』(一九九九)において、ちょうどシェイクスピアの時代に、このような「喋りすぎた女たち」に対する社会の反応が変わったことを指摘する(七四―一二九頁)。中世から十六世紀半ばまでは物語や劇、バラッド（民間伝説、民話などの物語詩、またそれにふしをつけた歌謡）でも「がみがみ女」は笑いの対象で、夫やそれに代わる男性によって矯正される存在だった。ところが十六世紀半ば以降になると、女性の反抗は社会的脅威とみなされて、厳重な制裁をくだされるようになる。実際に「スキミングトン」と呼ばれる見せしめ刑の一種が行われたり、水責めや鉄製のさるぐつわの刑に処せられることもあったという。この時期、政情不安や深刻な社会問題が顕在化したこと、実際に自己主張を行い社会進出を果たす女性が増えたことなどが原因となって、家父長制の秩序維持に対する不安感が増大した。そのため、もはや「がみがみ女」を笑って見過ごすことができなくなったのである。シェイクスピア作品でも『じゃじゃ馬ならし』（一五九三）のキャテリーナ、『間違いの喜劇』のエドリエーナ、『から騒ぎ』（一五九七）のベアトリスらは、いくつかの留保つきながらも保守的な女性へと馴らされる。それに比べて、後年になって書かれた『オセロー』のエミリア、マクベス夫人、リア王の三人の娘たち、『冬の夜ばなし』（一六一一）のポーライナらは主体性があり、真実を語る舌を有する女性として描かれた。ただし、シェイクスピアが社会規範を逸脱する女性を全面的に支持した訳ではない点も、楠は鋭く見抜いている。リア王のふたりの姉娘は悪女として描かれ、末娘コーディーリアは最後には従順になる。エミリアやポーライナは侍女の身分であり、唯一のじゃじゃ馬ヒロインであるクレオパトラは異教徒なのだった。

　さて、シェイクスピアの描くジュリエットもおしゃべりである。シェイクスピアが参考にしたと言われる材源よりもさらに二歳若いジュリエットはもうすぐ十四歳で、まだ社会の慣習に慣らされる以前の乙女であり、自分の意志や欲望に率直で、妥協や駆け引きの手練手管も身につけていない。ロミオと初めて出会う舞踏会では、ソネットの形式でみずからロミオに愛を語る（一幕五場九三―一〇七行）。ロミオがジュリエットの窓辺に呼びかける有名なバルコニーの場面では、女性が男性の求愛をわざと無視して駆け引きを楽しむような宮廷愛の風習に異を唱える。

ねえ、ロミオ、私ってほんとうに愚かな娘、
だからはすっぱな女とお思いになるかもしれないわ。
でも信じて、控えめに見せる手管を知る女より
私のほうがずっと真心があることを。（二幕二場九八―一〇一行）

そして「体裁ぶるのはやめ」（二幕二場八九行）、自分の恋愛感情をとうとうと述べるのである。ジュリエットの多弁は、社会の規範を習得した大人の女性に成長する前の、宮廷愛の作法さえ軽んじる少女期に特有の自由のあらわれである。と同時に、家父長制を転覆しうる潜在的能力を有することをも示す。

モワットも「がみがみ女」である。その「おしゃべり」はまず筆先から始まり、声の解放からついには肉体の露出へと達した。良家の娘として育ちニューヨークの法律家ジェイムズ・モワットの妻に収まりながら、一八三七年、十七歳の時に「ペラヨ」という八世紀のスペイン王を讃える歴史ロマンス詩を出版し、以後矢継ぎ早に詩歌、小説、評論などを発表する。この時代、作家として活躍する女性は見られたが、モワットが同時代の女性作家と比べてより過激なのは執筆という紙の上の二次元にとどまらず、身体そのものを公にさらす三次元の舞台活動に身を投じた点であろう。やがて夫が病気に倒れて財産を失うと、モワットは幼い頃より恵まれていた演劇の才能ひとつで、女だてらに生計を立てようと図り、一八四一年にアメリカ初の女性朗読家として成功を収める。しかも喜劇『ファッション』が一八四五年にヒットを記録するや、乞われるままに同年パーク劇場というニューヨークの一流どころにおいて女優デビューを果たすのである。

モワットが徐々に社会進出を果たす経緯は『自伝』に詳しいが、その記述はいつも同じ様なパターンを繰り返す。まず自分の意志から「公」の領域に足を踏み入れるのではないのだと念を押す。処女作の出版は夫の強い勧めがあったからであり、自分は本来は家庭において家族に献身する女性なのだと弁明する。

夫ジェイムズは「ペラヨ」の出版を提案してきました。その申し出にわたしはびっくりしました。わたしは名誉を得ることよりも、鳥に餌をやり鳩を手なずけることを大切に思って来たからです。家事というハープを弾いて、家族や友人たちの耳を楽しませる心地よい音楽を奏でることに喜びを見いだしており、世間に出て下手な音楽家の役を演じることにはためらいを感じたのです。(『自伝』六六頁)

さらに『自伝』の最後は「わたしは夫との約束を果たしました」(四四八頁)という一行で締めくくられており、この書物を書きたくて書いたのではなく、夫との約束でまとめたことを強調する。処女小説『財産目当て』(一八四二)を出したのは「自分のできることを試してはどうですか?」(一八五頁)と勧められたからであり、劇作に取り組んだのも「劇を書いてはどうですか?」(二〇二頁)と言われたからである。女優になる決心をしたのもほかの人の強い勧め(二一四頁)と父の許可があったからだと言う(二一七頁)。

このような自己弁明に続くのは勝利宣言である。朗読家として舞台に立つことによって収入を得て、没収されかけた家屋敷を取り戻すことに成功すると、モワットは「家は守られたわ! わたしはまだこの女主人なのよ!」(一五〇頁)と叫ぶ。これは家屋の女主人であることを喜んでいると同時に、自分が経済的に自立したひとりの人間であることを宣言しているようにも聞こえる。女優業への批判に対しても、「わたしは次第に世間の人びとの意見に耳を傾けないようになりました。と言うのも、世間一般を代表する尊敬すべきあの方々にとっては成功こそすべてで、失敗ほど非難されるべきものはないと分かったからです。」（二一六頁）と開き直りを見せて、陰口を一掃してしまう。世間の評判などと言うものは勝てば官軍なのであり、自分の成功はこの『自伝』の存在そのものが示すと言いたげである。

しかし、だからといってモワットは、十九世紀アメリカの女性に許された権限を逸脱する自分の行為を全面肯定することはない。特に女優業に対する姿勢は非常に曖昧なままである。もちろん、自伝という文学ジャンルが記憶の改竄に基づく自己正当化の産物である以上、演劇を擁護しはする。女優引退後に書かれたふたつの作品――『ステラ』が収められた中篇小説集『演劇の人生――あるいは舞台の表と裏に関する一連の物語』（一八五五）と小説『ふたごのバラ』（一八五七）――はどちらも、演劇に対する偏見の修正を目的として書かれたことを序文で明言している。その上、『自伝』の最終章はまるごと演劇擁護に当てており、古今東西の知識人、果てはキリストの言葉までをも長々と引用してある。他方、同じ『自伝』で、実妹が金に困って女優になるようなことにならなくて良かったと喜び（四〇三頁）、若い女優志願者たちに軽率に演劇界に足を踏み入れることのないよう注意を促すのである（四二六―二七頁）。さらに自伝的な中篇小説『ステラ』では、ヒロインの死を通して演劇業界の儲け第一主義を糾弾する。

モワットは女性の越権行為に対して、父権制社会が根本的に不寛容であることをよく知っていた。たとえ家庭神話に反する行為に及んだとしても、あからさまに規範の逸脱を表明することはなかった。なぜならば、「真の女性」でなければ社会的知名度も経済的成功も価値がないからである。

女性が自分自身を評価し、また夫や隣人、社会から評価される際の基準となる真の女性の特性というものは、四つの基本的な美徳――すなわち信心深さ、貞淑、従順そして家庭性――に分類できた。

> これらを全部合わせると母親、娘、姉妹、妻――つまり女性なるものができあがる。これらなしでは、いかなる名誉や成果、富があろうともすべては灰と化し、これらが備わっていれば女性には幸福と力が約束されるのだった。（ウェルター　一五二頁）

ジュリエットもモワットも家父長制への反抗を企てる。前者は社会の仕組みを無視して悲劇的な死を迎える。最終場面において、剣を突き立て自害を選ぶという自己主張をみせるが、そこにいたるまではあまりに無邪気な乙女である。対する後者は、シェイクスピアが描く母親キャピュレット夫人や乳母のごとく、家父長制と妥協する知恵も持ち合わせていた。モワットはいわば大人に成長し得たジュリエットだったのだ。

三　ステラの死

女優であること自体が最大級の越権行為でありながらそれを否定するかのような答弁を繰り返す、この大人のジュリエットがみせる反逆と迎合の構図は、小説『ステラ』の主人公にもっとも顕著に現れる。一八五五年に出版された『演劇の人生』は、モワットがデビューから一八五四年の引退までの八年間を過ごした演劇界に題材を取った三篇の中篇小説からなる作品集で、そのうちのひとつ『ステラ』は、新進女優が舞台に上がり、成功を収めて死を迎えるまでを扱う感傷小説である。主人公ステラは多くの点でモワットの人生経験が反映された作者の分身であり、しかも興味深いことに作品全編を通してジュリエットの比喩を用いている。

物語はステラが女優になる決心をする場面から始まる。ボストンの身持ちの良い家庭に生まれ育ったステラだが、父親が死んで経済的な困難に直面したため、女優になることで残された母親を盛り立てて家計を助けようとする。これは、家計を支えるべき男性を失い、その代わりを務めざるをえなかったモワット自身や同時代の女性作家たちに多く共通する動機である。しかしステラに家庭の外に出ることに対する逡巡や悲壮感はなく、彼女の職業選択は強い自己信頼に裏打ちされている。兄アーネストが俳優であることを引き合いに出して、同等の才能に恵まれているのだから、自分も女優になれるはずだと繰り返す。

「わたしはお兄さまと同じくらいこの仕事に適しているわ。なぜ精一杯やってみてはいけないの?」(一四頁)

「前に、わたしの演技力はアーネスト兄さまの才能にまったく引けを取らないって、あの方［オークランド］が言ってるのを聞きました。何度も何度もその言葉を思い出したわ。だってあの方は口先だけのおべっか使いではないのですもの。(中略) わたしはお兄さまと同じように自分の才能を使います!」(一五頁)

「なぜ自分が役立たずな存在だとうんざりしながら、手をこまねいていなくちゃならないの? お兄さまは才能を活かして活躍してるというのに。もしこの才能を使わないのだとしたら、神様はなんのためにわたしにお兄さまと同じものをお与えになったのかしら?」(三三―三四頁)

ステラは演技の才能を活用すれば、女性であっても「役立たずな存在」（三三頁）ではなく、兄のように自立できるのだと示そうとする。確かに天賦があるのならば、女優業はステラの、文字通り「天職」であると考えられる。現にモワット自身は『自伝』において、自分には幼少時より素質があり、女優になることは「神の間違うことのない指」（二一六頁）によって指し示されていたと申し立てている。しかしながら、女性の劣等と服従が前提とされる社会にあっては、妹が兄と自分を同列にみなす発想そのものがすでに越権行為ではないだろうか。

さらに、ステラの過信を助長するのが、頑固なまでの意志の強さである。ステラは身の振り方を母親や兄アーネスト、はたまた師と仰ぐオークランドなる男性に相談する。しかし、年長者の意見と許可を求めつつも、その実、彼らの忠告や説得をまったく意に介さない。ステラはまず母親に女優になる許しを求めて、なかば強引にそれを取り付ける。新たな一歩を踏み出すには親の承諾が不可欠であった。「お母さま、私はできるし、やりますわ。天の神様とお母さまのお許しさえあれば！」（一七頁）と言うように、才能を与えられたことを神からの許しと解釈し、さらに母親の認可を求める。なるほど、ステラは母親の許しを得るし、彼女自身それを自己弁明の最大の武器にする（二一頁）。しかし家父長制下にあっては母親では役不足であり、これでは真の許可を得たことにはならない。父亡き後の一家の長は兄であり、ステラを長い間精神的に導いてきたのはオークランドだからだ。しかもこのふたりの男性年長者はいずれも強硬に反対して、女優になる許可を与えないのである。世間知らずのステラは、才能を役立てて経済的自由を得ることのみを一途に思いこむが、アーネストやオークランドはすでに大人の分別を身につけており、演劇に対する反感や女優に課される不名誉な評価も十分理解していた。オークランドは早くからステラの演技の才能を認めていた人物で（一五頁）、自分でも女優たちの舞台を楽しむ趣味があったが、「演劇という職業自体には根強い嫌悪感を抱いていた」（一九―二〇頁）。にもかかわらず、ステラは意志を曲げることはない。「なにがあっても、わたしは祖国の英雄の言葉に倣って、それに従うわ。『我は挑戦する！』」（三六頁）とみずからをアメリカ建国の父祖になぞらえ、高らかに自己の独立宣言を行う。

「わたしは独立を宣言します。もうこれ以上誰の警告も聞くつもりはありません。だってお母さまは反対なさっていないのですもの。」（二一二頁）

女優としても作家としても成功を収めたモワット自身の経歴を考え合わせれば、これはひとりの女性が精神的・経済的自立の意志を示した偉大なる瞬間とも思える。かかる自己信頼に基づく個人主義はアメリカ民主主義の根幹であり、ステラはこんにちアメリカ人全体の鑑ともなりうるだろう(1)。しかし、十九世紀アメリカにあって、いまだ女性の「独立宣言」が容認される余地はない。ステラは男性からの度重なる忠告を聞き流して「公」の領域へと進出する。悲劇の発端はこのおのれへの過信と忠告の無視にある。これをアリストテレスが『詩学』において唱えた、悲劇において不幸な結末をもたらす人間の「驕り《ヒュブリス》」と捉えれば、終幕に待つステラの悲惨な死は避けようのない末路であった。

ステラの悲劇はジュリエットの悲運と重なる。両者に共通するのは社会規範の軽視である。ジュリエットは家系の維持と社会秩序の安定とに必要な結婚制度を受け入れず、情熱の赴くままにロミオとの恋を成就させる。ステラは家父長制の支配基盤をなす価値観を無視して女優業へと突き進む。劇中、ロミオとジュリエットに理解を示し助けの手を差し伸べるロレンス神父は、再三に渡ってこの若いふたりの性急な判断をいさめている。秘密の結婚式を前に、神父はこう忠告する。

このようなはげしい喜びにははげしい破滅がともなう、

勝利のさなかに死が訪れる、火と火薬のように
口づけするときが四散しはてるときだ。
甘すぎる蜜はその甘みゆえにいとわしく、
味わうだけで貪欲も消えはてるもの。
だからほどよく愛するのだ、それが永き愛の道、
いそぎすぎるのはおそすぎる歩みと同じことだ。（二幕六場九―一五行）

ロミオに向かって「なるほど、気ちがいは聞く耳もたぬか」（三幕三場六一行）と苦言を呈してもいる。だが、若い恋人たちは一刻も早く恋愛が成就することだけをひたすら求める。ステラの場合も同じである。オークランドはこのロレンス神父のせりふを引用して、「老練な神父の忠告ほど的を射ているものはないよ。『いそぎすぎるのはおそすぎる歩みと同じことだ』」とステラに熟考を促すが、ステラは受け容れない。

「忠告を受け流したあのせっかちな若者たちと同じように、わたしも耳を傾けるつもりはありませんわ。鼓動がゆっくり打っている時ならば、『急がば回れ』というのも当たっているでしょう。でもわたしの激しい脈は今すぐの行動を催促しているのです。だから、わたしのためにお祈りをしてちょうだい、わたしのロレンス神父さま。そしてもう止めないで。」（三六頁）

ジュリエットもステラも自分の意志に忠実に従い、「今すぐの行動」に出る。これは個人の自由が認められつつあったルネサンス期のイギリスや、民主主義と個人主義の萌芽をみた近代初期のアメリカにあっ

ては、まさに時代の思潮を捉えた行為であった。しかしそれがひとたび親の許可を持たない年少者によってなされる時、あるいは男性の許可を得ない女性によってなされる時、それは家父長制に基づく家族ひいては社会全体（ヴェローナまたはルネサンス期イギリス、および十九世紀アメリカ）の秩序を乱す反逆罪となるのである。

さて、舞台を踏んだステラは『オセロー』、『リヨンの貴婦人』と立て続けに主演して成功を収めていく。だが、その転落の訪れもまた早い。当時の興行形態は日替わりで異なる演目を上演するストック形式を取っており、絶え間なくリハーサルと本番が繰り返されるなかで次々と役を演じるうちに、ステラは精神不安に陥ってしまう。特に初めて挑戦した喜劇『恋の骨折り損』のベアトリス役で失敗し酷評されると、その言動はますます乱れてくる。ステラは失敗した自分をジュリエットになぞらえる。

「わたしはジュリエットと同じだわ。彼女が毒をあおった後は今のわたしと同じくらい、頭がくらくらしたでしょうね。でもわたしがあおったのは心優しくて賢明で情け深い観客がくれたひとくちだけ。それも毒になるかしら、誰も分からないわね。でもわたしは最後の一滴まで決してコップを放り出したりしないわ！」（一六三頁）

ステラにとって自分に対する観客の辛辣な評価は、ジュリエットが飲んだ毒と同じである。ジュリエットは毒をあおって死に、ステラも酷評にさらされておかしくなり、やがてこの「毒」は死をもたらすのである。「役者は世間の操り人形のようなもの、今日は空高く誉め上げられて、次の日はわがままな詐欺師だと嘲られ罵倒されるのだもの」（九四頁）とステラが言うように、「公」の舞台に立つ役者は「大衆《パブリック》」の支持を得続けなければならない「世間の操り人形」である。観客の支持を失ってしまえばステラは生きていられない。ただこの時点では、ステラにはまだ救われる道が残されていた。恋人である新進劇作家のパーシーに身をゆだねて引退し、妻として母として家庭に入る選択もできた。ちょうどジュリエットがパリスと結婚することもできたようにである。しかし、その道は選ばれなかった。

次に演じたジュリエット役は、今までの演技でも最高の出来だった。ところが、第四幕の墓場の場面で思いがけない事故が起こる。緞帳を吊るす鉄の重りが大道具係の頭を直撃し、ステラはその悲惨な光景を目の当たりにしてしまう。三日間「ひどい精神的打撃によって引き起こされた脳炎」(一九一頁)により狂気の淵をさまよった挙げ句、ようやく正気に戻るも、ジュリエットの死と重なるようにステラはそのまま息を引き取るのであった。

『ステラ』は自伝的である。それは、この小説が収録された作品集『演劇の人生』の序文で、作者自身が「人生という色とりどりの糸から、この本に収められた物語は編み出されたのです」(五頁)と述べていることであるし、『自伝』と作品を付き合わせれば、作中の登場人物に実在のモデルを見いだすことは、それほど難しくない(ブレジ 三一四―一五頁)。モワット本人は女優として成功したのち、一八五四年にリッチモンドの雑誌編集者ウィリアム・リッチーと二度目の結婚生活へと落ち着いている。それなのになぜ、作者の分身である作中のステラは同様の運命をたどらないのか。なぜ物語の最後でステラは死を迎えるのか。

この作品は明らかに、一八五〇年代に始まり読者の人気を独占することとなった女性作家による大衆小説の流れを汲む。家庭小説あるいは感傷小説と称されるこれら作品の筋書きには、設定は家庭内であったり冒険的な舞台であったりするが、あるひとつの形式が見受けられる。物語は多くの場合、未熟な女性が経済的・精神的支えを失い、試練の経験を通して大人の女性として成長する様子を語る。女性作家の作品は、のちにアメリカン・ルネサンスを形成したと高く評価されることになる同時代の男性作家よりもはるかに売れたが、他方、女性作家は女性が執筆活動をすることについて常に弁明を強いられ、物語のヒロインの自立も当時容認されていた女性の領分を越えることはなかった。ステラの物語も、女優としての成功を勝ち取って経済的自立を果たした瞬間に悲劇へと転じる。(2)

それは、モワットが女優の置かれた位置を的確に把握していたからにほかならない。女性に許された領域を飛び出して秩序を乱す女性に幸福な結末を与えてしまっては、演劇に対する偏見を真っ向から指摘して、世論を全否定することになってしまう。むしろ、経済的困難やステラの純粋さを強調することによって、悲惨な死を迎えるのは当然としても同情の余地はあると訴える、いわば譲歩戦術を展開するのである。たとえば、女優業に対する批判や誹謗中傷は相当なものだったと思われるが、モワットは『自伝』においても筆を控えていて世間を責めるような書き方はしなかった。自身は女優として成功したからこそ、モワットは自分の分身を紙の上で殺すことによって、世間の批判をかわし折り合いをつけなければならなかったのである。演劇を擁護する目的で書かれた小説において女主人公に悲劇的な末路を与えることは、一見、その目的と矛盾するかに映る。ステラの死は、感傷小説の常套手段だった単なる自業自得、勧善懲悪に見えてしまうからだ。しかしながら、実は、その死は女優を擁護するために仕組まれた戦術だったのではないか。

このように見る時、『ステラ』の物語の最後に付された『ロミオとジュリエット』からの一節は、果たして深い意味を発揮する。引用されるのは、娘に死なれて嘆き悲しむキャピュレットをロレンス神父が諭す第四幕第五場のせりふである。

この美しい娘御は
天とあなたの共有物、いま天に返されたとてかえって娘御のためにはおしあわせというもの。
あなたのものは死の手をまぬがれえないが、
天のものは永遠の生命を与えられよう。
あなたの望みは娘御が高い身分に昇られること、
それがあなたの天にも昇る喜びであったはず、
ならばなぜお泣きになる？　娘御が雲のかなた、
天そのものまで昇っていかれたというに。（六六―七四行）

キャピュレットは父親として娘を所有し（「天とあなたの共有物」）、愚かにもパリス伯爵との結婚によって俗世の出世を望んだ（「あなたの望みは娘御が高い身分に昇られること」）。それは結果として究極の出世、すなわち神の元に召される死を招いたのだった（「天そのものまで昇っていかれた」）。娘に対する権力を強行した挙げ句の果てに招いた悲劇なのだと、父親であるキャピュレットを責めるこのせりふは、女性を抑圧する家父長制への批判である。と同時に、小説をこの言葉で締めくくるモワットは、ここに女優への抑圧に対する批判をも込めているのではないか。ここにジュリエットのメタファーは、ステラ、モワット、ならびに十九世紀アメリカの女優全体へと重なるのである。

四　ふたつの自己

十九世紀に入り活発な大衆演劇文化が開花してもなお、演劇は宗教上も社会道徳上も厳しい批判の対象であった。その大きな根拠は、演劇は人を不道徳へと導き精神を乱すと考えられていたことである。前出したバックリーはその害をこう述べる。

演劇が引き起こす興奮が非難されるのは、それが大抵の場合、判断力が幻影に凌駕されることによってもたらされるからである。その影響たるや、人を進歩させるたぐいではなく、美徳と貞淑を損なうものであり、さらに、いつもという訳ではないがしばしば、共感する心が不適切な事柄によって喚起され、また不適切な事柄に向けられるからである。（六三頁）

物語でステラが死ぬのは、演劇が人に及ぼす害が原因であると説明される。リハーサルと本番を繰り返しながら、あわただしく立て続けに役を演じたり、たとえ人が死んでも舞台を続けたりしなければならない営利第一主義に染まった世界で、ステラはすっかり精神異常に陥ってしまう。そんなステラを見て、乳母のマッティは「このひどい生活はお嬢さまには無理だったのです」（一八九頁）と指摘する。思えば、兄アーネストは妹から女優になることを相談された時、演劇界を「大衆の気まぐれで不確かな意見」に左右される「興奮の嵐」と称して、そのような世界に入ることによって妹の「かすかなそよ風でも鳴らすことのできる、ぴんと張りつめた弦のような神経」（三二頁）が壊れることを危惧していた。さらに「どうか舞台に立つ考えは捨ててしまっておくれ。おまえの才能は女優業を良しとするだろうが、おまえの心と教育はそうはしないのだから」（三二頁）と続けて、たとえ才能に恵まれていても、感性豊かで教養ある女性ならば女優になろうなどとは思わないはずだと忠告していた。その予言は的中して、妹の死に際に「僕には分かっていた。この嵐のような生活があの子にもたらす影響を恐れていたんだ。でもあの子は忠告に耳を貸そうとはしなかった」（一九二―九三頁）と嘆くことになる。注目すべきは、自分も役者であるにもかかわらず、アーネストが妹が同じ職業に就くことを強く否定している点である。

演劇は人の精神を乱すものとして規制されたが、その規制は男性よりも女性に厳しく課された。十九世紀アメリカの社会管理体制は男女の特質の差異化に基礎を置いていた。男性は肉体的に強いばかりでなく精神的にも強く理性的であるのに対し、女性は感情に支配されていて非論理的だが想像力に富むとし、女性を「私」の領域に押し込める支配構造が正当化される。この特質ゆえに、視聴覚を刺激して感性にじかに訴えかける演劇の害に対しても、女性は男性よりも影響を受けやすいと考えられた。一八二七年八月の『クリスチャン・スペクテイター』紙はこう指摘する。

母親は喜劇が息子に与える害毒を恐れるかもしれませんが、娘が悲劇に夢中になることはもっと恐れるでしょう。(中略)若い女性の繊細で想像力豊かな心がこのような劇を観て興奮し、なおかつなんの堕落も被らないというのはあり得ないことです。(「劇場に足繁く通う良家の女性たちへの手紙」、ジョンソン「娼婦になること」七一頁に引用)

バックリーは演劇を批判するにあたり、初めて観劇した老女が舞台上の悲劇に恐れるあまりおののいて絶叫する例や、大勢の女性が劇を観てヒステリーになったり、ベテラン女優が感情が高ぶって気絶してしまったりする例を挙げている(六二頁)。たとえば、かのステラは女優を続けるうちに精神が乱れてしまうのだが、舞台から離れてその悪影響から脱した死の床において初めて心の平穏を回復している。明らかに女優は男優よりも非難され、女性客は男性客よりも肩身が狭い思いをしていたのだった。

モワットは、このような男女の性的特質の差異に基づく女優批判に対抗するために特異な言説を展開する。モワットによれば役者には二種類あるという。ひとつは舞台効果を狙って客観的に演技を作り上げるタイプであり、もうひとつは自己をすっかり消し去って役柄の感情に没入するタイプである（『自伝』二四一―四四頁）。前者の例として、自分が演じたジュリエットに対してパリス役を演じた役者を例に取り上げる。この役者はロミオに刺されて死ぬ場面で自分がけがをすることを恐れて、倒れる瞬間に後ろを振り返ってしまった。すると支配人は「きみは役者にしては自衛本能が強すぎる」（二四一頁）と言って、この役者をクビにしてしまう。反対に、モワットは自分が初めてジュリエット役を演じた時の様子をこう記している。

けれども公演の夜がやって来ると、役者は普段着と一緒におのれの人格も脱ぎ去るのです。するとプロメテウスのごとき独創の火がふたたび燃え上がり、朝に感じた沈んだ気持ちから高みへと昇ります。外界の事情をすっかり忘れて、その目は下ではなく上方を見据えています。役者は劇作家の心の放出をただ単に表現するのではなく、それに魂を吹き込むのです。これこそ、わたしが初めてジュリエットを演じた時に経験したことでした。（『自伝』二三六頁）

このように、本来の性格や人格を消し去って役に没入する後者のタイプこそが、優れた役者だというのだ。モワットはその自己滅却の才能にことさら長けていたのである。つまり役者は舞台上では通常の「私的な自己」とは異なるもうひとつの「公の自己」を作り出すのであり、それによって私的な自己は舞台の（悪）影響を受けることなく取り置かれることになる。

ステラに関しても、その自己の操作術が強調される。まだ女優になる前、ジュリエットの役を勉強するにあたり、あまりの熱中ぶりに母親が心配の声を掛けると、ステラが答える場面がある。

「役の勉強をしていただけですって？　あんな恐ろしい大声を出して。びっくりしたわ。あなた一体どうしたの、ステラ？　あなたの目はまるで我を忘れたみたいに激しいわ。」

「大丈夫よ、お母さま。ただジュリエットの役に没頭して我を忘れてしまっただけですから。」（二六頁）

舞台でデズデモーナを演じる時は、「その若い女優は一瞬にして、自分の個性を理想的な演技へと同化させた」（一〇一頁）。途中、オセロー役に扮する白人俳優の黒塗り化粧が、相手役を務めるステラの顔についた瞬間、ステラは思わず素に戻ってしまうが、すぐに「また演技の魔力に我を忘れた」（一〇五頁）。ギリシャ神話のエウアドネ役を演じる時も、あまりに役に没頭するので、ライバルの女優が策を弄して演技中のステラに釘が刺さるようにしても、まったく気がつかないほどである（一三五頁）。最後の舞台でジュリエットを演じる時の「熱のこもった自己放棄」（一六六頁）は完璧のできであった。挙げ句の果て、「私的な自己」を忘れ去ってジュリエット役と一体化したあまり、物語のヒロインと一緒に死んでしまったとも言えよう。

舞台上の女優は私的な自己を忘れ役柄に没入する。したがって、たとえ女優業に就いても、私的な女性性は純粋なまま保たれるのだと、モワットは主張した。こうした女優擁護論は、ステラの兄アーネストのそれとは似て非なるものである。アーネストによれば、女優という職業が女性に直接的な害をもたらすのではない。もし舞台に立つことで堕落するとしたら、それはその女性が元々そうした性質を持っていたからだという。アーネストはこう述べる。

この職業に就く女の人は非の打ち所のない性質を危険にさらすのだとか、尋常ならぬ誘惑に負けてしまうものだとかいう、世間のなんら根拠のない偏見を僕が信じちゃいないことはお前も知っているだろう。もし女の人の心のうちに純潔の道しるべが宿っているなら、その心は純粋なものしか寄せつけないはずだ。反対に、もし元から軽い気持ちがあるなら、悪が心を揺さぶり、その女の人にとっては舞台も危険なものになってしまうだろう。(三二頁)

職業にかかわりなく、元からの女性性の有りようが問題なのである。いわばアーネストが本質主義者であるのに対して、モワットが展開するのは、女優はみずからの自己を操作する才能を持ち、その操作ゆえに女優の女性性は清いまま保たれると主張する構築主義である。モワットは女性の自己の操作性を盾に女優業の弁明を行い、それに成功した。実際、自伝や小説を通して主張したこの言説は人々を納得させ、モワットは女優でありながら「真の女性」と認められ、中産・上流階級との交流も許されていたのである。

しかしながら、モワットの言説は十九世紀アメリカにおける社会管理機能そのものを転覆しかねない力を内包する。なぜならば、モワットの用いた自己の二分法は、明らかに家庭神話イデオロギーと矛盾するからである。家庭神話は生来性に基づいて男女の特質の差異化を図り、男性支配の根拠を男性性／女性性の本質に求める。ところがモワットは、女優がふたつの自己を持ち、それを実生活と舞台上とで演じ分けられることを唱えてしまう。モワットは女優の演技の才能に関して述べているのであるが、女性が舞台で演技できるのであれば、実生活でも演技していないとどうして確証できるだろうか。現に女優批判の常套句は、バックリーが述べたように、舞台と舞台裏の生活は比例するので、淫らな女性を演じる女優は私生活も淫らだと非難するものであった。男性の管理下にある女性も実際には「母」、「妻」、「娘」の役を演じ、「真の女性」に求められる信心深さ、貞淑、従順、家庭性といった資質を身につけたふりをしているだけということになる。女性は実生活においても、モワットの作品集の題名通り「演劇の人生《ミミック・ライフ》」を送っているのである。

女優に対する批判はすべて家庭神話にのっとって展開された。女性は「私」の領域に留まるものであり、「公」の領域に進出する存在は服従と家庭性に欠けるばかりか、性的にも身持ちが悪いとみなされる。男性客がレッグ・ショーやレヴューを観ることは認められるにもかかわらず、感情的で非理性的とされる女性の観劇は許されないのである。モワットの女優擁護は、この家庭神話に巧みにすり寄ろうとする試みであった。小説『ステラ』においては、自分の分身であるヒロインにあえて悲劇的な死を与えて批判をかわす。舞台上の女優の自己は私的な自己と違うものだから、たとえ演劇の害にさらされても私的な自己の女性らしさは失われないと主張する。こうした自己二元論の駆使は、女優ではあるが「真の女性」の徳を備えていることを立証するための苦肉の策である。しかしそれは逆にイデオロギーの本質を突き崩し、そのイデオロギーに立脚する社会の支配構造をも無力化するものであったのだ。「公の女性」としての女優は、支配制度と支配原理としての家父長制下にあって自家撞着的な存在であった。その位置を確認する作業は、女優がいかに権力構造の隙間をぬって生きていたかを明らかにするばかりでなく、その権力構造の側の矛盾をも暴露する。アメリカのジュリエットであるモワットと十九世紀アメリカの女優は反逆者である。ジュリエット役に同化するあまりみずからも同じ運命を辿るステラの死は、一見敗北に見える。だが、その死はモワットの自己弁明の戦術であったと同時に、女優が男性社会を根本から覆す力をも秘めていたことを示すのである。

註

（1） 実際のところ、モワットの実母エライザ・オッジェンの祖父フランシス・ルイスはアメリカ独立宣言に署名したひとりであった（『自伝』一四頁）。

（2）中篇小説集『演劇の人生』に『ステラ』と同時に収録された『プロンプターの娘』も、同じ様なパターンを踏襲する。プロンプターとは演技中の役者がせりふを間違えないように陰から教える係だが、その裏方の娘ティナは演技の才能に恵まれて、『テンペスト』の妖精エアリエル役に大抜擢される。舞台の宙を舞うフライングの練習では「この天才少女は恐怖を感じないほど役に没頭した」（二八二頁）。ところが、本番を迎えて新進女優として華々しい成功を収める瞬間に、フライングのワイヤーが体にからまり照明用のガス灯に焼かれて死んでしまう。まるで、公の場に出ることを選んだ女性に、地獄の業火が天罰をくだしたかのような物語展開である。

第六章　男装のロミオ──シャーロット・クッシュマンをめぐる言説

十八世紀アメリカに演劇文化が発生して以降、十九世紀を通じて女優は「公」と「私」の領域を渡り歩き、その領域区分の政治性を顕在化させる存在であったが、さらにその領域区分をも突き崩すのが「ブリッチーズ・パート」と呼ばれる、いわゆる男役である。彼女たちは「ブリッチーズ」と呼ばれるタイトな膝丈のズボンに身を包み、喜劇やショーの舞台に登場するばかりでなく、正統な劇場で上演されるせりふ劇でも、シェイクスピア作品などの男性ヒーローを演じていた。なかでも、アメリカ最初の国際派女優と称されるシャーロット・クッシュマンは、最大の人気を誇った。

もとより人が異性を演じるのは十九世紀アメリカが独擅場ではなく、舞台に限った現象でもない。しばしば男は女に扮し、女は男を装ってきた。事実、ローレンス・セネリックの『更衣室──性、ドラァグ、演劇』(二〇〇〇)は、古くは宗教儀式やギリシャ演劇から、ジャンヌ・ダルクや歌舞伎を経て、現代のミュージカル・コメディ、主に服装倒錯の男性同性愛者を指すドラァグ・クイーンにいたるまで、古今東西の異性装を網羅し論説を加えている。にもかかわらず、十九世紀アメリカ社会の持つ特異な事情を考える時、男役の存在はさまざまな示唆に富む。マージョリー・ガーバーの異性装論に関する大著『既得権益──異性装と文化的不安』(一九九二)は、クッシュマンとその同時代の男役についてほとんど言及することはなく、わずかにこう述べる。

クッシュマンが演じたほかのシェイクスピアの男性役——ロミオ、ハムレットそしてイアーゴー——と同様に、彼女の演技［シャイロック役］はきわものではなく、独特の基準で解釈された。著名なシェイクスピア役者の妻キャサリン・マクリーディ夫人が演じるシャイロックの場合も同じだったようである。（中略）

十九世紀には子役と男役がもてはやされ、そのためシャイロック役は思ったよりは変則的でなく受け取られていた（たとえば、エレン・ベイトマンはリチャード三世とマクベス夫人を演じた）。いずれにしろ取りあえず、ここで言及しておく価値はあるだろう。（二三〇頁、傍点筆者）

ここでのガーバーはブリッチーズ・パートを「独特の基準で解釈された」ものとしながら、その基準を説明することなく終わっている。「きわもの」ではなかったと言いつつも、男役は天才子役と同じで、斬新で珍奇なものを好む十九世紀的大衆文化の一現象としか考えていないようである。問題はむしろ、いかに男役は「きわものではなく、独特の基準で解釈され」たのか、なぜ、いかにして男役がそれほど「変則的でなく」受け取られていたのかという点にこそあるだろう。なぜならば、第五章で考察したように、性の本質主義に依拠する家父長制や女性を「私」の領域に押し込める家庭神話は、明らかに女優と相容れず、ましてや男装の女優という存在とはまったく矛盾するからだ。この矛盾した現象をどう解釈すべきか。クッシュマンと、彼女がもっとも得意としたロミオ役を取りあげて、同時代の男優と劇評家それぞれの言い分から検証を試みる。前章に引き続き、『ロミオとジュリエット』上演史の考察はアメリカにおける性をめぐる諸問題を明らかにするだろう。

そもそも「ブリッチーズ・パート」という演劇的装置は多様に定義できるが、本章では「その役の年齢や作品のジャンルにかかわらず、元は男優にあてて書かれた登場人物を女性が演じること」と捉えることにする。オックスフォード英語辞典は「ブリッチーズ・パート」をもっとも広義に捉えて「女優が男性の衣装を身につける役」と定義している。この場合、劇作品において女優が男性登場人物に扮する場合のみならず、ショーなどの舞台で男装するショーガールや歌手、ダンサーを含むことも可能であろう。他方、『コンサイス・オックスフォード演劇事典』（一九七二）は、「ロマンティック・コメディにおけるハンサムな若いヒーローで、器量の良い女性によって演じられた役の名称」とした上で、「クッシュマンやベリンジャー姉妹ら大胆不敵な女優が演じたハムレットやロミオ、リチャード三世は含まない」とわざわざ但し書きしている。ベリンジャー姉妹とはアメリカ人のエズメ（一八七五—一九七二）とヴェラ（一八七九—一九六四）のことで、エズメが男役に扮し姉妹で組んで舞台に上がった。この定義ではブリッチーズ・パートを喜劇の舞台に限定しているが、本章が注目するのは逆に、長く男優に独占されてきた悲劇のヒーローを女優が演じた事象である。

注意すべきは、いくつかの類似した異性装との違いである。ブリッチーズ・パートは、シェイクスピア劇や王政復古期の作品によく登場する「変装《ディスガイズ》」とは異なる。たとえば、『お気に召すまま』のロザリンドや『ヴェニスの商人』のポーシアは女性の登場人物が男性に扮することで物語を進める役割を担い、シェイクスピアの時代にはそれを少年俳優が演じるという二重の倒錯が見られたが、これは女優が元々は男優にあてられた役を演じることにはなっていない。同様の理由から、当時から現代にかけてバラエティやボードヴィル、ミュージックホールなどで見られる、男装を売り物にするショーガールも本章の射程には含まない。

基本的にはセクシュアリティの問題とは別の、舞台における一手法としての男装を念頭においていることから、性同一性障害《トランスジェンダー》や同性愛者（レズビアン関係におけるブッチ）の男装も含まないこととする。

さらに、「男装の麗人」と言えばただちに日本の宝塚歌劇を連想するが、宝塚の舞台にはすべての役者が女性であるという大前提があるのに対して、十九世紀アメリカで流行したブリッチーズ・パートの場合、男優も女優も同じ舞台に立つなかで、ハムレットやイアーゴー、マクベス、マクダフ、『ヘンリー八世』のウルジー枢機卿、そしてロミオといった主要な男性登場人物だけを女優が演じた点が大きな違いである。

一　一八三〇年代アメリカのロミオ

ロンドンの劇場が封鎖されてから十八年、一六六〇年に劇場が再開された時、前時代の特徴であった少年俳優の伝統は既に失われ、初めて女優が英語圏の舞台に立つこととなった。十八世紀植民地時代に演劇文化の萌芽をみた新大陸には、元から少年俳優の伝統はなかったので、最初から女優が導入されたのだった。王政復古以来、女優は常に男装で舞台上の男役を演じてきた。それはパントマイムやバーレスクといったショーの舞台や、あるいはせりふ劇でも喜劇の分野が中心であった。少年役や、『夏の夜の夢』のパックやオベロン、『テンペスト』のエアリエルなどの妖精役、『リア王』の道化なども演じることがあった。他方、悲劇の男性ヒーローを演じることは、いつも男優の特権であり続ける。ところが、アメリカでは一八三〇年代に女優がヒーローを演じる現象が目立ち始め、一八五〇年代から六〇年代にかけて大人気を博するまでになった。(1)一八五五年一月三日発行の『アセニーアム』紙には、ロンドンはヘイマーケット劇場におけるクッシュマンのロミオ役に関連して、女優が「悲劇のヒーロー」を演じること、しかもそうした手法がアメリカで「非常に流行している」ことを苦々しく思う論調が窺われる。

悲劇のヒーローが男性以外の人物によって演じられるというのは珍しいことだが、そのような間違いは既に起こってしまったのであり、これからも再び起こるであろう。しかし、芸術のためにはこの放縦に対してなんらかの規制が課されなければならない。聞いたところでは、こうした放縦がアメリカの地においてはとっくに非常に流行しているという。（一八五五年一月三日、一九頁）

数多く輩出した女優が演じるロミオ役のなかで、クッシュマンはもっとも有名だが、決して史上初めてという訳ではなかった。オペラの世界では男性の役を女声にあてて書く伝統があり、一八三〇年に書かれ三三年に初演されたヴィンセンツォ・ベッリーニ作曲の舞台では、ロミオは女優にあてられている。せりふ劇における正式な記録では、一八三二年六月四日にロンドンのコヴェント・ガーデン劇場で、エレン・トゥリー（のちのチャールズ・キーン夫人）がファニー・ケンブルのジュリエットを相手にロミオを演じたのが最初、その後一八三四年にヴィクトリア劇場でパトリシア・ホーントンも演じている。しかしこれらロンドンにおける初期の事例はすべて、冒険的な試みが一夜のお楽しみとして許されていた慈善興行で上演された。イギリスでは、一八四五年にクッシュマンが巡業を行って人気を確立したのちに初めて、女優がロミオ役を演じる慣習が定着している。つまり、アメリカ演劇は植民地時代から宗主国を模倣して成長してきたが、この「男装のロミオ」はアメリカで発達してイギリスに逆輸入された稀有な例なのである。

アメリカにおいて、確かな記録に残る公演では、クッシュマンが一八三七年に地方とニューヨークで演じたのが初の試みだった。さらにアン・ラッセルは一八四六年から七〇年までの間に、少なくともクッシュマン以外に十九人のアメリカ人女優がロミオを演じたと報告している（一五六—五七頁）。前出の『アセニーアム』が「アメリカの地においてはとっくに非常に流行している」と危惧した通りだった。

それでは、なぜ女優自身は男役に挑戦したのか。特にシェイクスピア劇がそうであるように、女性が主人公の作品は少なかったため、女優は舞台の中央に立つ一手段として男役に挑戦したと考えられる。シェイクスピアの全悲劇作品中、題名に登場する女性はジュリエットとクレオパトラだけというのはよく指摘されるところである。そのほかにも、結局のところ、それが奇抜で物見高い観客に人気があったからという理由は排除できまい。日常生活において女性が長いスカートに身を包み足首さえも覆っていた時代に、ブリッチーズを身につけた男役の脚線美は男性観客の目を引かずにいられない。実際、脚の露出だけを売り物にする男装のショーガールもたくさんいた。いずれにしても、この人気は十九世紀末まで続いたのだった。

男装のロミオが登場した一八三〇年代後半から四〇年代という時代は家庭神話イデオロギーが形成された時期であり、またアメリカに本格的な演劇文化が発展した時期でもあった。舞台にはメロドラマを演じるスター女優が溢れ、レヴューやショーの踊り子が男性客の目を楽しませ、挙げ句の果てには、ズボンを履いて男性の役を演じるブリッチーズ・パートまで現れた。時代の規範に明らかに違反するであろう女優の活躍、男役の登場。この矛盾する同時代性に折り合いをつけなければならない。そこで十九世紀アメリカは、時代の思潮の根幹をなす本質主義的ジェンダー観を駆使した弁明を繰り広げたのである。

二　男だからこそ……

アメリカ演劇文化はシェイクスピアを中心に発展したが、そのなかでも『ロミオとジュリエット』は人気の上位を占めていた。だが、前章に登場したアナ・コーラ・モワットを初め女優たちがジュリエット役を競って演じたのに対して、駆け出しの新人ならともかく円熟したベテラン男優にとって、ロミオ役は魅力的な役ではなく、同じ作品ならむしろマキューシオの方が人気があった。アメリカにおけるシェイクスピア上演史をまとめ上げた歴史家チャールズ・H・シャタックは、そうした不人気の理由をロミオの「女々しさ」にあったと指摘する。

普段マクベスやオセローを演じている男優は、ロレンス神父の庵でロミオが悲しみのあまり髪をかきむしり地に倒れ込む場面のくだりを、恥ずかしいくらいに女々しいと感じてしまうのだった。（第一巻　九三頁）

ロミオの性格と言動を思い起こせば、確かにそれは十九世紀アメリカ男性が理想とする独立独歩の個人というイメージと合うものではなかっただろう。男優は自分が男だからこそ、たとえロミオが男性の登場人物であろうとも、ロミオを演じられない、演じるわけにはいかない。したがって、クッシュマンのように女優が演じても良い、との逆説的な心理が働いたのではないだろうか。

ここでロミオのキャラクターを振り返ってみよう。クッシュマンら女優たちがロミオを演じるようになった一八三〇年代、『ロミオとジュリエット』の物語は一五九四年から九五年前後に執筆されたシェイクスピアのオリジナルではなく、いわゆるギャリック版と呼ばれる改作が定着していた。イギリス人俳優兼劇作家のデイヴィッド・ギャリック（一七一七―七九）が一七四八年十一月二十九日、ロンドンはドルリー・レーン劇場にて『ロミオとジュリエット』の改作を発表し、同年から一七七六年までの二十八年間に三百二十九回の上演記録を打ち立てる（レヴェンソン 一八頁）。このギャリックの作った物語は定番となり、十九世紀後半にシェイクスピアの復活を求める声が高まって、ようやく世紀末にオリジナル台本が定着するまで、実に百年以上も英米の舞台を席巻することとなったのである。

ギャリック版のロミオは改変を施された末に、典型的なロマンティック・ヒーローに仕立て上げられている。一七五〇年出版の台本冒頭に付された「告知」でギャリックは、ふたつの点においてオリジナルを変更した旨を但し書きしている。ひとつは、ロミオがジュリエットに出会う以前にロザラインを恋い慕うエピソードをすべてカットした点である。ロザラインからジュリエットへの急激な心変わりは「汚点」とも受け取れるからだ。ギャリック版のロミオは、キャピュレット家のパーティに行く以前からジュリエットだけを愛し、初恋を貫いて悲劇的な死を迎える筋立てになっている。もう一点は、その悲劇的な死を迎える墓場の場面を書き換えたことである。シェイクスピアのオリジナルでは、仮死状態にあるジュリエットが死んだものと思いこんで、ロミオは毒をあおって息絶える。すると入れ違いにジュリエットが目覚めて、ロミオの死体を見つけ絶望のあまりみずからを剣で刺して死ぬことになっている。ところがギャリック版では、ジュリエットはロミオが息絶える前に目を覚ますのである。再会を喜ぶのも束の間、ロミオは既に毒を飲んでしまったことを告白する。恋愛が成就するかに見えた瞬間、観客はこれから訪れる悲惨な結末を悟る仕組みである。ギャリックの改作は、恋に生き恋に死ぬロミオ像を強調する効果を発揮する。

クッシュマンはこのギャリック版に異を唱えて、一八四〇年のヘイマーケット劇場におけるロンドン公演で、シェイクスピアのオリジナル台本を採用し、好評を博した(2)。その後オリジナルを尊重する動きは徐々に広まっていくため、演劇史的にみればクッシュマンは十九世紀後半に起こるシェイクスピア・リバイバルの先鞭をつけたことになる。しかしながら、クッシュマンがほぼ一世紀ぶりに復活させたオリジナルのロミオも、ギャリックの改変いかんに関わらず、元から女々しい性格であった。ギャリック版で削除されたロザラインへの初恋のくだりは、ロミオの移ろいやすい性格をあらわす。ロレンス神父はロミオの心変わりに呆れてこう言う。

驚いたものだ、なんという気の変わりようだ、
かわいいロザラインをあれほど思い詰めていたに、
もう忘れたか。
(中略)
太陽もまだおまえの溜息を天から吹き払っておるまい、
毎度聞かされたおまえの嘆きはまだこの耳に鳴り響く。
それ、おまえの頬にいまだぬぐいさられず
去りし日の涙のあとがしみついておるわ。(二幕三場六五—六七、七三—七六行)

悲劇の発端となるロミオの友人マキューシオとキャピュレット側のティボルトとの争いでは、ロミオはなんとかふたりの争いを収めようと、友人ベンヴォーリオの言葉を借りれば、「穏やかな言葉、冷静な顔色、折り曲げた膝」(三幕二場一五六行)をもって、説得を試みる。しかし、これは力によって男らしさを証明するヴェローナの男性観からすれば、女のすることである。しかも、ロミオがマキューシオを止めようとしたため、逆にマキューシオがティボルトに刺し殺され、そのティボルトをロミオははずみで殺してしまう。するとロミオは、ジュリエットへの愛ゆえに自分は女のように気弱になり、その結果ふたりを死なせてしまったと嘆くのである。

おお、ジュリエット！
おまえの美しさがおれの心を女々しくし、
おれの勇気の鋼をにぶらせたのか。（三幕一場一一三―一一五行）

ティボルト殺しのせいでヴェローナを追放になったロミオは、ロレンス神父の庵でもう二度とジュリエットに会えないと「髪をかきむしり、地に伏して」（三幕三場六八―六九行）嘆き悲しむ。ジュリエットの使いでやってきた乳母は、その身も世もあらず泣きわめく様子を見て、女のジュリエットとそっくりだと指摘する。

おお、お嬢様もこのとおりでございますよ。
まったくこのとおり。おお、悲しみの心は通じあう、
おいたわしい身の上。お嬢様もこのように倒れ、
嘆いては泣き、泣いては嘆くありさま。
お立ちなさい、男でしょう、立つんですよ。（三幕三場八四―八八行）

同様にロレンス神父も、理性を失ったロミオは外見は男でも中身は女だと叱咤する。

男か、それでも。おまえの姿は男だと言うておるが、
おまえの涙は女のものだ。常軌を逸する行動は

理性をもたぬ畜生の狂いようと言うほかない。
見かけは雄々しい男ながら実は女々しい女、
見かけはいさましい人間ながら実はあさましい畜生。（三幕三場一〇九―一一三行）

ロミオに備わった優しさやデリカシー、気持ちの移ろいやすさ、感情に任せて嘆き悲しむ情動などの性格が、すべて十九世紀において女性に備わった性質だとされていたことを考えると、ロミオは男優が演じるのにふさわしくない役柄と見なされたのも当然だろう。クッシュマン扮するロミオに対する公演評において、『アセニーアム』はロミオの「優しさとデリカシー」は男優では表現できないという。

シェイクスピアの構想には情緒の優しさとデリカシーがあり、男優がその役を演じることをいつも困難にしてきた。それでもなお、女優が男性の役を演じることに対する我々の強い反対はないがしろにされるべきでない。（一八五五年一月三日）

一八六〇年十一月十六日付けの『ニューヨーク・タイムズ』紙に載ったクッシュマン評でも、ロミオの「デリカシーと優しさ」は男優には「ふさわしくない」と述べられる。

その生けるロミオはまさにロミオそのものだった。人はふつう、女が男の衣装を身につけて男性の役を演じることを望まないし、このような本能は、ほかの多くの本能と同様に、まったく正しいものである。しかしながら、ロミオのキャラクターにはそれを表現するのに女を必要とし、ほとんどすべての男が演じるにはふさわしくないような、デリカシーと優しさがある！（一八六〇年十一月十六

日、六頁、傍点筆者）

十九世紀アメリカの男優がロミオ役を避ける心理の背景には、このように女々しいロミオを演じることによって、その女々しさが自分に「伝染《うつ》る」という独特の恐怖心があった。富島美子は著作『女がうつる』（一九九三）において、文学にあらわれた十九世紀の女性をめぐるヒステリー言説が家父長制によって作られたことを明らかにした上で、女性的な性質に汚染されることに対する男性側の恐れと嫌悪を解題したが（一四五頁）、このような「伝染」の恐怖はシェイクスピアの時代に起きた演劇批判運動の常套文句でもあった。つまり、スティーヴン・ゴッソンが『悪弊学校』（一五七九）で指摘するように、「演劇体験は男性の心を女性化してしまう」（一九頁）というのである。演劇批判は古代ギリシャ・ローマの時代から吹き荒れていたが、十六世紀から劇場封鎖にいたる十七世紀半ばまでのイギリスでは特に激しかった。当時イギリスでは男性が女役を演じる演劇的手法が取られており、しかも俳優兼劇作家トマス・ヘイウッドの『俳優の擁護』（一六一二）によれば、役者は演じる役柄と同化するものだという（四五頁）。ウィリアム・プリンは演劇批判の大著『俳優亡国論《ヒストリオ・マスティックス》』（一六三三）において、男優は女の服を身につけて身振りや言葉遣い、態度を模倣しているうちに、「男らしさは切り裂かれ、人はより女らしくなり、衣服、身振り、言葉遣い、態度のすべてにおいてほとんど女性に変えられてしまう」（二〇九―一〇頁）と主張している。加えて当時、究極的には、女性化した男性は男を愛するようになり男色《ソドミー》の罪を犯すと恐れられていた。プリンは女性の役を演じることによって「男らしさは切り裂かれ」ると言うが、このくだりを直訳すると、「成年男子であること（virilities）を切り裂く（dissect）」となる。すなわちこの一節はまさに去勢を意味しており、男性同士の同性愛を暗示するのである。またフィリップ・スタッブスは『悪習の解剖』（一五八三）で、女役を演じる男優を観るうちに観客も舞台と同化し、やがて「皆親しげに相手を家へ連れて帰り、隠れて男色もしくはもっと悪いことを行う。これこそ劇と幕間の出し物がもたらす主たる結果なのだ」(sig. L8^{V})と、観客にも「女が伝染《うつ》る」ことを警告している。こうした役柄が人に伝染する恐怖はそのまま新大陸に受け継がれたと考えることができる。

さらに、男優がロミオを演じない理由にナショナリスティックな色づけもなされる点は興味深い。前出の『ニューヨーク・タイムズ』は、ロミオの激しい恋愛感情はイタリア特有のもので、アメリカ人の恋愛観と比べると「ばかばかしい」という。そのようなものはアメリカ人には合わないと主張するのである。

若いイタリア青年の熱い血から生まれたひどく淫らでけばけばしい言葉は、若いニューヨークの青年の思慮深い恋愛作法と比べるとばかばかしく聞こえ、ここアメリカの男の口には合わないようだ。(中略)このような恋愛は想像力が豊かで、血の気が多く、魂が清い土地にこそふさわしい。このような恋愛は神がイタリアのためにお創りになったのだ。(一八六〇年十一月十六日、六頁)

アメリカにおける演劇文化の興隆が、国家として政治的・経済的・文化的な独立を目指す時期とも重なっていた史実を思い起こせば、舞台に登場するヒーローに強いアメリカ人男性像が求められたとしても不思議ではない。男優たちは「男だからこそ」ロミオ役を演じられないばかりでなく、「アメリカの男だからこそ」演じるわけにはいかなかったのである。

三　女だからこそ……

男だからこそロミオを演じられないがゆえに男役を容認するという男優の言い分は、裏を返せば女だからこそロミオを演じてもよいのだと考える発想にたどり着く。前出の『アセニーアム』や『ニューヨーク・タイムズ』の劇評から分かるように、時代が理想とする男性像とロミオのキャラクターは一致しないもので、特に後者の記事は、ロミオの「デリカシーと優しさ」は「それを表現するのに女を必要」とするとも明言している。一八五五年のロンドン公演に関する『イラストレーテッド・ロンドン・ニューズ』紙の記事は、理性と知性に長けているとされた男性に比べて、元から感情的と考えられる女性がロミオを演じることの利点を主張する。

その役［ロミオ］を演じる女優は男優にはない利点を有する。荒々しい男優が恋に狂うロミオを演じるとどんなに控えめにしても常に大袈裟になってしまうが、女優は滑稽に見せることなくそうした感情を表現できるのである。これは、追放ののち神父の庵における場面で特に顕著である。ほとんどの男優にとってこのシーンはもっとも難しいものだが、クッシュマン嬢にとっては最高の出来の場面となる。（一八五五年二月三日、一〇七頁）

感情にまかせて恋愛に突っ走るロミオを男優が演じようとすると「大袈裟」になってしまうため、演劇を抑制しなくてはならない。それに対して女優は、ロミオの感情をさらに強調して表現することができるというのだ。同じ論調は一週間後にも繰り返された。

力強さと感情表現はほかのいかなる男優をもしのぐほどだが、そこに大袈裟な誇張はない。有能な女優が発揮する演技の激しさは、必然的に男優のそれよりも荒々しくないからである。男優は和らげて抑制しなければならないが、クッシュマン嬢は感情のあらわれを拡張して見せることができるのだ。(前掲紙、一八五五年二月十日、一三二頁)

次に挙げる、一八五五年一月三日付け『アセニーアム』の記事で使われるロミオを形容する言い回しは、十九世紀の女性に生まれながらにして備わっているとされた「真の女性らしさ」を表す単語のオンパレードである。さらには、このようなキャラクターゆえにクッシュマンはロミオに扮するのに「適している」と結論付けられるのだった。

ロミオは影響を受けやすくもあれば熱烈でもあり、優しいかと思うと情熱的でもある。いま憂鬱かと思えば次には意気軒昂になる。さまざまな感情に左右されやすく、こうした感情は舞台に乗せるのにちょうど良い。つまるところ、クッシュマン嬢はロミオを演じるのにもっとも適しているということだ。(一八五五年一月三日、一九頁、傍点筆者)

当時の劇評の論調をまとめるとこうなるだろう。すなわち、男優は女の特質を持ち合わせていないために、女々しいロミオを演じるには、『ニューヨーク・タイムズ』の言葉を借りれば「ふさわしくない」のであり、一方で女優は女の特質を持ち合わせるから、女々しいロミオを演じるには「適している」のである。そうであるとすれば、女優は、役者という職業人の持つ演技能力ゆえにロミオを表現できるのではなく、女性としての本質的な性と女性性を持つがゆえに、この役に扮することができるということになる。女優の女性としての特質と彼女が演じる役柄は一致しており、女優がロミオに扮しても、たとえそれが男性の登場人物であっても、それは女優本人が本質的に保持する女性性の発露に過ぎない。クッシュマンがロミオを演じても、舞台上で表出するのは男性性ではなくクッシュマン本人の女性性なのである。この点において、男装のロミオは、ズボンを履いて脚を売り物にした同時代のショーガール、ひいては女性の性的魅力を全面的に売り物にして男性客、特に独身男性客を魅了したレッグ・ショーやレヴューの踊り子たちと同様の機能を求められていたことになる。

男役を女性性の表出と捉える言説は、時にロミオの若さをことさら強調する方向へも進んだ。実際ロミオは、ハムレットやマクベス、リア王、オセロー、ジュリアス・シーザーなどほかのシェイクスピア悲劇のヒーローと比べても若く、その若さゆえの未熟さが女性の未熟さに一致すると考えられたのだ。父権制イデオロギーは成人男性の優位を保持するために女性、とりわけ既婚女性、と子供が半人前であり保護すべき対象であることを強調し、実際にも十九世紀前半のアメリカでは両者はよく似た境遇に置かれていた。女性は結婚することによって大人の女性と見なされるようになるが、これは決して一人前になったことを意味していなかった。ひとたび結婚すると、その義務と権利は著しく軽減した。未婚の女性が法的に財産所有権や契約や裁判を行う権限を有していたのに対して、既婚女性は借金や夫の面前でなされた犯罪に対して責任を負う必要はなく、またその能力もないとされた。夫は妻の財産を管理し、子供の親権を独占する。結婚した女性は夫によって保護され導かれる存在であり、結婚によって「大人」になったけれども社会的には「子供」なのだ。逆に子供には男女を問わず指導書や学校教育を通して、無邪気で従順、純粋、自己犠牲的かつ道徳的に崇高であることが求められたが、これは「真の女性らしさ」の美徳と規定されていた特質と重なる要素である。

このような「女性＝子供」との考え方は、男装のロミオにもそのまま援用される。十八世紀から引き続き女優はアメリカの舞台に登場し男役を演じてきたが、ほとんどの場合ブリッチーズ・パートは少年役が専門だった。ところが一八三〇年代になって、女性が成人男性役を演じる趣向がもてはやされたため、ロミオは少年なのだと解釈することで納得しようとしたのである。ローレンス・ハットンは、ロミオのキャラクターは若くなければ演じられないものであると主張した上で、そのロミオをクッシュマンは上手に演じたと論じている。

彼女［クッシュマン］はロミオの本質的な感じやすさをうまく表現した。若きモンタギューの性格のこうした側面は、いかなる男優もほんの若造でもない限り、効果的に満足のいくように表現することのできないものである。（『劇と役者』、クレメント 六七頁に引用）

クッシュマンは一八三七年、二十歳の時に初めてロミオ役に挑戦しており、『モーニング・クーリエー』紙はこの新進女優が彼女の演じた役柄の若さと一致することを指摘している。

彼女の外見や声、仕草はこの若い男性登場人物の演技に非常にぴたりと適応していた。（一八三七年四月二十六日、スミザー 三九三頁に引用）

しかしながら、これは単に役者が若かったから、このように言われた訳ではない。なぜならば、それから九年後、クッシュマンがそろそろ三十歳を迎える頃の劇評でも同じような表現が見受けられるからだ。

その女性は若さだけを表現するのにちょうど良いものを有していた。(『アセニーアム』一八五五年一月三日、一九頁)

同時代の俳優兼劇場支配人だったノア・ラドローは、クッシュマンのロミオを絶賛して、同様の意見を述べている。

ロミオを演じるには少年、もしくはひげが少し生えてきたために自分は大人の男だと思い始めたくらいの若者である必要がある。なぜなら、そういった輩でなければあのような恋愛のナンセンスを感じたり、演じたりはできないからだ。(中略)どんな男も、生まれながらの間抜けでない限りは、あのばかげた恋心を感じたり哀れっぽく訴えたりはできないだろう。(三一六頁)

ロミオの「恋愛のナンセンス」は子供じみてばかげており、それを表現するには「男」ではなく「少年」がふさわしいという。ラドローは、クッシュマンのロミオ役に関して「ロミオ役のクッシュマン嬢は少年を演じられる程度には男だったと思う」(三一六頁)とも回想している。つまりロミオは「少年」であり、その役を演じられる程度にはクッシュマンは「男」だったが、決して成人男性の役を演じられた訳ではないというのだ。ロミオの少年としての特質は、同じ性質が備わった女性だからこそ的確に表現できる。ロミオを演じても、それは女性らしさのあらわれなのである。

女優がロミオを演じることの利点は別にもあった。シェイクスピアの『ロミオとジュリエット』は情熱的な悲恋の物語であり、当時上演することさえはばかられた『ウィンザーの陽気な女房たち』ほどではないにしても、性的な言い回しやラブシーンの多い作品である。性的道徳規範の厳しかった時代に、こうした露骨な表現に対する非難や躊躇は、こんにちよりも激しかったことは想像に難くない。前述したように、イギリスの演劇批判者たちは、女に扮した男優がほかの男優とラブシーンを演じると男色に陥る可能性があるとして、少年俳優の起用を危ぶみ、演劇を攻撃した。同じ要領で、男装のロミオと女優のジュリエットが演じるラブシーンがレズビアンを誘発するものとして批判される論理的可能性はあった。おまけに、クッシュマンは一八四〇年代には実の妹スーザン・クッシュマン（一八二二―五九）を相手にこの作品を演じて人気を博しており、これはレズビアンのうえ近親相姦をも想起させかねない。クッシュマンとスーザンが、ロミオとジュリエットが一夜を共にした翌朝に別れを惜しむ第三幕第五場のシーンを演じる様子を描いた一枚の絵（**図版10**）がある。女性が長いスカートを身につけて生活し馬さえ横乗りをしていた時代に、ブリッチーズを履いたあらわな脚で窓枠をまたぎ情熱的に女を抱き寄せる女性の姿は、当時の道徳観に照らし合わせると大変なことである。

しかし、実際には女同士のこうしたラブシーンは、むしろ男と女が演じる場合よりも好ましいと受け取られていた。『ブリタニア』紙はクッシュマンのロンドン公演に関してこう述べる。

> 女性同士ならば、罪悪感を想起させることなくヴェローナの恋人たちの欲望をうまく表現できるだろう。（中略）もし異性同士の役者がこの劇における感情をきちんと表現したなら、必ずやこんにちの観客を激怒させてしまうだろう。（一八四六年一月三日、六頁）

もし異性の俳優同士で『ロミオとジュリエット』の恋物語をそのまま演じていたら、不道徳でけしからんと反感を買うことになるが、女同士ならば受け入れられるのだ。十九世紀アメリカの女性は、男性のつかさどる公の領域から切り離されて私の領域に入れられたため、女性同士の友情を育み、やがて宗教活動や禁酒、奴隷制反対、参政権要求、公娼廃止などの社会改革運動へと乗り出していった。このような女性だけのサークルにおける固い連帯感は「ロマンティックな友情」として認知され、そこでは性的な関係もあったかもしれないが、女同士の密接な関係が公に取り沙汰されることはなかった。なぜならば、家庭神話に基づけば女性は貞淑であるはずで、ナンシー・F・コットの言葉を借りるならば、「性的衝動を持たない《パッションレス》」はずだからである。男役と女優のラブシーンを許す背景にもこうした社会通念があるのではないだろうか。それがどんなに情熱的であやうい場面であろうと、本質的に「性的衝動を持たない」女性が演じている限り、決して不道徳ではないのである。

四　男役という「不整合」

ひとつだけ留意しなければならないのは、男役は舞台という非日常的な空間においてのみ許された条件付きの現象だったことである。劇場では女優はブリッチーズを身につけて登場したのに対して、ひとたび劇場の外に出ると男装は決して許されなかった。禁酒運動家として知られたアメリア・ブルーマー（一八一八―九四）は一八四〇年代に、「ブルーマー」という女性のためのズボンスタイルを提唱した。太股にぴたりとくっつく男役のブリッチーズに比べれば、ブルーマーはよりゆったりとしたいわばモンペで、しかも時にはブルーマーを履いた上から腰回りを覆うように短めのスカートを身につけることさえあった。しかし、女性はコルセットでウェストをきつく締め上げ、ペチコートで大きくふくらませたロングスカートを身につけることが普通だった社会では、このブルーマーは男性のみならず女性からも激しい批判や拒否反応が浴びせられて、数年後には廃れてしまう。

それに、クッシュマンは日常でも男装癖やレズビアンの性向があったとされている。しかし、男装のロミオを論じる公演評はいずれも、その事実に気づいていながら、舞台上のロミオ役とそれを演じる女優自身の男装癖とを関連づける気配がまったくない。つまり女優が役に扮して見せる姿と、いったん舞台を降りた日常生活は別物として扱われていて、それゆえに舞台上の男役は容認されていると考えられたのだった。これは前章で考察した、アナ・コーラ・モワットが展開した女優をめぐる言説と同じである。男役の側もこの方便を利用し、私生活では自分は「真の女性」なのだと強調することによって社会の認知を得ようとした点も、また同じであった。

ちなみに、一八九九年、エマ・ステビンスが伝記『シャーロット・クッシュマン――手紙と人生』を出版している。この人物は生前からクッシュマンと深い親交があったせいか、クッシュマンの視点に立って、本人直筆の回想録や手紙などを直に引用しながらこの伝記をまとめた。そのためこの伝記からは、自伝を残さなかったクッシュマンが後生に伝えたいと望んだ自己像を知ることができる。同書はまずクッシュマンの血筋の正当性を示すために、アメリカに入植した先祖の代にまでさかのぼって、父方と母方双方の家系を解説する。そうした良家の娘が女優などという不道徳な職業に就くきっかけは、同時代の女性作家たちがたいていそうであるように、やむを得ぬ経済的事情によるのだとの動機が強調された。同書によれば、クッシュマンの言い分はこうである。

「家庭の事情により、私たちはなんとしても自活の道を一刻も早く見つけなくてはなりませんでした。すると、わたしに恵まれた美声はひとつの道を指し示していました。」（ステビンス　一九頁）

さらに、男役のロミオを演じる動機は、他の男優と張り合うためだとか、自分の名声のためなどとは口が裂けても言わず、妹スーザンにジュリエット役を演じさせて女優としてのキャリアを積ませるためだとも主張する。

彼女［シャーロット］の作品には、彼女の妹［スーザン］が演じられるような役柄はほとんどなかった。さもなければ、それを演じることによって役者として築いてきた地位を低めてしまうような役柄しかなかった。シャーロット自身がロミオを演じることで、妹の魅力を増し、妹の成功を確実なものとし、ほかの手段では得られないような支持を与えることができるのだった。（前掲書　五九頁）

しかしながら、クッシュマンはスーザンが女優としてデビューする前も、引退した後もずっとこの役を演じ続けており、決して妹のためだけに男役を選んだとは言えない。

さらにクッシュマンは一八三七年二月に『ゴーディズ・レディズ・ブック』誌に短篇小説「女優」を発表している。物語は前章で考察したモワットの『ステラ』とそっくりだ。良家の子女である心美しいヒロインのレオラインが、父の死によって落魄の身となり、兄からも親戚からも金銭的援助を冷たく拒否されると、母を助けるために舞台に立つ決心をする。結婚を機にいったんは引退するが、夫はまったく頼りにならず、再び舞台を踏むようになる。やがて過酷な生活はレオラインの心をむしばみ、若くして死んでしまう、という筋立てである。レオラインは自伝的要素を多分に反映しており、また掲載時期がクッシュマンが初めてロミオ役を演じる直前だったことを考え合わせると、そこにはクッシュマンの女優業、ひいては男役を演じることへの自己弁明が窺えるだろう。

男優はロミオを演じると「女が伝染《うつ》る」と考え、新聞の公演評は女性だからこそロミオを演じてもよいとみなし、それぞれの理由で舞台上の男装のロミオを容認していた。十九世紀アメリカの男装のロミオをめぐる言説は、社会規範の根底をなす本質主義的な性の生得性に基づいて、それに沿うかたちで男役を容認する。このような言説をもってして、家庭神話と男役の共存という矛盾する現実に折り合いをつけていたのである。しかし、さまざまな劇評や残された記述などは、読めば読むほどそのほころびが目についてくる。

男優たちは、「女々しい」ロミオに扮するとその役を演じる役者自身に伝染し、みずからの男性性が損なわれると恐れた。聖書の「創世記」に記されているように、人は異性の服を身につけてはならない。なぜならば、ゴッソンの『演劇を論駁する』(一五八二)によれば、人は神から与えられた性を持ち、「身につける服は男性と女性を区別する記号」(ローラ・レヴィン 二〇頁に引用)だからだ。スタッブスも『悪習の解剖』において同様に述べる。

> 男が女の服を身につけることは呪われている。女が男の服を身につけることも然りである。(中略)我々の服は男性と女性の区別を判断する記号であり、したがって異性の服を身につける者は異性になることであり、自己の真実性(veritie of his owne kinde)を犯すこととなる。

その上、異性の衣服を身につける者は「半陰陽、すなわち両方の性を持つ半男・半女の怪物」(sig. F5v)とまで決めつけるのだ。

イギリス・ルネサンス期の演劇批判者たちは、人には本質的な性が与えられており、外的な衣装はその内面の性の「記号」であり、異性の服を身につけると「自己の真実性」が犯されることになると主張した。神に与えられた「自己の真実性」があるという本質主義に立ちながら、それが身につける服装のいかんによって変化を来すというのだから、この言い分は矛盾していよう。ローラ・レヴィンはこの記号表現《シニフィアン》と記号内容《シニフィエ》の逆転に、ルネサンス期のイギリス男性が無意識にうちに抱いていた男性性の構築性に対する脅威を読みとっている。十九世紀アメリカの男優たちがロミオ役を避けたのも、そこには言うなれば「真の男性らしさの神話」への固執があったからだと思われる。公演評にみる世間一般の意見は、ロミオは女々しいから女性が演じてもよい、女優が演じても本人の特質を舞台上に表現したに過ぎないというものであった。果たしてそうであるならば、ロミオ自身の男性性はもともと本質的ではなかったのではあるまいか。

こうした矛盾点は世紀が進み、アメリカ女性を取り巻く状況が変わるにつれて明らかになった。もはや女性は少年のように無知ではなく、同等の権利を求めて運動を起こし、社会改革運動など公の領域にも出てくる者が現れる。そうすると女性の未熟性を強調してロミオや男役を受け入れる必要はなくなる。さらには、女同士のラブシーンも受け入れがたくなった。「ロマンティックな友情」と呼ばれて、自然なものと受け取られてきた女性同士の連帯に疑問が付されるようになったのだ。それまで同性愛を指す言い回しとしては「ソドミー」があった。オックスフォード英語辞典によると、これは一二九七年に初めて文献に登場しており、それ以後ずっと同性愛、しかも特に男性同士の同性愛を意味する単語として使われてきた。女性同士の同性愛をあらわす特別な単語はなかったのである。ところが、十九世紀末、「レズビアニズム」(一八七〇年初出)や「レズビアン」(形容詞形は一八九〇年初出、名詞形は一九二五年初出)といった単語が生まれる。「ソドミー」に代わる「ホモセクシュアリティ」、「ホモセクシュアル」という表現が出現したのは一八九二年であった。これはとりもなおさず、女性の連帯が友情ではなく愛情として危険視されるようになったことを示すだろう。十九世紀後半では男役のハムレット役がヒットする一方で、女同士で演じる純粋なラブストーリーの『ロミオとジュリエット』は人気を失う。ハムレットが人間の深遠なる悩みを扱う国家規模のスケールを持つヒーローで、こんにちでも女優によって好んで演じられるのに対して、恋の悩みだけが主流のロミオはもはや女優には魅力がないのだろうか。こうして男役の伝統は十九世紀で廃れるのだった。

ここで改めて、本章の冒頭で引いたマージョリー・ガーバーの文章に戻ろう。ガーバーが指摘するように、クッシュマンら男役は「独自の基準で解釈され」、世間一般に容認されていた。しかし、ひとたびその「解釈」のほころびが明らかになってみると、十九世紀アメリカにおける男役は十分に「変則的」だったことが分かる。クッシュマンが初めてニューヨークでロミオを演じた一八三七年の舞台に対して、『アルビオン』紙は、男役は「自然の法則を本質的に破ること」だと批判する。

しかしながら、我々は彼女の数多い称賛者たちの一員であるとは言えない。それはなにもあの特殊性が我々を惹きつけないというわけではない。あのような自然の法則を本質的に破ることは好奇心の対象にはなるだろう。我々はあのような人やものを自然のいたずらとして捉えて、好奇心が満たされる限りは惹きつけられるだろう。(一八三七年四月二十九日)

『スピリット・オブ・ザ・タイムズ』紙によれば、男役が「自然の法則を破ること」であるのは、とりもなおさず女性が男性の役を演じることによって自身の「性を無効化 unsex」することにほかならない。

それでもなお彼女［クッシュマン］は女性であり、彼女がロミオのような役柄を演じることによって経験する知性と精神における性の無効化（unsexing）に、我々は衝撃を受けずにいられない。（一八四六年七月四日、傍点筆者）

ロミオ役を演じることによって、クッシュマンの性が無効化されるのだとすれば、彼女の性も本質的でないことになるだろう。同様に、一八四三年にクッシュマンのロミオに対してマキューシオを演じた俳優ジョージ・ヴァンデンホフは回想録において、彼女のロミオ役を「異種混淆《ハイブリッド》の演技」と呼び、男役を演じることによってクッシュマンは自分の性を無効化していると非難する。

ロミオの感情を理解し彼の絶望を表現するには男でなくてはならない。女性はロミオに挑戦することによって、ただ劇への関心と不幸な恋人たちへの同情をぶち壊しにする以外になんの意味もなく、彼女自身の性を無効化してしまう。彼女は劇を脱自然化し、不運な星の巡り合わせの恋と命をかけた愛の一貫した描写の代わりに、化け物のような変則的存在を作り出してしまうのだ。（二一七頁、傍点筆者）

この、十九世紀に男役を批判する際に使われた「性を無効化する to unsex」という単語は興味深い。オックスフォード英語辞典によると、この単語は「性を取り去ること、（特に女性の）性の特質を失うこと」を意味する。しかもこれはシェイクスピアの造語で、初出は一六〇五年の『マクベス』における次のマクベス夫人のせりふとされている。

さあ
死をたくらむ思いにつきそう悪魔たち、この私を
女でなくしておくれ（unsex me here）、頭のてっぺんから爪先まで

残忍な気持ちで満たしておくれ！（一幕五場四〇―四三行、傍点筆者）

この場面では、野望を抱いたマクベス夫人がふがいない夫を支えて天下を取る決心をし、自分の女らしさを取り払って男にしてくれと祈る。しかしマクベス夫人の悲劇的な末路が示すように、女性性を失い男の領域を侵す女は異端である。同じように、女優はロミオを演じることによって「女性性を失う」と考えられて、そうした「性を無効化」された男装のロミオは、ヴァンデンホフの言葉を借りれば、劇全体を「脱自然化」し、「化け物のような変則的存在」と化すのだ。

しかしながら、この「化け物のような変則的存在」こそが十九世紀アメリカの性を考えるきっかけを与えてくれる。ジュディス・バトラーは『ジェンダー・トラブル』（一九九〇）において、「ジェンダーの実体的効果は、ジェンダーの首尾一貫性を求める規制的な実践によってパフォーマティヴに生みだされ、強要されるもの」であり、「ジェンダーの表出の背後にジェンダー・アイデンティティは存在しない。アイデンティティは、その結果だと考えられる『表出』によって、まさにパフォーマティヴに構築されるものである」（五八頁）ことを示した。ジェンダー・アイデンティティは、社会的な言説の「反復」によって捏造され保持される「偽造物」（一三六頁）である。こうした性のパフォーマティヴィティは「明確に区分された二極化されたジェンダーを文化の虚構として演じ、生産し、維持することに、皆が暗黙のうちに同意したという事実」によって隠蔽され、逆にそうした暗黙の了解は、性のパフォーマティヴィティの「信憑性」と「それを信じることに同意しない者を監視する懲罰機構」によって曖昧にされている（一四〇頁）。だが、このような言説の反復によって作り隠されたジェンダーは、その反復にときおり起こる「不整合」によって、その虚構性が暴かれる。

したがってジェンダー化された永続的な自己とは、アイデンティティの実体的な基盤の理想に近づくように、反復行為によって構造化されたものであることが判明するが、他方でその反復行為は、ときおり起こる不整合のために、この「基盤」が暫定的で偶発的な〈基盤ナシ〉であることも明らかにするのである。ジェンダー変容の可能性が見いだされるのは、まさにこのような行為のあいだの任意の関係のなかであり、反復が失敗する可能性のなかであり、奇─形のなかであり、永続的なアイデンティティという幻の効果がじつはひそかになされる政治的構築にすぎないことをあばくパロディ的な反復のなかなのである。(一四一頁)

バトラーのいう「反復が失敗する可能性」、「奇─形」、「パロディ的な反復」とはまさに男装のロミオの持つ「化け物のような」「変則性」である。男役は十九世紀アメリカの性をめぐる言説の矛盾を暴露することによって、家庭神話とそれに立脚する父権制社会そのものを転覆する可能性を持つのである。男装のロミオを巡る言説の、一見したところ性の本質主義に基づきながら、あらゆる点で性の生得性を覆してしまう矛盾は、パフォーマティヴィティを隠蔽しようとして図らずも露出した「不整合」のあらわれなのだ。

アナ・コーラ・モワットに代表される十九世紀の女優は、公の舞台に進出することにより男の領域に踏み込む存在であった。女優は「男性」と「女性」という父権制社会が規定した「範疇《カテゴリー》」に揺さぶりを掛ける。その上さらに、シャーロット・クッシュマンら男役は、その男女を区分する範疇そのものが無力であることを象徴するのだった。

(1) ちなみに、前章で考察した女優アナ・コーラ・モワットは一八四九年四月、ロンドンのメリルボーン劇場にて、ファニー・ヴァイニング扮する男装のロミオを相手にジュリエット役を演じ、「今までこんなに好きなロミオはいなかった」と絶賛した(バーンズ 二七六頁)。

(2) ただし、クッシュマンがシェイクスピアのオリジナル台本だけを使用したとは言い切れない。フォルジャー・シェイクスピア図書館には、クッシュマンがブロードウェイのバートン劇場でロミオを演じた際のポスターと、その時に使用したと思われるプロンプター用台本が残っている(マイクロフィルム・カタログ番号"Prompt Rom. 18")。ポスターからは上演日は不明だが、午後七時半開演、平戸間の最上級席は一ドルとある。台本にはオリジナルを改訂した書き込み跡が窺える。ほかの女優たちがロミオに扮した公演のポスターも同時収録している。

第七章　プロスペロの脚本——『アンクル・トムの小屋』と『王様と私』の文化帝国主義

アメリカにおけるシェイクスピアの受容とそれに続く変容は、ホミ・バーバの擬態論《ミミクリー》に倣うなら、まさに「改良された認識されうる他者、ほとんど同じだが同じではない差異の主体となる欲求」のあらわれであった。被植民者が宗主国の言説を模倣し自国文化に取り込む「擬態行為」は「あいまいさ」を残しており、そこには「ずれ、過剰、差異」がすべり込む（バーバ　八六頁）。これまで考察してきたように、アメリカは劇作品にあらわれたシェイクスピアのエッセンスを単に吸収しただけでなく、「ほとんど同じだが同じではない」アメリカ特有のかたちへと作り替えていたのだ。

ところがアメリカ合衆国の歴史で特徴的なのは、植民地として出発しながら、ある時点で支配者の立場へと百八十度の見事なまでの転身に成功した点である。宗主国の政治的・経済的・文化的支配を受けていた植民地時代にあっては、アメリカは言うなれば、かつてのミラノ大公プロスペロとその娘ミランダに指導され保護される奴隷キャリバンであった。しかし、ひとたび独立を勝ち取ると、いつまでもその地位に甘んじることはなかった。次は、領土拡大とそれに伴う他者への抑圧を天命と信じる「明白な運命《マニフェスト・デスティニー》」なるスローガンを掲げて、国の内外へと帝国主義的拡張に乗り出す。被支配者からの脱却と新たなる支配の論理を結びつけることによって、被支配者から支配者、すなわちプロスペロへと変身を遂げ、その上、みずからのキャリバンとしての過去を隠蔽しながら、新しく別のキャリバンを迫害し始めたのである。さらにこの論理は領土拡張という地理的なレベルのみならず、人種、階級、性差をめぐる概念上でも発揮される。

こうしたアメリカの持つプロスペロ的発想は、いかにしてアメリカ演劇の系譜に受け継がれているのだろうか。

一　黒いキャリバン

十九世紀末以降、多くの批評家がキャリバンにアメリカ先住民インディアンの隠喩を読み取ってきた。この傾向は一九六〇年代のレオ・マークスの『楽園と機械文明』、レスリー・フィードラーによる『消えゆくアメリカ人の帰還』と『シェイクスピアにおける異邦人』まで続くのだが、このアフリカの魔女シコラクスから生まれた「野蛮で奇形の奴隷」キャリバンにアメリカ黒人奴隷の姿を読み取ることは難しくない。

かの有名なハリエット・ビーチャー・ストウの小説『アンクル・トムの小屋』は、一八五一年から翌年にかけて、奴隷制廃止運動の機関誌『ナショナル・イアラ』誌に連載され、一八五二年に出版されるや、出版後一年で三十万冊余を売るベストセラーとなった。国内外に奴隷制度をめぐる論争を巻き起こすきっかけとなり、のちの大統領エイブラハム・リンカーンをして、ストウを南北戦争を起こした人物と言わしめた一冊である。いまやアメリカ文学史においても主流に位置する作品として認知されている。

他方、これが舞台化されて、「トム・ショー」と総称される大衆演劇の人気演目にまで発展したことはあまり注目されずにきた。十九世紀には、産業革命と経済発展を経て余暇を楽しむ時間的・金銭的余裕のできた新興中産・労働者階級は、いまだ識字率が低かったこともあって、舞台に大きな娯楽を求めた。そこで大衆の動向に敏感な劇場支配人や興行主が、ベストセラー『アンクル・トムの小屋』を見逃すはずはない。出版と同じ年に早くも初演されて大ヒットを記録するや、ほかの劇団も間髪を容れずに模倣して「トム・ショー」なる一大ジャンルにまで成長したのだった。全盛期の一八九〇年代には五百余にものぼる、トム・ショーを上演するだけの専門劇団が全米津々浦々を巡業していたという。このトム・ショーは、それまで奴隷について知識も経験も持たなかった白人、特に北部の人びとの視聴覚に訴えて、問題に対する認識を高める大きな役割を果たした。しかしながら、十九世紀の劇場が運営、制作、上演、観客層のあらゆる面において圧倒的に白人によって占められていたことを考えれば、トム・ショーが単なる無邪気な娯楽で終わったとも思えないだろう。

まず始めに、トム・ショーの下敷きとなった小説の原作者ストウ自身に注目してみよう。

そもそも『アンクル・トムの小屋』は長大な物語である。主人公である奴隷のトム爺は寛大な白人主人シェルビーが営むケンタッキーの農場で暮らしていたが、ある時、借金のかたに売られてしまう。女奴隷エライザは子供と離ればなれにされるのを恐れ、凍ったオハイオ川を渡って自由が保証されたカナダへと逃亡を図る。トムは売られていく途中で、ミシシッピー川に落ちたセント・クレアの幼い娘エヴァを助けたことから、この主人に買われて安穏な生活を送るようになる。ところが、セント・クレアが急死すると、またもやトムは競売に掛けられてしまう。連れて来られたサイモン・レグリーの農園で綿花栽培の過酷な労働と奴隷迫害にさらされ、ようやくシェルビーの息子ジョージが買い戻しに来た時、トムは死を迎える。その厳粛な死に様に心を打たれたジョージは自分の奴隷をすべて解放してやるのだった。物語の全編を通して奴隷のおかれた過酷な状況が克明に描写されており、力強いプロパガンダ小説となっている。一八五〇年の妥協を受けて、逃亡奴隷を幇助した者にさらに厳しい罰則を科すよう定める第二次逃亡奴隷法が制定されると、奴隷は以前にも増して苦境に陥った。それを目にしたストウは、キリスト教的人道主義の立場からこの小説を書こうと思い立ったのだった。

ところが、発売当初こそ北部白人にも黒人にも熱狂的に受け入れられたものの、間もなく物語と、作者本人の欠点が暴き出されて、ストウは翌年には弁解のために『アンクル・トムの小屋への鍵』を書かざるをえなくなっている。ここで問題視されたのは、奴隷制ではなく黒人種そのものに対するストウの意識だった。『アンクル・トムの小屋』は、ミンストレル・ショーの舞台に見られるような滑稽でまぬけな定番の人物像から脱して、黒人を真摯に取り上げたもっとも早いアメリカ小説のひとつだった。しかしながら、トムには熱心なキリスト教徒で、非常に従順かつ子供のように無知という性格づけがなされていた。度重なる奴隷反乱の末にフランス領サンドマング（現在のハイチ）に黒人最初の共和国が建国されたこと（一八〇四）、ヴァージニアにおけるナット・ターナーの反乱（一八三一）、フレデリック・ダグラスらの実力行使容認など、黒人側から積極的な抗議行動が起きていた歴史的な現実は無視された。トムは、エライザやキャシーといった奴隷仲間が理不尽な白人主人の仕打ちに耐えかねて反抗を企てても、そのつど誘いを断ってしまう。あるいはレグリーにどんなに残忍な扱いを受けても決して逆らおうとしない。奴隷制に対して疑問を呈したり行動を起こしたりする可能性は、作者によってあらかじめ摘み取られてしまっているのである。物語中ただひとり白人に反撃する奴隷ジョージ・ハリスはカナダへの逃亡を図り、迫り来る追っ手に向かって雄々しく高らかにおのれの「独立宣言」を行う。

「わたしらはここ、神の空の下に、あんたたちと同じ自由な人間として立っている。わたしらをお創りになった偉大なる神にかけて、わたしらは自由のために死ぬまで闘うつもりだ。」（一七二頁）

しかし、そうしたジョージの姿に対して、作者ストウは白人本位の立場を崩さない。

もしこれがオーストリアからアメリカへと向かうハンガリーの若者で、ある山の要塞で、自分たちの逃亡を勇敢に守ろうとするものであったなら、それはこの上ない英雄的な行為とみなされたであろう。しかし、それがアメリカからカナダへと向かうアフリカ人の血をひく若者で、自分たちの逃亡を守っているものであるがゆえに、そこにはなんらかの英雄的な行為を見いだすには、もちろん、わたしたちはあまりにも一方的な教育を施され、愛国的であり過ぎるというべきだろう。読者の皆さんのなかで、ここに英雄的な行為を見いだされる方がおられるとしても、その方の個人的な責任でされなければならないのである。(一七二頁)

気をつけてみると、この作品は黒人蔑視の表現が満ちている。特に次のような、白人主人セント・クレアの娘エヴァとその家で働く奴隷娘トプシーというふたりの少女の対比には、白人の優等性と黒人の劣等性の主張が明白である。

そこには、社会の両極端を代表するふたりの子供が立っていたと言ってよい。色白で育ちがよく、金髪に深い瞳、超俗的な気高い眉、それに王家の血筋を引く者のような身のこなしをした子供が一方にいた。その隣には、黒い肌で、抜け目がなく、捕らえどころがない上に卑屈だが、目端のよく利く子供がいた。ふたりはそれぞれの種族の代表だった。サクソン人のほうは生まれながらに、何世代にもわたる洗練、支配、教育、さらには精神的かつ肉体的な優越性を備えていた。アフリカ人の方は生まれながらに、何世代にもわたる圧迫、従属、無知、労苦、それに悪徳を備えていた!(二

一三頁）

しかも、こうした黒い肌の色という生物学的な特徴を知的・道徳的劣等性の根拠へと転化するレトリックは、ストウに限らず、南北双方にわたる当時の白人全般が広く支持するところだったのである。

さらにストウがプロスペロ的な性質を発揮するのは、当時盛んに議論されていた海外植民政策《コロナイゼーション》に近い考えを表明するときだろう。これはアフリカに植民地を設立して、アメリカ国内に住む黒人を移住させようとする政策で、独立戦争当初から取り沙汰されていた。万民の平等を唱う独立宣言の起草者にして、のちの第三代大統領トマス・ジェファソンさえも、『ヴァージニア覚書』（一七八四）において、

> 黒人は、元から別個の人種なのか、それとも時間と状況によって別個のものとなったのかは定かでないが、肉体と精神の両方において白人に劣る。この不幸な皮膚の色、および推定される能力の違いは、黒人解放の際には大きな障害となる。

と叙述し、黒人が「解放された時、奴隷は混血が起こりうる地理的な広がりの向こうへ移住させられなければならない」と主張している（二七〇頁）。実際には、一八一七年にアメリカ植民協会が設立されて、一八二二年に最初の植民がリベリアへ渡っている。海外植民政策の推進論者の念頭にあったのは、合衆国の秩序を保ち経済を安定させることであり、奴隷解放を唱えたのも、その障害となる黒人を移住によって排除したかったからである。他方、ストウはむしろ「ロマンティックな黒人像」とも言うべき考えを抱いていた。一八四〇年前後の宗教家たちは、黒人をアメリカで教育し、キリスト教徒に改宗させた後でアフリカへ移せば、かの地で独自の偉大な文明国家を築けるだろうとこぞって唱え、ストウもこれに

賛同したのである。物語では、ハリスが独立国家建設の希望を抱いてアフリカへと旅立つ。

「僕が心から願い、あこがれているものは、アフリカ人としてのナショナリティです。僕はそれ自身で一人立ちした実質的な存在であるような国民を求めているのです。それはどこで探したらいいのでしょうか。(中略)アフリカの岸辺に、ひとつの共和国があります。(中略)僕の願いはそこに行き、自分のものだと言える国民を見いだすことです。」(三七四頁)

物語の「締めくくりの所見」では、ストウは「神の思し召しによって、アフリカにひとつの避難場所が設けられたということは、確かに、大きな注目すべき事実である」(三八五頁)とした上で、こう主張する。

彼らが道徳的にも知的にも成熟するまで、キリスト教的共和主義の社会と学校で学ぶ教育の利点を、彼らに授けよう。その後で、リベリアへ渡る援助をしてやれば、彼らはアメリカで身につけた学習を実行に移せるようになるかもしれないではないか。(三八六頁)

いずれにせよ、黒人はアメリカに住めないと考えていた点では、ストウの発想も海外植民政策とさして変わりないだろう。『テンペスト』のプロスペロはキャリバンを奴隷にして働かせるが、アメリカは黒いキャリバンを働かせた挙げ句、その土地から追い払おうとさえしたのである。確かに奴隷を教育して先祖の土地に帰してやろうという意図は、キリスト教的人道主義の極みとも見えるが、実際には、キャリバンにも独自の文化や言葉が存在することすら理解せずに、自分の言葉を教え込んで恩を着せるミランダと同じ態度である。

私もはじめのうちは
かわいそうに思い、ものが言えるように毎日、毎時間、
あれこれ教えてあげた。なにしろまるで野蛮で、
自分でなにを言っているかもわからず、獣のように
ただわめき散らすだけだったおまえに、心の思いを
人に伝えることばを教えてやった。（一幕二場三五三―五八行）

しかも当の黒人たちは海外植民政策の裏に、自由黒人を排除して奴隷制のさらなる強化を図ろうとする白人の思惑も鋭く読み取っていた。つまり「植民運動は奴隷制度と双子の姉妹だったのである」（クォールズ 九六頁）。結局のところ、一八五二年までにアフリカに渡った植民の数は八千人にも満たず、この計画は失敗に終わった。ハリスはリベリアへと移住しトムは天国に召される『アンクル・トムの小屋』の結末からは、生きた黒人はアメリカにいなくなるという暗示が窺え、ここに作者ストウの限界がある。

二　メロドラマの功罪

このストウの問題作は、俳優兼脚本家ジョージ・L・エイキン（一八三〇―七六）によって舞台化された。ストウは演劇という形式は不道徳だと考えて舞台化には反対した。だが、当時はまだ著作権の概念が確立していなかったため、エイキンは原作者の許可を得ることもせずに、姪で子役スターのコーディーリ

ア・ハワードをエヴァ役に据えて、物語をスペクタクル性が強いメロドラマ調にアレンジした。エイキンが成功すると、その人気にあやかって同じようなメロドラマが無数に作られた(1)。

エイキンばかりでなくトム・ショー全体の問題は、まさにそのメロドラマという手法にあった。ほとんどの場合、脚本は原作の名場面をつなぎ合わせただけで、エライザ母子の逃亡やエヴァの死、苦役と迫害の末に訪れるトムの昇天といったエピソードが次々と展開し観客の興奮と涙を誘う。たとえば、エライザが凍ったオハイオ川を渡ってカナダへと逃亡する場面は、客をはらはらさせる目玉の場面だった。時には原作にない獰猛な奴隷狩り犬まで登場してエライザを追いつめたりする(**図版11**)。ところが、この場面を観た観客は、犬に追われ氷の川を前にしたエライザがいかにして逃げおおせるかという表面上のスリルに目を奪われてしまい、なぜエライザは逃亡しなければならないのかという、場面の根底にある奴隷問題にまでは頭が回らない。さらに原作の一番の特徴だったキリスト教的なメッセージもすっかり影を潜めてしまった。ストウはトムに熱心な信仰心と、イエス・キリストを彷彿とさせる自己犠牲的かつ博愛主義的な臨終を与えたが、トム・ショーのトムは信仰色が薄く、キリスト教信者としての尊厳もない。最終場面でトムが死を迎える時も、エイキンの脚本では「日の光にかすむ豪華な雲」の中を、「真っ白な鳩に乗った白衣のエヴァ」が登場してトムを天国へといざなうなど(三九六頁)明らかに演出過多で、殉教の色合いは皆無だ。メロドラマ調の脚色は奴隷制を演出してその悲惨さを印象づけはするが、それは劇世界内部の出来事で終結してしまい、観客に現実の社会問題を想起させるまでにいたることはない。

脚本家エイキンは勧善懲悪の約束を守って、エライザがカナダへの逃亡に成功したことを強調し、原作とは異なり残酷な奴隷主レグリーを最終場面で死なせる(三六九頁)。すると、エライザの無事とトムの昇天、奴隷制の悪を象徴するレグリーの死を目の当たりにした観客は、安堵のあまりあたかも現実の奴隷問題さえも解決されたかのような錯覚を起こしてしまうのである。幕間や閉幕後に当時の習慣だったアフターピースや流行歌の合唱がつけば、なおさらだっただろう。

果てはエイキンの脚色とは逆に、ハッピーエンドで終わるパターンもあったようだ。一八五二年、ニューヨークはナショナル劇場での公演では、トムは残酷なレグリーの農場へ売られることなく心優しい主人に買い戻され、しかも妻と共に自由の身になるという筋立てが上演された。このハッピーエンドを観た観客が、奴隷制の本質についてなんらかの啓蒙を受けたとは考えられまい。おまけに、このナショナル劇場公演に関する九月三日付け『ニューヨーク・ヘラルド』紙の劇評は、ハッピーエンドにかかわらず奴隷制そのものを取り上げることによって北部と南部の関係が悪化することを危惧してさえいる。

北部の娯楽が奴隷制に対する憎悪と反対意見を戯画化して上演していると知ったら、南部の朋友たちは、我々北部の人間がその奴隷制というデリケートな社会制度に対して払っている敬意をどう思うだろう。これは誠意や道義心、歓待の義務というものに適っているだろうか。いや大失態である。我々の舞台が大衆の承認を得た上で奴隷制廃止運動のあからさまな手先となるならば、連邦の平和と調和はほどなく終わりを告げるだろう。(一六六頁)

その上、トム・ショーには、当時大人気だったミンストレル・ショーの要素がしばしば取り入れられていた。エイキンの脚本ではレグリーの家に連れてこられたトムの場面に、ミンストレル・ソング「オールド・フォークス・アット・ホーム」が使われている(三八七頁)。歌をうたいブレークダウン・ダンスを踊るトプシーの舞台姿からも(三六九頁)、観客はミンストレル・ショーを想起せずにいられなかっただろう。なによりトム・ショーとミンストレル・ショーはどちらも、黒塗りをした白人が黒人の役を演じるブラックフェイスの手法を取り入れていた。そのミンストレル・ショーでは、舞台上の黒人が本物でないことを念を押すために、広告や公演の構成にあらゆる工夫がなされたという。たとえば、ショーの第一部では白人役者は素顔のまま登場し、第二部ではブラックフェイスを施して黒人役を演じるといった具合である（トール「ブラックフェイスのショービジネス」二三―二四頁）。つまり観客は舞台上の黒人が白人による擬態であることを十分承知していたのである。このようなブラックフェイスの手法とミンストレル・ショーの色合いは、トム・ショーの観客に舞台上で提示された問題と実世界との接点を忘れさせてしまう。

エイキンとトム・ショーの作家たちは、単純な娯楽を求める新興中産階級の嗜好を見抜き、小説『アンクル・トムの小屋』を黒人蔑視、奴隷制容認を助長するかのようなメロドラマ演劇に作り替えた。ストウの原作にも増して、トム・ショーは脚本家、白人観客層、十九世紀アメリカ社会におけるプロスペロ的要請を反映しているのである。

三　黄色いキャリバン

十九世紀後半に入ると、アメリカに新たなキャリバンが出現する。一八四八年のカリフォルニア併合を機に、アメリカはいよいよ太平洋地域へと本格的な進出を開始した。旧大陸からアメリカ東海岸に上陸した白人が西へ西へと領土を拡大し、ついに西海岸まで達した時、その触手を海の向こうへと伸ばすのは必然であった。中国や朝鮮との交渉も始まり、日本に、中国進出への足掛かりと捕鯨航路の中継地を求めて黒船が来航するのは一八五三年のことである。さらに米西戦争（一八九八）を皮切りに世紀末から二十世紀初頭にかけてはフィリピン、グアム、ハワイ、サモアなどを次々と併合した。と同時に、アジア側への帝国主義やアメリカ本土へのアジア人流入など逆の動きも活発になる。ハワイやカリフォルニアに到着した中国人や日本人は安価な労働力として価値を発揮したのだ。当然のことながら、この肌の色が違う非キリスト教徒に対する白人の拒否反応は年を追うごとに強まり、一八八二年にはアメリカ史上初めて人種差別を是認する中国人排斥法が制定されるのである。

ブロードウェイ・ミュージカルを代表する名コンビ、リチャード・ロジャーズ（一九〇二―七九）の作曲と、オスカー・ハマースタイン二世（一八九五―一九六〇）の脚本によってミュージカル『王様と私』がブロードウェイで初演されたのは、このような黄色いキャリバンの脅威が特に高まりを見せた一九五一年のことだった。太平洋戦争を精算するサンフランシスコ講和会議は同年のことであるから、日本の帝国主義の記憶はまだ新しい。それと前後して、第二次世界大戦後表面化した米ソ冷戦構造を受けて、赤狩りを標榜するマッカーシーイズムが高まっている。そうしたなか一九四八年には北朝鮮、一九四九年には毛沢東率いる中華人民共和国が成立。一九五〇年には朝鮮戦争が勃発し（五三年終結）、一九五四年、ヴェトナムと旧宗主国フランスがジュネーヴ協定を締結し、ホー・チミン率いる北ヴェトナムの共産化に対する懸念が増大した時代でもあった。

問題のミュージカル『王様と私』はトム・ショーを取り込んでいる（**図版12**）。「トマスおじさんの小屋」と題された第二幕冒頭の長い劇中劇はエライザの逃亡を中心とした物語で、奴隷狩り犬や氷を渡る場面、エヴァの昇天などトム・ショーの定番が盛り込まれている。鬼才ジェローム・ロビンス振り付けによる東洋風のバレエ・シーンは当時大評判となった。この劇中劇としてトム・ショーを盛り込む着想は、ミュージカルの原作となったアンナ・レオノウェンズ（一八三四―一九一四）による二冊の回想録『シャム宮廷の英国婦人家庭教師』（一八七〇）と『ハーレムの物語《ロマンス》』(2)（一八七三）にも、ミュージカルに先行するマーガレット・ランドンの小説『アンナとシャム王』（一九四四）や一九四六年のハリウッド白黒映画版にも登場しない。そうだとすれば、ここに脚本を担当したハマースタインの、そしてミュージカル全体の、特別な意図が託されていると考えてよいだろう。

『王様と私』にはふたりのプロスペロが機能している。ひとりは一八六〇年代に西洋近代文明を伝授するためにシャムへと赴いた、イギリス人女性レオノウェンズ。もうひとりは、レオノウェンズの自伝的回想録にもとづくランドンの小説を掘り起こしてミュージカルの脚本を起こした、一九五〇年代のアメリカ人ハマースタインである。

ここで『王様と私』作品群をまとめておこう。レオノウェンズのふたつの回想録はさまざまなかたちに改作されて受け継がれている。まず一九四三年、マーガレット・ランドンは創作的な伝記小説『アンナとシャム王』を著し、その作品に基づいて一九四六年にはレックス・ハリソンとアイリーン・ダン主演で同名の白黒映画が作られた。一九五一年にユル・ブリンナーとガートルード・ローレンス（のちにデボラ・カー）主演のブロードウェイ・ミュージカル『王様と私』が大ヒットすると、一九五六年にはブリンナーとカー主演で二十世紀フォックスにより映画化された。このフルカラー映画版がこんにちもっとも有名である。ブリンナーは一九七七年にミュージカルがブロードウェイで再演された際も主演している（アンナ役はコンスタンス・タワーズ）。さらに一九九六年、オーストラリア人演出家クリストファー・レンショーの新解釈に基づくミュージカル『王様と私』が、ルー・フィリップス・ダイヤモンドとドナ・マーフィ主演で、ブロードウェイのロングランを記録。一九九九年には、ワーナー・ブラザーズ制作によるアニメ映画版と、香港のスター俳優チョウ・ユンファとオスカー賞女優ジョディー・フォスター主演によるハリウッド映画『アンナと王様』が封切られている。

これら作品群のおもとをつかさどるのがアンナ・レオノウェンズである。二十七歳で夫に先立たれたレオノウェンズは、息子ルイスと共にシャム王国（現在のタイ）に赴き、一八六二年三月から一八六七年七月までのおよそ五年三ヶ月にわたり、シャム王モンクット（在位一八五一―六八年）の子供たちに英語と西洋文化を教える家庭教師として宮廷に出仕した。教え子のなかには、モンクットの跡継ぎにして、のちにタイに近代化をもたらした名君として知られるようになるチュラロンコン王子（在位一八六八―一九一〇年）も含まれていた。レオノウェンズは一八六七年にイギリスに帰国するとすぐにアメリカへと渡り、そこで生計の助けとするために、シャムにおける経験談を二冊の回想録にまとめて出版したのだった。時は一九世紀半ば、大英帝国のインドを中心とした帝国主義政策が展開される時代にあって、シャム王に仕えたレオノウェンズの筆致には、強い植民地主義が窺える。『テンペスト』においてキャリバンが「まだらの化け物」（二幕二場二八三行）、「毒のかたまり、悪魔が鬼ばばあに生ませた奴隷」（一幕二場三一九行）や「奇妙な魚」（三幕二場二六行）、「魚と化け物のあいのこ」（三幕二場二九〇行）、「生まれながらの悪魔」（四幕一場一八九行）などと称されるように、レオノウェンズにとっては王もまた人間ではない。偉大な西洋文明を前にしながら、いまだ前近代的な専制君主の立場を捨て去れずにいる王の様子を、レオノウェンズは揶揄する。

ああ、もしこの男が知的エゴイズムの締め付けるようなくびきを捨て去り、おのれの心のおもむくままに忠実でさえあったなら、あのようなアジアの王様たちという下等な動物のなかで半神でいることもなかったでしょうに！（『シャム宮廷の英国婦人家庭教師』七九頁）

王は「アジアの王様たちという下等な動物」であり、西洋と東洋すなわち「キリスト教と仏教、真実と虚偽、光と闇、生と死」（七九頁）の間で引き裂かれた「半神」なのだ。ちなみに、伝統への敬意と近代化への欲求のはざまで揺れ動く王の葛藤は、ミュージカル第一幕第三場の歌「とまどい」によく表れている。

余の父が王だった時
父はおのれが何を知っているかよく分かった王だった……
余も父のように
なにごとにも動じない強い王となるべきか？
それとも、正しくあるべきか？
おのれが間違っているかもしれないのに、一体、余は正しいのか？（一七頁）

キャリバンは西洋文化の力が言語にあることを知っていてプロスペロの書物を恐れるが（三幕二場九一—九五行）、王も西洋化の第一歩として真っ先に印刷機を導入している（四六頁）。しかし、自分が話したり書いたりする言葉よりも気まぐれを優先させる姿勢が残っており、それはそのまま彼の野蛮性の証明として強調される。王はレオノウェンズに城外に家を与えることを手紙に記して約束していたが、いざとなるとそれを反故にしようとする。

「陛下、どうぞお手紙で『宮殿の内側』ではなくて『宮殿に隣接した住居』をお約束なさったことを思い出してくださいませ。」
彼は振り返りわたしを見た。その顔は怒りのためにほとんど紫色になっていた。「余は約束など知らん。余は以前の条件など知らん。そなたがわが家来だということ以外はなにも知らん。」（『シャム宮廷の英国婦人家庭教師』五三頁）

このような王と、「契約」や「約束」という単語を連発して、書き記された言葉の持つ効力を主張するレオノウェンズとが相容れるはずはない。だが、最後には王が「気狂いではなく理性的な人のように、正気に戻って」(五三頁)家を与えるにいたり、西洋の正当性と勝利が示される。ふたつの回想録に一貫するのは、王とレオノウェンズの関係、ひいてはシャムと英国、東洋と西洋の関係があたかも親子のような印象を与える点である。非理性的で癇癪持ちの王は常にわがままな駄々っ子のようで、レオノウェンズはその聞き分けのない迷える子を諭し導く母親である。ミュージカル最終場面でアンナが息子ルイスに語る。

「お前と王様はきっと大の親友になれたでしょうに。あのお方はお前と同じで、子供のようなところがおありだったから。」(六九頁)

レオノウェンズにとって王は十歳の息子と同列であり、保護し治めるべき子供なのだ。王には六十七人の王子と王女がいて(前掲書 四八頁)、ミュージカルでは舞台袖から途切れることなく子供たちが登場する演出が観客の笑いを誘うが、たとえ王が子供の多さを自慢したとしても、それは成人の証とはならず、ミランダを襲ったキャリバンの野卑な肉欲に類するものでしかない。キャリバンはプロスペロに向かってこう悪態をついている。

アハ、アハ、あれはまったく惜しかったぜ!
おめえがじゃましなけりゃ、この島じゅう

キャリバンっ子だらけにしてやったのに。(一幕二場三四九―五一行)

レオノウェンズの原作には、ストウを敬愛するシャム人の貴族女性が登場する。彼女は『アンクル・トムの小屋』を読んで感銘を受け、自分に仕える女奴隷とその子供総勢百三十二人を解放してやる。おまけにそれ以降「ハリエット・ビーチャー・ストウ」と署名するまでになった(『ハーレムの物語《ロマンス》』二四八―四九頁)。レオノウェンズの著作にストウの名が出てくるのはこのエピソードの部分だけだが、ふたりの作家の間には、実人生においても意識の面でも深い接点が見いだせる。アメリカに渡ったレオノウェンズは一八八〇年代にカナダに移住するまで、執筆と講演活動により女手ひとつで生計を立てていた。一八七〇年に『シャム宮廷の英国婦人家庭教師』の一部が、ニューイングランドのジェイムズ・フィールズが編集する『アトランティック・マンスリー』誌に掲載されるが、一八六〇年代から七〇年代にかけて、この雑誌の主要執筆者として名を馳せていたのが、ほかでもないストウだったのである。一八七三年に上梓された続編『ハーレムの物語《ロマンス》』は、献辞で「バンコクで出会い、敬い、愛した高貴にして献身的な女性たち」に捧げられ、前作にも増してシャム宮廷の女奴隷制度とも言うべきハーレムを激しく弾劾している。『ハーレムの物語《ロマンス》』に見られるレオノウェンズのハーレム批判は、二十年前に『アンクル・トムの小屋』をもってアメリカの黒人奴隷制度を弾劾したストウに触発された帰結とも考えられる。ストウとレオノウェンズの両者とも、取り上げる国こそ異なれ、十九世紀半ばの奴隷制度を攻撃しているが、レオノウェンズがシャムに滞在した時期はちょうど南北戦争の期間とも重なっていたのである。

レオノウェンズが人種差別の点でストウと共通しているところも見逃せない。イギリス本国の帝国主義に反発して王を助けつつも、その王を進化途上の動物と見なす。あるいはシャムの女奴隷たちに同じ女性として深い同情を寄せながらも、真の理解にはいたらない。ハーレムを第三世界の無力で哀れな女の集まりだと認識することが、先進諸国の女性の優越感を満たすのだとすれば（アーメッド 五二六頁）、レオノウェンズは人種間のみならず同性内の力関係をも暴露する。(3) 同性内の差異はシャムの宮廷内では顕著である。すべての女性は男性に従う召使いであるべきシャムでは、アンナは「女」ではない。ミュージカルにおいてハーレムの女たちは、「知的」で「女のように卑しい」ようには見えないアンナは自分たちと同じ女であるはずがないと考えて、彼女を「閣下《サー》」と呼ぶのだった（一二二頁）。

四　『王様と私』の「私」

ハマースタインがミュージカル『王様と私』における劇中劇の題材に『アンクル・トムの小屋』を選んだのも、ストウとレオノウェンズの共通点を意識していたからだろう。王はイギリスからの使節団がやってくることを知り、シャムが植民地にされてしまうと心配する。そこでアンナは使節団を「ヨーロッパの装い」と「ヨーロッパ流の習慣と礼儀」で「ヨーロッパ式の晩餐会」（三八―四〇頁）を開けば、野蛮でないことを証明できると提案する。その余興として英語劇のトム・ショーが上演されるのだ。この作戦は成功するが、王は自分がエライザを追うレグリーにたとえられた挙げ句にハーレムという女奴隷制度を非難されたのだと思って激怒する。王は劇中の白人の主人と黒人奴隷の関係に、自分と隣国ビルマから献上された女奴隷タプティムとの関係を見いだしたのだった。

しかし、劇中劇がストウの原作ではなくトム・ショーの焼き直しであり、このミュージカルが一九五一年のブロードウェイで制作されたことを考えれば、もうひとつの解釈が可能になるだろう。すなわち、白人の主人ではなく黒人奴隷の方こそ、王のおかれた立場だったのだ。白人家庭教師アンナは西洋文明をもたらす植民であり、非白人の王は植民地の前近代的な先住民である。この関係は最終場面で決定的になる。臨終の床にある王は舞台の端に追いやられて、中央には皇太子チュラロンコンが立っているというミュージカルの演出には、近代化の偉業はアンナの教え子によって初めて達成され、そのためには前時代の王は死ななければならないという意味が託されている。『王様と私』制作陣の基本方針は、作曲を担当したロジャーズの言葉に明白だ。

作曲にあたっては、物語の背景となる国の音楽をやみくもにまねることなく、登場人物と舞台設定に合わせて、自分が書きうる最高の音楽を作曲するといういつもの流儀に従った。本物のシャムのものを創り出すというのは不可能だったし、たとえできたとしてもそうしなかっただろう。(中略)作曲家が観客の心に訴えかけなければならないのだとしたら――まさにこれこそ舞台音楽のすべてなのだが、それは観客が共感できる音を通じてなされなければならない。かねがねわたしはこうした方法を、たとえばグラント・ウッドのようなアメリカ人画家がバンコクの印象を描くときの様子になぞらえてきた。シャムそのもののように見えるが、しかしそれはひとりのアメリカ人芸術家の目を通したシャムの姿なのだ。(二七三―七四頁)

シャムの国民や歴史、伝統文化の再現などはもとから念頭にない。一九五一年のブロードウェイに集まる白人観客が「共感できる」ような舞台を創造することのほうが重要だったのである。(4)

トム・ショーで「ブラックフェイス」が用いられたのと同様に、『王様と私』の場合、ブロードウェイ・ミュージカル版でも、ふたつのハリウッド映画版(一九四六年、一九五六年)でも、白人が吊り目の化粧をしてアジア人を演じる「イエローフェイス」が用いられた。西洋式の晩餐会を開く際に王が「中国人の絵描きに命じて、妻たちの顔を色白に塗らせよう」（三九頁）と叫ぶのは、なんとも皮肉に響く。と言うのも、舞台上のシャム人は元々「色白」の白人俳優だったのだから。(5) 舞台でもスクリーンでも、東洋人は「アメリカ自身の手で解釈され、アメリカ社会に翻訳されて初めて理解される存在」だった。白人は「あたかもあばら骨からイヴを創り出すかのように」理想像を捻出して、その幻想を現実とすり替えた挙げ句、それを本物の非白人に求めたのである（村上 四六―四七頁）。その結果、トム・ショーでは白人が黒人を演じ、『王様と私』の劇中劇「トマスおじさんの小屋」では白人が「黒人を演じるアジア人」を演じるという、一層奇妙な、というか三層の入れ子構造が生まれたのだった。

ところで、レオノウェンズの二冊の原作は版を重ね、二十世紀に入ると小説化されて映画となり、さらにはミュージカルへと変身を遂げるのだが、その過程で幾度も題名が改められていることは注目に値するだろう。『シャム宮廷の英国婦人家庭教師――バンコクの王宮における六年間の回顧』はアメリカで再版される際に『シャムとシャム人』（一八九七）になり、『ハーレムの物語《ロマンス》』は一九五二年に『シャムのハーレム生活』として再版された。「回顧」や「物語《ロマンス》」という単語を取り除く裏には、原作にひそむ主観性やフィクション性を隠蔽して、あたかもそれが歴史的著述であるかのような印象を与える操作がある。ほかにも、マーガレット・ランドンの小説は『アンナとシャム王』なる題名で白人女性を全面に押し出した伝記形式を採用し、ついにミュージカルでは『王様と私』という自伝の題名が与えられる。(6) ひとりの英国人女性が記した物語は物語としては終わらずに、巧みに「歴史的記録」へと変貌し、やがて「私」が一人称で語る「真実」となった。しかし、第三章で考察したように、ジャック・デリダやポール・ド・マンに始まり、一九八〇年代のウィリアム・スペンジマン、ポール・ジョン・イーキン、マイケル・スプリンカーと続く自伝ジャンル解体をめぐる一連の研究によれば、自伝は「私」という語り手の解釈が介在するひとつのフィクションに過ぎない。『王様と私』の場合、「私」は十九世紀のイギリス人レオノウェンズであり、一九五〇年代のブロードウェイである。さらにヴェトナム戦争を経て経済大国日本の台頭を見た一九七七年にも再演されるなど、この作品が二十世紀後半を通じて高い人気を維持していることを考えれば、「私」は現代アメリカの主たる白人支配者層だとも言えるだろう。ミュージカルの自伝的な題名が表明する信憑性とは反対に、『シャム宮廷の英国婦人家庭教師』から『王様と私』までの作品すべてが、白人の手によるフィクションなのである。

タイは東南アジア諸国のうちで一度も西洋に支配されたことのない唯一の国であり、それは歴史的にみて、まさにレオノウェンズが出仕したモンクットとその後継者チュラロンコン両王の政治的手腕と近代化促進の努力の賜物であった。だが、一連の『王様と私』作品群は武力や政治・経済力ではなく、言語と芸術の力によってシャムの、ひいてはアジアの威厳を取り払い植民地化することに成功したのである。キャリバンが支配者に向かって「たしかにことばを教えてくれたな、おかげで／呪いの言いかたは覚えたぜ」(一幕二場三六三―六四行)と悪態をつくように、王の第一夫人チャンだけは西洋支配のあやまちと西洋崇拝の愚かさに気がついている。

(歌う) 私たちが野蛮じゃないと証明するために
西洋人は土人みたいな服を着せる
自分たちが野蛮じゃないと証明するために
私たちはおかしなスカートをはく (四四―四五頁)

とは言え、チャン夫人が家父長的なハーレムと西洋人アンナの影響下から抜け出す可能性はないことを考えると、彼女の主張もハマースタインの掛けた保険とも聞こえるのだ。

五　二十一世紀の『テンペスト』

白人種の優位性を根拠に他者を抑圧するプロスペロの発想は、アメリカにおいて先住民インディアンやピューリタンの魔女狩りから、やがては黒人奴隷、移民、ユダヤ、アジア、共産主義、さらには同性愛者などと時代ごとにその対象をつけ加えてきている。多元文化主義《マルチカルチュラリズム》研究の第一人者ロナルド・タカキの言葉を借りれば、「アメリカは『テンペスト』上演のより大きな劇場」だったのであり、キャリバンは「アフリカ人にも、先住民にも、アジア人にさえも」(『鉄の檻』一一―一二頁)なり得るのだった。この状況はこんにちでも変わっていない。一九六〇年代以降のアメリカ人の精神状況を憂い、教養主義の復権を提唱するアラン・ブルームやE・D・ハーシュの著書がベストセラーになったり、表現の政治的妥当性(PC)や積極的差別是正措置《アファーマティヴ・アクション》の見直しが検討されるなど、多元文化主義が唱えられる一方で、一九八〇年代ロナルド・レーガン政権以降の保守化傾向はますます強化されつつある。そもそもエイミー・カプランによれば、多元文化主義自体に限界がある。この視点はしばしば、アメリカ国内の差異を他文化との政治的権力闘争に結び付ける姿勢に欠けている。その結果、「多元」の美名のもとに差異を押し込めて、逆に一元的なナショナリズムの回復を促してしまうのである(一四―一六頁)。

ここで一九九〇年代になってから相次いで制作された最近の『王様と私』を思い出してみよう。まずブロードウェイにおいては、オーストラリア人演出家クリストファー・レンショーによるリメイク版が、一九九六年春からロングラン公演を成功させた。レンショーはタイ文化に造詣が深く、美術、衣装、言語などの忠実な再現を試みた。たとえば、アンナの初登場場面ではシャム人のひとりが見慣れない大きなスカートを笑うのだが、これは東洋の視点に立った新しい解釈である。しかし、演出家やこの作品に一九九六年度のトニー賞をはじめ、ドラマ・デスク賞やアウター・クリティックス・サークル賞のベスト・リバイバル賞を与えたブロードウェイは、レオノウェンズの原作とハマースタインの脚本そのものの根底に流れる精神を完全に見逃している。その最たる例が、前述したチャン夫人が歌う西洋批判の歌をカットしてしまった点だ。また初演の時からミュージカル最大の見せ場は、晩餐会が成功裡に終わって互いを理解し得たと感じた王とアンナが「シャル・ウィ・ダンス」の曲に合わせてダンスを踊る場面だが、レンショーはこの場面でふたりの間に恋愛感情が芽生えることを示唆した。しかし、果たして伝統ある王国の君主が一介の外国人家庭教師を愛するだろうか。この点に関しては、黒人男性は白人女性に対して性的欲望を抱いているという白人男性側の根強い妄想が思い起こされる。タイ本国では、二十一世紀を迎えたこんにちでもいまだに『王様と私』の舞台も映画も禁止され、出版もされていないという事実に対する配慮はすっかり欠けており、そのため作品は一九九六年四月七日付け『ニューヨーク・タイムズ』紙の言葉を借りれば、「嘘に基づく小説に基づく砂糖菓子」でしかない。

一九九九年には、ふたつの新作が発表された。過去の作品群では、アンナと王の関係は西洋と東洋、文明と野蛮、キリスト教と異教、善と悪といった二項対立の象徴として描かれていたが、最新作ではこのような帝国主義的人種観を薄めるための工夫がなされている。王を貶める対象とする代わりに新たな悪役を創出したのである。

ひとつはワーナー・ブラザーズ制作のアニメ『王様と私』で、ロジャースとハマースタインの歌を取り入れたミュージカル映画である。物語にはたくさんの動物キャラクターが登場し、全体は原作やミュージカル版を改変したおとぎ話になっている。邪悪な宰相クララホムは魔法を操って王を陥れようと狙っている。チュラロンコン王子はビルマの女召使いタプティムと愛し合うが王の不興を買う。恋の逃避行に出た王子とタプティムをクララホムが殺そうと謀り、それを気球に乗った王が助けに向かう。クララホムは捕まって制裁を受け、王子は王の許しを得て次期国王として宮廷の改革と個人の自由を宣言する。最後は王とアンナのダンスで締めくくられるという筋立てであった。

もうひとつは映画『アンナと王様』で、東西の有名スターふたりを主役に配し、巨額をかけてオープンセットを組み、十九世紀シャム宮廷の再現を試みたハリウッドの超大作である。物語にはまったく新しい登場人物としてアラク将軍という好戦的な武人が出てくる。王弟を謀殺し王に反逆を企てるのだが、最後はアンナの機転と王の才覚によってアラクは派手に爆死する。アンナと王が力を合わせて悪を倒すという構図である。

しかしながら、ふたつの作品におけるこうした制作者側の細工が成功したとは到底言い難い。王を悪者にしないように施した苦肉の策のせいで、二作品とも単なる勧善懲悪のサスペンスに成り下がってしまった。いかに多元文化主義に基づく脚色をしようとも、原作に流れる差別意識は拭い去られることはなく、実際タイ政府は映画『アンナと王様』の撮影をタイ国内で行うことを断固として拒否し、結局ロケはマレーシアで行う羽目になっている。一九九〇年代アメリカに蘇ったこれら華麗な舞台も映像も、多元文化主義の陥穽を露呈する事象のひとつなのである。

トム・ショーが十九世紀に絶大な人気を誇ったこと、あるいは『王様と私』の舞台や映画がトニー賞やアカデミー賞に輝いたことは、シェイクスピア劇『テンペスト』の内包する物語が、時代の要請に応えつつ巧みに脱構築されながら、アメリカの社会と演劇伝統に脈々と受け継がれていることを示すだろう。さらにジェイン・トムキンズやキャシー・デイヴィッドソンに代表される読者反応論批評を経た新歴史主義批評に倣って、読者が小説を作り小説が読者を作るのだとする文学史観に立てば、演劇を作るのは観客であり観客を作るのは演劇であろう。観客の要望に合わせて、アメリカにおける演劇的物語学の脚本を書き続けているのは、常に白人プロスペロだということを再認識せずにはいられない。

註

（1）トム・ショーが実際にどのような舞台だったのかを知るには、もっとも初期の白黒サイレント映画のひとつである、エドウィン・S・ポーター監督による『アンクル・トムズ・ケビン』（一九〇三）を観るとよい。『アメリカ映画の誕生』と題された作品集に収められたこの小品は正味二十分ほどではあるが、簡素な装置や音楽、大袈裟な演技法やブラックフェイスなど、十九世紀のメロドラマ調『アンクル・トムの小屋』を推察することができる。

（2）レオノウェンズによる二冊の回想録は十九世紀半ばのシャムの様子を知る格好の参考書となる。他方、二冊は出版当初から記述の信憑性が疑問視された。事実、内容には主観的な粉飾も多く、作者自身の出自についても、インド人との混血の可能性や労働者階級出身であることをごまかしたり、年を若く偽る意図が見受けられる（『ハーレムの物語《ロマンス》』xii ― xvi 頁）。

（3）ローラ・ドナルドソンは一九五六年の映画『王様と私』におけるアンナ像を例に、人種・階級・性差問題において白人中流女性がおかれた抑圧者／被抑圧者という二重の位置を分析する。すなわちアンナは、一女性としての社会的自立を主張し、反奴隷制を唱え、本国イギリスの政策に反抗する。他方、男の性的対象でありながら、ハーレムの女たちを軽蔑し、アジアに対する帝国主義を隠しきれないのである。独創的なのはカメラ視線への言及だろう。たとえば王とアンナがワルツを踊る「シャル・ウィ・ダンス」の場面では、撮影カメラの視点は王の視線であり、王によるアンナへの性的支配をあらわすという。

（4）こんにちでもブロードウェイの客席は支配者層によって占められている。アメリカ演劇制作者連盟の調査によると（http://www.livebroadway.com/audience-2001.html）、二〇〇一―〇二年シーズンにブロードウェイに集まった観客の八十パーセントは白人種、うち六十三パーセントは女性、平均年齢四十三・七歳。二十五歳以上の観客のうち七十三パーセントは大学卒、三十四パーセントは大学院修了であり、観客の平均収入はこのシーズンが十万五千ドル、前の二〇〇〇—〇一年シーズンは九万三千ドルであった。二〇〇一年九月十一日に起きた同時多発テロの影響で外国人観光客数が減少した結果、観客全体に占めるニューヨーク市および近郊在住者の割合が上昇したが、こうした白人、高学歴、高収入という客層の特徴に大きな変化は見られなかったという。

（5）一九五一年のミュージカルにはアジア系俳優も起用された。ニューヨーク公立図書館に収められた、ボブ・ゴルビー撮影による初演ロングラン時の写真コレクションをみると、「エライザに扮するユリコ」、「宮廷舞踊手に扮するミチコ」などと題された写真が数点残っている。舞台と映画で王役を演じて一躍大スターとなった俳優ユル・ブリンナーはモンゴル系の血をひく。

（6）一九五一年のブロードウェイ・ミュージカル版は、そもそも一九四六年の白黒映画『アンナとシャム王』を見た女優ガートルード・ローレンスが気に入り、ロジャースとハマースタインに制作を持ちかけた経緯があった。初めから大スターのローレンス扮するアンナ役を中心人物に創られた作品なのである。ただしローレンス自身は開幕から半年で急逝し、アンナ役はデボラ・カーに受け継がれた。

むすびに——新しいアメリカ演劇史にむけて

本書が主題とした、近代劇成立以前のアメリカにおけるシェイクスピアの受容と変容をめぐる考察は、一九八〇年代後半以降盛んになったアメリカ文学史を書き直す動きに刺激されて、それから十余年、近年ようやく本格化したアメリカ演劇史再構築の試みに連なるものである。

一八三二年、初のプロ劇作家として活躍し「アメリカ演劇の父」とも称されるウィリアム・ダンラップが、初の演劇史である『アメリカ演劇の歴史』を書いて以来、この分野ではさまざまな視点からみた歴史書が数多く出版されてきた。しかしながら、二十世紀に入ってからこのかた発表された演劇通史のほとんどは、あるひとつの二元論的かつ進化論的な歴史観に支配されている。すなわち、植民地時代から現代までの流れを二十世紀以前と以後のふたつに分けて、二十世紀以前は娯楽を目的としたメロドラマの時代、二十世紀以降は人間の心理と社会の深層を描写するリアリズムの時代と捉えるのである。前者にあってはその中心は大衆に迎合した「興行《シアター》」であり劇作家は「職人《アーティザン》」に過ぎないが、後者をいろどるのは文学的価値の高い「戯曲《ドラマ》」であり劇作家は「芸術家《アーティスト》」となる。

アメリカ演劇とは、事実上二十世紀アメリカ演劇のことである。アメリカ合衆国が存在するはるか以前から、アメリカ大陸では劇が書かれ上演されていたし、十九世紀には広範囲にわたる活発な活動がみられた。だが、ヨーロッパの大部分と同様に、それはわずかな例外を除いて特別に豊かで意欲的な文学という訳ではなかった。（中略）これはなにも十九世紀の劇作家に才能がなかったという意味ではない。彼らは、人間関係を探り既存の概念に挑戦する芸術家というよりは、テレビ作家のように、観客の欲する娯楽を生み出す能力に長けた職人だったということである。(G・バーコウィッツ 一頁)

つまり、一八八〇年代から一九二〇年にかけて、アメリカ演劇は前者から後者の時代へ「成長した」と考えられたのだ。この時期には、ヨーロッパ各地で小劇場運動が勃興する。一八八七年のパリの自由劇場開場を皮切りにベルリンのフライエ・ビューネ(一八八九)、コンスタンチン・スタニフラフスキー(一八六三―一九三八)によるモスクワ芸術座(一八九八)、W・B・イェイツ(一八六五―一九三九)らのアイルランド文学座(一八九九)などにおいて、既存の大劇場では上演することができないような実験劇が次々と発表され成功を収めたのである。この影響は新大陸にも押し寄せた。ちょうど停滞しつつあったスター・システムに頼ったブロードウェイの安易なメロドラマを尻目に、一九一五年、三つの小劇団(ワシントン・スクウェア・プレイヤーズ、プロヴィンスタウン・プレイヤーズ、ネイバーフッド・プレイハウス)が活動を開始する。この年はアメリカにおける小劇場運動が開始した記念すべき年となり、その翌年、プロヴィンスタウン・プレイヤーズがユージーン・オニールの『カーディフ指して東へ』を上演し、ここにアメリカ近代劇の伝統が始まったというのである。かくして十九世紀の大衆演劇はより高尚な二十世紀近代劇へと「進化」したのだった。

この「アメリカ演劇のエレミヤ」とでも呼ぶべき、十九世紀への嘆きと二十世紀への楽観主義的賛美は演劇史の多くを覆っている。確かに今までも、モントローズ・J・モーゼス、アーサー・ホブソン・クイン、C・W・E・ビグスビー、リチャード・ムーディ、ウォルター・J・メザーブなど錚々たる面々の歴史家たちがオニール以前の演劇に言及してきた。だが、たとえ初期演劇に言及したとしても、そこに前史的な役割以上の関心は見いだせない。十九世紀までの作品は文学的価値が低いものであり、それゆえに正史に掲載したり正典《キャノン》として研究の対象とするには及ばないと考えられていたからである。こうした進化論的な歴史観をもってすれば、近代劇成立以前の演劇が軽んじられ、二十世紀の前段階あるいは準備としてのみ言及されてきたのも当然であった。メザーブは『アメリカ演劇史のアウトライン』（一九六五）の序文において、初期演劇の役割は近代劇の文学的価値を確認する際のものさしになることだと主張している。

最初の二百年間のアメリカ演劇に文学的価値がほとんどないことに議論の余地はないだろう。それはもはや自明である。しかし、活発な社会活動を知るための指針、あるいは現代劇とほかの劇が持つ文学的価値を確認するための基礎知識としてなら、アメリカ演劇の研究は従来考えられているよりもっと価値を持ち、アメリカ文学全体に密接に関係のあるより重要な分野となるだろう。

かえりみれば、二十世紀を通じてアメリカ文学史を作成する作業が続けられてきた。今世紀前半には『ケンブリッジ版アメリカ文学史』（一九一七）と『合衆国文学史』（一九四七）が編纂され長く決定版として支持されてきた。出版の裏には、ふたつの世界大戦を機に国際社会の覇者へと変身したアメリカが自国文化確立を標榜する政治的思惑があった。その国独自の文学史を作りたいという欲求は、被植民者が旧宗主国との差異を強調しようとするナショナリスティックな営みなのである（アッシュクロフト他 一三三頁）。さらに一九六〇年代を境にアメリカの知的状況が一変すると、多元文化主義に基づく新しい文学史を求める声が高まり、ついに二十世紀末になってからエモリー・エリオット編『コロンビア版アメリカ文学史』（一九八八）、およびサクヴァン・バーコヴィッチ編『ケンブリッジ版アメリカ文学史』（一九九九四年より刊行中、全八巻）が発表された。ほぼ一世紀にわたり、人はアメリカ文学史の決定版を求めて試行錯誤を繰り返してきたのである。

にもかかわらず、文学史全般における初期演劇の地位はいまだなお非常に低い。二十世紀前半に書かれた二冊における初期演劇に関する記述は、その圧倒的な情報量には驚かされるものの、作家と作品名の羅列に終始している。他方、『コロンビア版アメリカ文学史』にはアジア系やメキシコ系の演劇、女性劇作家への言及が見受けられ、新しいほうの『ケンブリッジ版アメリカ文学史』第一巻ではマイケル・T・ギルモアが生産主義から消費主義へのパラダイム・シフトを切り口にした独特の演劇史観を展開している。しかし初期演劇に関する限り、まだ完結していない新ケンブリッジ版については結論を急がないとしても、どの文学史も不十分だと言わざるを得ない。二十世紀以前の演劇の中心は「戯曲」ではなく「興行」にこそあったのに、戯曲作品の説明に割かれるページ数と比べて、大衆演劇のパフォーマンスについては詳しく語られずじまいなのだ。たとえばミンストレル・ショー、ワイルドウェスト・ショー、ショーボート、バレエ、サーカス、ボードヴィル、薬売りの口上あるいはバーナムの見世物などのたぐいである。これらは狭義の「文学」ではないが、まったく言及されないとあっては、二十世紀以前の演劇文化について読者に誤った印象を与えかねない。

以上のような長年にわたる低い評価の時代を経て、ようやく一九九〇年代も後半に入ってから、二十世紀以前の大衆演劇に光が当てられつつある。それはおおむね二冊の新しい演劇史の成果による。

そのうちの一冊、全三巻からなる『ケンブリッジ版アメリカ演劇史』（一九九八―二〇〇〇）は書き出しからして画期的であった。第一巻はアメリカ先住民の演劇的儀式に関する記述から始まる。これはアングロ・サクソンによる英語の戯曲やその上演のみがアメリカ演劇なのではないことを明確に宣言している。五百二十五頁からなる大著である第一巻は、まるまるリアリズム以前の一八七〇年までの記述に当てられており、戯曲のみならず当時の興行形式、照明や舞台装置などの裏方、俳優、観客をも射程に入れ、さらにはショーや見世物など周縁的《パラシアトリカル》な演劇形態をも拾い上げる。初期アメリカ演劇は今まさに発掘されつつあるのだ。

もう一冊、フェリシア・H・ロンドレとダニエル・J・ウォーターマイヤー編集による『北アメリカ演劇史』（一九九八）は、『ケンブリッジ版アメリカ演劇史』にも増して時間的・地理的な意味で、より広範囲の事象を扱う。歴史はマヤ文明とアステカ帝国の宗教的儀式、およびコロンブス以前のアメリカ先住民の儀式から書き起こすのである。さらに、イギリス領植民地のみならず、スペイン領やフランス領の植民地における演劇活動を追い、それらがいかにして合衆国とカリブ地域、あるいはカナダの演劇伝統へと発展するかを解明してみせた。このようにして、アメリカの演劇史は合衆国の枠組みをはるかに越えて書き直されていくのであった。

ふつうアメリカ演劇史と演劇研究はオニールに関する記述から始まっていた。しかし二十世紀初頭に近代劇が突然発生したわけはなく、そこにいたるまでには植民地時代から十九世紀までの大衆演劇の伝統があった。そのような背景を踏まえて初めて、オニール以降の演劇を総括的に理解することができる。二十世紀以前の演劇に対する過小評価は、ひとえに上演された「興行」、言うなれば「総体的な演劇」よりも、書かれたテクストとしての「戯曲」に価値があるとする考え方による。「文学」に対する基準を「興行」に当てはめて、二十世紀以前の演劇には価値がないと結論づけたのである。確かにこんにちの芸術観からみれば、二十世紀以前の演劇は勧善懲悪のメロドラマや視覚効果に頼った見世物であることは否定できない。しかし、そうした価値基準そのものがロマン主義以降の産物に過ぎず、この基準ができる前からアメリカの地に演劇は存在していたのであり、「興行」こそが植民地時代から十九世紀までの演劇文化の主流をなしていたのである。さらには、演劇が時局を鮮明に反映する芸術形態である点に注目すれば、大衆と密着した初期演劇の研究は、二十世紀以前のアメリカにおける社会と思想を知る大きな手がかりをも提供するだろう。

しかも、このような新しい演劇史においてさえ注目されることの少ないのが、シェイクスピアの存在である。独立戦争前は当然のことながら十九世紀に入ってもなお、初期アメリカ演劇の中核はシェイクスピアであった。シェイクスピア劇こそが一番上演され観客の支持を得ていたのである。そうであるのに、従来、シェイクスピアの人気が高く上演回数も圧倒的に多かったがために、かえってアメリカ独自の演劇文化が発展する機会を奪ってきたと考えられてきた。たとえば、クラウディア・ジョンソンは『コロンビア版アメリカ文学史』において、こう嘆く。

> 十九世紀のアメリカ演劇は完全に植民地的であった。上流階級と下層階級両方から愛されたシェイクスピア劇がすさまじい頻度で上演された。しかもほとんどの場合それはイギリス人俳優によって演じられ、加えてイギリス生まれの戯曲の翻案も人気を博していたのだ。（三二九頁、傍点筆者）

だが、本書で解明してきたように、植民地時代から十九世紀を通じて演劇が「完全に植民地的」であったからこそ、新大陸は宗主国の文化を模倣し自国文化へと取り込むことが可能だったのである。アメリカはシェイクスピアを単に上演するだけでなく、特有の要請に合わせてかたちを作り替えてきた。しかも、より隠喩的なレベルで、シェイクスピアは国民の深い精神にまで入り込み自然化されていた。そうだとすれば、シェイクスピアはむしろ、今まさに編纂されつつある新しいアメリカ演劇史にその名を連ねられるべき「アメリカの劇作家」なのである。

あとがき

小学六年からカリフォルニアで三年を過ごし、帰国してから高校卒業までの四年間は英語演劇部の活動に熱中したわたしは、大学に進んで卒業論文のテーマを決めるにあたり、さして悩むことなく「アメリカ近代劇の父」ユージーン・オニールを選び、引き続き大学院でもオニールに関する修士論文をまとめた。だが、その後博士課程に進学して新しい研究課題を模索した時、今度は大いに悩んでしまう。「オニールより新しい時代を勉強しようか。それとも、オニールより前に戻ろうか」、と。「むすびに」で詳述したように、この劇作家は、十七世紀植民地時代以降の四百年にわたるアメリカ演劇史において、まさに分水嶺に位置する。オニール以前の演劇は大衆好みのメロドラマに過ぎないが、以後は芸術性の高い近代劇だというのである。このような確固たる二分法に基づく従来の価値観に従うならば、この時「オニール以後」を選ぶべきことは明白だった。

だが、ここで、わたしはひとつの論考に逢う。一九九五年度大学院ゼミで、前年に出版されたばかりだった、サクヴァン・バーコヴィッチ編『ケンブリッジ版アメリカ文学史』の記念すべき第一巻を講読する機会を得て、その最終章「独立・建国期の文学」に「演劇」と題された部分があったのだ。執筆を担当したのはマイケル・T・ギルモア。ギルモアは『アメリカのロマン派と市場経済』(一九八五)において、アメリカン・ルネサンスの作家たちがいくら反発しようとも社会変化と無関係でおられず、ロマン主義文学と市場経済の仕組みが密接な関係にあることを明らかにしたが、『ケンブリッジ版アメリカ文学史』では演劇もまた同様だったことが述べられていた。アメリカは第二次対英戦争を機に農本社会から市場経済社会への転換を果たし、ひいては共和主義から民主主義へ、公共利益から個人の尊重へ、特権階級から中産階級へ、アマチュアリズムからプロフェッショナリズムへとイデオロギー・シフトを経験する。同時代の演劇はこうした社会の趨勢と文学的要素双方のバランスを巧みに取りながら、大衆文化として発展していったのである。八百三十頁にのぼる大著のほんの二十頁ほどしかないこの箇所を読み、時代の流れのなかで息づく、荒削りだが活気に満ちた初期アメリカ演劇像が鮮やかに浮かび上がってきた。「オニール以前」という未開拓地が眼前に広がっていることを認識した瞬間だった。

他方、もうひとつのキーワードである「シェイクスピア」なる視点は自然に得ることができた。本書では第七章「プロスペロの脚本」がもっとも古く、そこで扱った、小説『アンクル・トムの小屋』を舞台化した「トム・ショー」と呼ばれる十九世紀の演劇形態について調べるうちに、黒人奴隷を指示するキャリバンのメタファーに行き着いたのである。やがて、ポスト・コロニアリズム批評家ホミ・バーバの擬態《ミミクリー》論に刺激を受けながら、トム・ショーのみならずアメリカ演劇全体をシェイクスピアと結び付ける方向へ進み、二〇〇〇年三月、慶應義塾大学に博士号学位請求論文 "The Globe upon a Hill: Reception and Transfiguration of Shakespeare in the Early American Theater" を提出するにいたった。本書は、この論文に大幅な補筆を施したものである。

本書の出版にあたって多くの方々のお世話にあずかった。

慶應義塾大学教授・巽孝之氏は、一九九二年にわたしが大学院進学した時からこんにちまでずっと、研究活動全般にわたる指針を示し続けてくださる。「アメリカ」と「シェイクスピア」を関連づけるという、我ながら突拍子もないテーマにもいち早く賛同し励ましてくださった。十余年にわたる巽氏の示唆に富む鋭いご指導なしには、本書が結実することは決してなかった。

慶應義塾大学名誉教授であり東京家政学院大学教授の山本晶氏には、そもそも研究することとはなにか、教壇に立つにはどうあるべきかといった大学人としての基本をたたき込まれてきた。深い教養と母国語運用力の重要性は、山本氏から受けた数多い教えのなかでもひときわ身にしみている。本書に関しては、草稿段階の原稿にすべて目を通し、幾重もの丁寧なご指摘を与えてくださった。巽、山本両先生に師事する機会に恵まれたことこそ、わたしの研究生活における最大の幸運だったと思う。

シェイクスピア研究者の東京女子大学教授・楠明子氏には、完成原稿を読む労をお執りいただいた。シェイクスピアを漠然としたイメージで捉えてしまい、それに関する知識も意識も欠落したままだったわたしが、こうしてなんとか成果を世に問うことができるのも、楠氏がルネサンス期イギリス演劇に関する専門知識を惜しみなく授けてくださったお陰である。

本書の原型となった博士論文は、巽氏に加えて、慶應義塾大学教授・松田隆美氏と、ウェスト・オブ・イングランド大学シニア・レクチャラーのピーター・ローリングス氏が審査にあたってくださった。さらにそれ以前の段階で、各章を構成する論考を学会で発表、もしくは学術誌に投稿している。第二章は第七十一回日本英文学会全国大会（一九九九年五月）で口頭発表したものだが、司会の同志社大学教授・林以知郎氏には今回改めて原稿を読んでいただき、アメリカン・ピューリタンの説教に関する貴重な助言をたまわることができた。

第七章ははじめに、巽孝之・渡部桃子編『物語のゆらめき』（南雲堂、一九九八）に掲載された。その際に南雲堂編集部・原信雄氏は一介の大学院生が書いた論文に興味を示してくださり、以後お目に掛かるごとに研究成果を活字にするよう勧めてくださった。本書に収められた論考で一番古い第七章と一番新しい第六章は、共に東京大学助教授・内野儀氏の司会のもと、それぞれ異なる学会において口頭発表された。内野氏は大学四年次にアメリカ演劇の奥深さを教わった最初の先生で、以後この分野に関する刺激を与え続けてくださる。慶應義塾大学名誉教授であり日本橋学館大学教授の楠原偕子氏には、一九九三年、氏が主催する演劇研究会に参加するようになって以来、日米両国の演劇について多くを教わり、その経験は本書の根底に有形無形に刻まれている。

東京都立大学教授・折島正司氏をはじめ日本アメリカ文学会東京支部の先生方と、評論家・小谷真理氏にはさまざまなかたちでご指導を仰いだ。大学院の仲間からは研究上の助言と精神的な支えを受けている。慶應義塾大学助手・大串尚代氏、翻訳家・鈴木淑美氏、関東学院大学助教授・佐藤光重氏、甲南大学助教授・秋元孝文氏、慶應義塾大学講師・白川恵子氏、実践女子大学専任講師・大和田俊之氏ほか現役大学院生諸氏なしに、勉強を続けることはできなかっただろう。

本テーマに基づく研究の過程で、一九九八、一九九九年度日本学術振興会特別研究員、一九九八、一九九九年、二〇〇二、二〇〇三年度文部科学省科学研究費補助金および二〇〇〇、二〇〇二年度慶應義塾大学学事振興資金の助成を受けた。

国書刊行会の島田和俊氏と樽本周馬氏には、たびたび的確なご指摘と強い励ましを受け、有能な編集者という第三者の目が入ることの絶大なる効用を実感させられた。最後に、いつも身心共に支えてくれる家族に心から感謝する。

二〇〇三年十月

常山　菜穂子

著者略歴
常山菜穂子（つねやま　なほこ）
1969年、東京生まれ。1992年、聖心女子大学文学部卒業。日本学術振興会特別研究員を経て、2000年、慶應義塾大学大学院文学研究科英米文学専攻後期博士課程修了。博士（文学）。アメリカ演劇専攻。現在、慶應義塾大学法学部助教授。
［共著］『物語のゆらめき』巽孝之・渡部桃子編（南雲堂、1998年）。［論文］「アメリカン・シェイクスピア――演劇史再考」『英語青年』1999年４月号、「代表的野蛮人――『メタモラ』(1829)にみるインディアンのリプリゼンテーション」『西洋比較演劇研究』１号（2002年)、「作家を生み直す――ユージーン・オニール」『英語青年』2003年９月号。［共訳］『アバンギャルド・シアター――1892-1992』（テアトロ、1997年）など。

アメリカン・シェイクスピア
初期アメリカ演劇の文化史
ISBN4-336-04606-9

平成15年11月17日　初版第一刷印刷
平成15年11月21日　初版第一刷発行

著　者　常山菜穂子
発行者　佐藤今朝夫

〒174-0056 東京都板橋区志村１-13-15
発行所　株式会社　国書刊行会
TEL.03(5970)7421(代表)　FAX.03(5970)7427
http://www.kokusho.co.jp

落丁本・乱丁本はお取替いたします。　印刷・㈱エーヴィスシステムズ　製本・㈲青木製本

索　引

ア

アーヴィング、ワシントン　Irving, Washington　19, 27, 42, 43
アスター・プレイス暴動　53, 54
アリストテレス　Aristotle　85, 168
『アントニーとクレオパトラ』　*Antony and Cleopatra*　86, 87, 161, 186

イ

イエロー・フェイス　229, 230
インド　Indies　7, 8

ウ

『ウィンザーの陽気な女房たち』　*The Merry Wives of Windsor*　8, 45, 198
ウィンスロップ、ジョン　Winthrop, John　70, 76-79, 89
「キリスト教徒の慈愛のひな型」　"A Model of Christian Charity"　76-79
『ヴェニスの商人』　*The Merchant of Venice*　33, 44, 58, 182, 183
ヴォーン、アーデン&ヴァージニア・メイソン　Vaughan, Alden & Virginia Mason　10, 20
『キャリバンの文化史』　*Shakespeare's Caliban*　10, 11, 20

エ

エイキン、ジョージ・L・　Aiken, George L.　218-221
エドワーズ、ジョナサン　Edwards, Jonathan　70
エマソン、ラルフ・ウォルドー　Emerson, Ralph Waldo　13, 19
演劇批判　32, 35-39, 41, 62, 63, 70-72, 173-175, 192-193, 203

オ

『王様と私』　*The King and I*　21
——映画（1946年）　222, 223, 229, 236
——映画（1956年）　223, 229, 235
——映画（1999年）　223, 233
——映画（アニメ）　223, 233
——ミュージカル（1951年）　222-226, 228-230, 236
——ミュージカル（1996年）　223, 232, 233
『お気に召すまま』　*As You Like It*　65, 85, 153, 183
『オセロー』　*Othello*　21, 39, 93-97, 115, 117, 121, 124, 130, 131, 134, 135, 137, 142-145, 152, 161, 196
オニール、ジェイムズ　O'Neill, James　21, 130
——とシェイクスピア　143-149
オニール、ユージーン　O'Neill, Eugene　21, 127-133, 141-143, 147-149, 238, 241
『カーディフ指して東へ』　*Bound East for Cardiff*　128, 238
『カリブの月』　*The Moon of the Caribbees*　141
『毛猿』　*Hairy Ape*　132
『皇帝ジョーンズ』　*Emperor Jones*　132, 133, 142
『すべて神の子には翼がある』　*All God's Chillun Got Wings*　21, 127-148
『楡の木陰の欲望』　*Desire Under the Elms*　131
『日陰者に照る月』　*A Moon for the Misbegotten*　143
『ヒューイ』　*Hughie*　143

『夢見る子供』 *The Dreamy Kid* 132
『夜への長い旅路』 *A Long Day's Journey into Night* 143-148
――とシェイクスピア 130, 238
『終わりよければすべてよし』 *All's Well That Ends Well* 153

カ

ガーバー、マージョリー Garber, Marjorie 181, 182, 205
家庭神話 52, 139, 155, 156, 164, 165, 178, 179, 182, 200
『から騒ぎ』 *Much Ado about Nothing* 161
感傷小説 107, 108, 114, 165, 171, 172

キ

ギャリソン、ウィリアム・ロイド Garrison, William Lloyd 101, 102, 105, 114-117

ク

クーパー、ジェイムズ・フェニモア Cooper, James Fenimore 19, 46, 47
クーン・ショー 97, 109-113, 123, 124, 140
クッシュマン、シャーロット Cushman, Charlotte 21, 181-188, 191, 194-199, 201, 202, 205, 206, 208, 209
「女優」 "The Actress" 202
クラップ、ナサニエル Clap, Nathaniel 84, 85
グローブ座 43, 44, 65, 66, 68, 85-88

ケ

ゲイツ・ジュニア、ヘンリー・ルイス Gates Jr., Henry Louis 108, 120, 121
『いたずら猿』 *The Signifying Monkey* 108, 120, 121

コ

『恋の骨折り損』 *Love's Labour's Lost* 86, 153
行為遂行的言語 87, 88, 207, 208
ゴッソン、スティーヴン Gosson, Stephen 63, 192, 203
『悪弊学校』 *The School of Abuse* 63, 192
『演劇を論駁する』 *Playes Confuted* 203
『コリオレーナス』 *Coriolanus* 67

シ

シェイクスピア, ウィリアム Shakespeare, William 20, 242
学校教育の中の―― 57, 58
――の生家買収計画 27-30, 49-51, 62
ジェファソン、トマス Jefferson, Thomas 27, 216
シェルドン、エドワード Sheldon, Edward 133
『ニガー』 *The Nigger* 133
自伝 98-101, 230, 231
『尺には尺を』 *Measure for Measure* 67
『じゃじゃ馬ならし』 *The Taming of the Shrew* 161
シューアル、サミュエル Sewall,Samuel 71, 72
『十二夜』 *Twelfth Night* 34
『ジュリアス・シーザー』 *Julius Caesar* 39, 58, 196
消費主義 47, 48, 52, 61
女優 151, 155-160, 172, 177-179, 184, 208
――と娼婦 157-159
――への批判 164, 165, 172, 175

ス

スタッブス、フィリップ Stubbs, Philip 192, 203
『悪習の解剖』 *The Anatomy of Abuse* 192, 203
ストウ、ハリエット・ビーチャー Stowe, Harriet Beecher 21, 27, 102, 212-218, 227, 228

『アンクル・トムの小屋』 *Uncle Tom's Cabin* 21, 49, 56, 134, 142, 211-218, 227, 228

セ

生産主義 35-38, 45, 47, 48, 52, 58
性の本質主義 156, 175, 177-179, 182, 186, 194-196, 200, 203-208
世界劇場 65-68, 89

ソ

ソロー、ヘンリー・デイヴィッド Thoreau, Henry David 13, 19, 98

タ

タイラー、ロイヤル Tyler, Royall 33, 38
　『コントラスト』 *The Contrast* 33, 38
ダグラス、デイヴィッド Douglass, David 38, 39
ダグラス、フレデリック Douglass, Frederick 21, 93-124, 142, 214
　『人生とその時代』 *Life and Times* 93-95, 101, 107, 116
　『人生の物語』 *Narrative* 93-124
　『わが束縛と自由』 *My Bondage and My Freedom* 101, 104, 114, 116
ダンフォース、サミュエル Danforth, Samuel Danforth, Samuel 73, 82

テ

『テンペスト』 *The Tempest* 8-11, 20-22, 32, 46, 58, 118, 184, 211, 212, 217, 218, 224-226, 231, 232, 234

ト

トウェイン、マーク Twain, Mark 19
　『シェイクスピアは死んだか？』 *Is Shakespeare Dead?* 30
　『赤道に沿って』 *Following the Equator* 20, 29, 30, 49-51, 61, 62
　「盗まれた白いゾウ」 "The Stolen White Elephant" 51
　『ハックルベリー・フィンの冒険』 *Adventures of Huckleberry Finn* 60, 61
トクヴィル、アレクシス・ド・ Tocqueville, Alexis de 55, 56
　『アメリカの民主主義』 *Democracy in America* 55, 56
ド・マン、ポール de Man, Paul 100, 101
トム・ショー 21, 56, 121, 212, 213, 218-222, 228-230, 234
奴隷体験記 105-108, 113, 114, 118-120
トロロプ、フランセス Trollope, Frances 42, 43

ナ

『夏の夜の夢』 *Midsummer Night's Dream* 86, 184

ハ

バーコヴィッチ、サクヴァン Bercovitch, Sacvan 90, 98, 99, 239, 240
バーナム、P・T・ Barnum, P. T. 20, 28-30, 48-52, 61, 62, 74, 240
バーバ、ホミ・K Bhabha, Homi K. 11, 12, 211
　「擬態と人間について」 "Of Mimicry and Man" 11, 12, 211
ハーレム・ルネサンス 131, 133, 139
　――の演劇 132
バイルズ、マザー Byles, Mather 84
バックリー、J・M・ Buckley, J. M. 157, 174, 175
　『キリスト教徒と演劇』 *Christians and the Theatre* 157, 174, 175
バトラー、ジュディス Butler, Judith 207, 208
　『ジェンダー・トラブル』 *Gender Trouble* 207, 208
ハマースタイン二世、オスカー Hammerstein II, Oscar 222, 223, 228, 231
『ハムレット』 *Hamlet* 34, 39, 40, 58, 60, 61,

152, 184, 196, 204, 205
ハラム、ルイス Hallam, Louis 17, 33, 38, 39, 151

ヒ

ピューリタン
アメリカの―― 20, 35, 37, 69-90
――の演劇批判 35, 63
――の偶像否定 69, 72, 88
――の死刑の説教 80-85

フ

ブシコー、ダイオン Boucicault, Dion 121, 133
『オクトルーン』 *Octoroon* 121, 133
フッカー、トマス Hooker, Thomas 69, 73
『冬の夜ばなし』 *The Winter's Tale* 161
ブラック・フェイス 102, 109, 113, 120, 121, 124, 140, 220, 221, 229
フランクリン、ベンジャミン Franklin, Benjamin 34, 36, 57, 98
ブリッチーズ・パート 159, 181-184, 208
プリン、ウィリアム Prynne, William 192
『俳優亡国論』 *Histrio-Mastix* 192

ヘ

ベイカー、ベンジャミン Baker, Benjamin 56
『ニューヨーク見物』 *A Glance at New York* 56
ベイコン、ディーリア Bacon, Delia 19, 22, 23
『ヘンリー五世』 *Henry V* 85-88
『ヘンリー八世』 *Henry VIII* 8, 184
『ヘンリー四世・第一部』 *Henry IV, Part I* 16
『ヘンリー四世・第二部』 *Henry IV, Part II* 39

ホ

ホイットマン、ウォルト Whitman, Walt 13, 19, 53, 98
ポー、エドガー・アラン Poe, Edgar Allan 19, 152
ホーソーン、ナサニエル Hawthorne, Nathaniel 14-17, 27, 81, 100, 152
ポスト・コロニアル批評 9-12, 119

マ

『マクベス』 *Macbeth* 31, 32, 39, 44, 53, 60, 61, 66, 152, 161, 184, 196, 206, 207
マザー、インクリース Mather, Increase 75, 78, 81-83, 90
マザー、コトン Mather, Cotton 32, 34, 71, 77-81
『アメリカにおけるキリストの大いなる偉業』 *Magnalia Christi Americana* 80
『善行論』 *Bonifacius* 34, 71, 79
『間違いの喜劇』 *The Comedy of Errors* 7, 34, 161
マレー&キーン一座 33, 151

ミ

ミンストレル・ショー 56, 97, 102-104, 124, 136, 140, 220, 221, 240
ブラック・ミンストレル・ショー 97, 109, 110, 122, 123, 127
ホワイト・ミンストレル・ショー 102, 109, 110, 122, 123

ム

ムーディ、ジョシュア Moody, Joshua 81, 82

メ

メルヴィル、ハーマン Melville, Herman 14-17
「ホーソーンとその苔」 "Hawthorne and His Mosses" 14-16
『白鯨』 *Moby-Dick* 16, 17

モ

モデル・アーティスト・ショー　54, 159
モワット、アナ・コーラ　Mowatt, Anna Cora　21, 152, 153, 155, 162-165, 167, 171-173, 175-179, 187, 201, 208, 209
　『演劇の人生』 *Mimic Life*　164, 165, 171, 180
　『自伝』 *Autobiography of an Actress*　152, 158, 163, 164, 167, 171, 172, 176
　『ステラ』 *Stella*　45, 153, 164-180, 202
　『ファッション』 *Fashion*　152, 162
　『ふたごのバラ』 *Twin Roses*　164
　「ペラヨ」 "Pelayo"　162, 163

ヨ

予型論　75-80

ラ

ランドン、マーガレット　Landon, Margaret　223
　『アンナとシャム王』 *Anna and the King of Siam*　223, 230

リ

『リア王』 *King Lear*　32, 39, 66, 87, 161, 184, 196
リアリズム演劇　59, 127, 128, 147-148, 237, 238
『リチャード三世』 *Richard III*　33, 44, 46, 60, 61, 152

レ

レヴュー　54, 158, 179, 196
レオノウェンズ、アンナ　Leonowens, Anna　222-235
　『シャム宮廷の英国婦人家庭教師』 *The English Governess at the Siamese Court*　222, 224-227, 230
　『ハーレムの物語』 *The Romance of the Harem*　222, 227, 230, 235
レッグ・ショー　54, 56, 159, 179, 196

ロ

ロジャーズ、リチャード　Rodgers, Richard　222, 229
ロブソン、ポール　Robeson, Paul　140-142
『ロミオとジュリエット』 *Romeo and Juliet*　17, 21, 33, 39, 44, 46, 57, 60, 151-155, 161, 162, 168-173, 182, 184, 186, 189-191, 204, 205
　——ギャリック版　187-189

参考・引用文献

Abel, Lionel. *Metatheatre: a New View of Dramatic Form.* New York: Hill and Wang, 1963.（『メタシアター』高橋康也・大橋洋一訳、朝日出版社、1980年）

Adams, John Quincy. "Misconceptions of Shakespeare upon the Stage." 1835. Rawlings 61-66.

Ahmed, Leila. "Western Ethnocentrism and Perceptions of the Harem." *Feminist Studies* 8 (1982): 521-34.

Aiken, George L. *Uncle Tom's Cabin.* 1852. *Dramas from the American Theatre: 1762-1909.* Ed. Richard Moody. Boston: Houghton Mifflin, 1966. 349-96.

Albion. April 29, 1837.

———. October 24, 1852.

"Anna and the King: Fact or Fiction? — Reasons for Banning of 'Anna and the King'." Online. Internet. February 13, 2000. Available http://thaistudents.com/kingandi.

"Arthur Spicer's Inventory." *Tyler's Quarterly* 10 (1929): 163-67.

Ashcroft, Bill, et al. *The Empire Writes Back: Theory and Practice in Post-Colonial Literature.* New York: Routledge, 1989.（『ポストコロニアルの文学』木村茂雄訳、青土社、1998年）

Astington, John H. "Shakespeherian [sic.] Rags." *Modern Drama* 31 (1988): 73-80.

Athenaeum. January 3, 1855. 19.

———. February 3, 1855. 153.

Austin, J. L. *How to Do Things with Words.* New York: Oxford University Press, 1962.（『言語と行為』坂本百大訳、大修館書店、1978年）

Ayers, Edward L. *Vengeance and Justice: Crime and Punishment in the Nineteenth-Century American South.* New York: Oxford University Press, 1984.

Bank, Rosemarie K. "Hustlers in the House: the Bowery Theatre as a Mode of Historical Information." Engle and Miller 47-64.

Banks, Marva. "*Uncle Tom's Cabin* and Antebellum Black Response." *Readers in History: Nineteenth-century American Literature and the Contexts of Response.* Ed. James L. Machor. Baltimore: Johns Hopkins University Press, 1993. 209-27.

Bardaglio, Peter W. *Reconstructing the Household: Families, Sex, and the Law in the Nineteenth-Century South.* Chapel Hill: University of North

Carolina Press, 1995.
Barish, Jonas. *The Antitheatrical Prejudice*. Berkeley: University of California Press, 1981.
Barns, Eric Wollencott. *The Lady of Fashion: the Life and Theatre of Anna Cora Mowatt*. New York: Charles Scribner's Sons, 1954.
Barnum, P [hineas]. T [aylor]. *The Life of P. T. Barnum, Written by Himself*. New York: Redfield, 1855.
———. *Struggles and Triumphs; or, Sixty Years' Recollections of P. T. Barnum, Including His Golden Rules for Money-Making, Illustrated and Brought Up to 1889*. Buffalo, NY: Courier, 1889.
Bartholomeusz, Dennis. The Winter's Tale *in Performance in England and America: 1611-1976*. New York: Cambridge University Press, 1982.
Baym, Nina. *Woman's Fiction: A Guide to Novels by and about Women in America, 1820-1870*. Ithaca: Cornell University Press, 1978.
Bean, Annemarie et al, eds. *Inside the Minstrel Mask: Reading in Nineteenth-Century Blackface Minstrelsy*. Hanover & London: Wesleyan University Press, 1996.
Bearman, Robert. "Americans in Stratford." *Focus* (Winter 1984): 25-26.
———. *The History of an English Borough: Stratford-upon-Avon 1196-1996*. Phoenix Mill: Sutton, 1997.
———. "More on the American Connection." *Focus* (Spring 1985): 15-17.
Bellah, Robert N. *The Broken Covenant: American Civil Religion in Time of Trial*. 1975. 2nd ed. Chicago: University of Chicago Press, 1992. (『破られた契約・新装版』松本滋・中川徹子訳、未来社、1998年)
Bercovitch, Sacvan. *The American Jeremiad*. Madison: Wisconsin University Press, 1978.
———. *The Puritan Origins of the American Self*. New Haven: Yale University Press, 1975.
———, ed. *Execution Sermons*. New York: AMS, 1994.
———, ed. *The Cambridge History of American Literature*. Cambridge & New York: Cambridge University Press, 1994+.
Berkowitz, Gerald M. *American Drama of the Twentieth Century*. London & New York: Longman, 1992.
Berkowitz, Joel. *Shakespeare on the American Yiddish Stage*. Iowa City: University of Iowa Press, 2002.
Berlin, Normand. *O'Neill's Shakespeare*. Ann Arbor: University of Michigan Press, 1993.
Berret, Anthony J. *Mark Twain and Shakespeare: A Cultural Legacy*. New York & London: Lanham, 1993.
Bhabha, Homi K. "Of Mimicry and Man: The Ambivalence of Colonial Discourse." *The Location of Culture*. London & New York: Routledge,

1994. 85-92.
Birdoff, Harry. *The World's Greatest Hit: Uncle Tom's Cabin.* New York: S. F. Vanni, 1947.
Blesi, Marius. "The Life and Letters of Anna Cora Mowatt." Diss. University of Virginia, 1938.
Blumin, Stuart. *The Emergence of the Middle Class: Social Experience in the American City, 1760-1900.* Cambridge: Cambridge University Press, 1989.
Bond, W. H., and Hugh Amory, eds. *The Printed Catalogues of the Harvard College Library 1723-1790.* Boston: Colonial Society of Massachusetts, 1996.
Bordman, Gerald, ed. *The Oxford Companion to American Theatre.* 2nd ed. New York: Oxford University Press, 1992.
Bosco, Ronald A. "Lectures at the Pillory: The Early American Execution Sermon." *American Quarterly* 30 (1978): 156-76.
Briscoe, Mary Louise, et al. eds. *American Autobiography 1945-1980: A Bibliography.* Madison: Wisconsin University Press, 1982.
Bristol, Michael D. *Shakespeare's America, America's Shakespeare.* New York: Routledge, 1990.
Britannia. January 3, 1846. 6.
"Broadside Regarding New Chestnut Street Theatre, Philadelphia, c.1824." Witham 136-37.
Brown, Janet. "The 'Coon-Singer' and the 'Coon-Song': A Case Study of the Performer-Character Relationship." *Journal of American Culture* 7 (1984): 1-8.
Brown, Jared. *The Theatre in America during the Revolution.* Cambridge: Cambridge University Press, 1995.
Brown, Ray B. "Shakespeare in American Vaudeville and Negro Minstrelsy." *American Quarterly* 12 (1960): 374-91.
———. "Shakespeare in the Nineteenth-Century Songsters." *Shakespeare Quarterly* 8 (1957): 207-18.
Brown, Stephen J. "The Uses of Shakespeare in America: A Study in Class Domination." *Shakespeare: Pattern of Excelling Nature.* Ed. David Bevington, et al. London: Associated University Press, 1976. 230-38.
Brucher, Richard. "O'Neill, Othello and Robeson." *The Eugene O'Neill Review* 18:1-2 (1994): 43-58.
Bryan, George B. *American Theatrical Regulation 1607-1900, Conspectus and Texts.* Metuchen: Scarecrow, 1993.
Buckley, J. M. *Christians and the Theatre.* New York: Nelson & Phillips, 1875.
Buckley, Peter G. *To the Opera House: Culture and Society in New York City, 1820-1860.* Diss. State University of New York at Stony Brook, 1984.

Ann Arbor: UMI, 1984.

Butler, Judith. *Gender Trouble: Feminism and the Subversion of Identity.* London: Routledge, 1990.（『ジェンダー・トラブル』竹村和子訳、青土社、1999年）

Butsch, Richard. "Bowery B'hoys and Matinee Ladies: The Re-Gendering of Nineteenth-Century American Theater Audiences." *American Quarterly* 46.3 (1994): 374-405.

Byles, Mather. "The Prayer and Plea of David." 1751. *Early American Imprints, 1639-1800.* Ed. American Antiquarian Society. New York: Readex, 1981-82. Microfiche No. 6647.

Chinoy, Helen Kritch and Linda Walsh Jenkins, eds. *Women in American Theatre.* New York: Theatre and Communication Group, 1987.

Christian, Lynda G. *Theatrum Mundi: The History of an Idea.* New York: Garland, 1987.

Clap, Nathaniel. *The Lords Voice, Crying to His People.* 1715. *Early American Imprints, 1639-1800.* Ed. American Antiquarian Society. New York: Readex, 1981-82. Microfiche No.1729.

Clapp, William W. Jr. *A Record of the Boston Stage.* 1853. New York & London: Benjamin Blom, 1968.

Clement, Clara Erskine. *Charlotte Cushman.* Boston: James R. Osgood, 1882.

Cockrell, Dale. *Demons of Disorder: Early Blackface Minstrels and Their World.* Cambridge: Cambridge University Press, 1997.

Cohen, Daniel A. "In Defense of the Gallows: Justification of Capital Punishment in New England Execution Sermons, 1674-1825." *American Quarterly* 40 (1988): 147-64.

Concise Oxford Companion to the Theatre. Ed. Phyllis Hartnoll. Oxford & New York: Oxford University Press, 1972.

Cooper, James Fenimore. *Notions of the Americans.* 1828. Rawlings 58-60.

Cott, Nancy F. *Bonds of Womanhood: "Woman's Sphere" in New England, 1780-1835.* New Haven: Yale University Press, 1977.

———. "Passionlessness: an Interpretation of Victorian Sexual Ideology, 1790-1850." *A Heritage of Her Own: Toward a New Social History of Women.* Ed. Nancy F. Cott and Elizabeth H. Plech. New York: Simon & Schuster, 1979. 162-81.

Culler, Jonathan. "Apostrophe." *The Pursuit of Signs: Semiotics, Literature, Deconstruction.* London & Henley: Routledge & Kegan Paul, 1981. 135-54.

———. "Writing and Logocentrism." *On Deconstruction: Theory and Criticism after Structuralism.* Ithaca: Cornell University Press, 1982.

Cushman, Charlotte. "The Actress: Extracts from My Journal." *Godey's Lady's Book* (February 1837): 70-73.

Danforth, Samuel. *The Cry of Sodom*. 1674. Bercovitch *Execution Sermons*, N. pag.
———. *Errand into the Wilderness*. 1670. Plumstead 53-77.
Daniels, Bruce C. *Puritans at Play: Leisure and Recreation in Colonial New England*. New York: St. Martin's Griffin, 1995.
Davidson, Cathy N., ed. *Reading in America: Literature and Social History*. Baltimore & London: Johns Hopkins University Press, 1989.
Davis, Peter. "Puritan Mercantilism and the Politics of Anti-Theatrical Legislation in Colonial America." Engle and Miller 18-29.
de Man, Paul. "Autobiography as De-Facement." 1979. *The Rhetoric of Romanticism*. New York: Columbia University Press, 1984. 67-81.
Doggett, Rachel, ed. *New World of Wonders: European Images of the Americas, 1492-1700*. Washington D.C. : Folger Shakespeare Library, 1992.
Donaldson, Laura. "*The King and I* in Uncle Tom's Cabin, or On the Border of the Women's Room." *Cinema Journal* 29:3 (1990): 53-68.
Dormon, James. "Shaping the Popular Image of Post-Reconstruction American Blacks: 'Coon Song' Phenomenon of the Gilded Age." *American Quarterly* 40 (1988): 450-71.
Douglass, Frederick. *Autobiographies*. New York: Library of America, 1994. [ダグラスによる三冊の自伝 *Narrative of the Life of Frederick Douglass, An American Slave* (1845) (『数奇なる奴隷の半生』岡田誠一訳、法政大学出版局、1993年)、*My Bondage and My Freedom* (1855)、*Life and Times of Frederick Douglass* (1881) を収録。]
———. "The Future of the Negro." *The North American Review* (July 1884): 84-86.
———. "Gavitt's Original Ethiopian Serenaders." *North Star*, June 29, 1849.
———. "The United States cannot Remain Half-Slave and Half-Free." 1883. *The Life and Writings of Frederick Douglass, volume IV*. Ed. Philip Foner. New York: International, 1950-55. 354-70.
Dudden, Faye E. *Women in the American Theatre: Actresses and Audiences 1790-1870*. New Haven: Yale University Press, 1994.
Dunlap, William. *A History of the American Theatre*. 1832. New York: Burt Franklin, 1963.
Dunn, Esther Cloudman. *Shakespeare in America*. New York: Macmillan, 1939.
Dusinberre, Juliet. *Shakespeare and the Nature of Women*. 2nd ed. Basingstoke: Macmillan, 1996. (『シェイクスピアの女性像』森祐希子訳、紀伊國屋書店、1994年)
Edwards, Jonathan. *A Treatise Concerning Religious Affections*. 1746. Ed. John E. Smith. New Haven: Yale University Press, 1959.
Elliott, Emory. *Power and the Pulpit in Puritan New England*. Princeton:

Princeton University Press, 1975.
———, ed. *Columbia Literary History of the United States.* New York: Columbia University Press, 1988. (『コロンビア米文学史』コロンビア米文学史翻訳刊行委員会訳、山口書店、1997年)
Emerson, Ralph Waldo. *Representative Men.* 1850. London: Oxford University Press, 1923. (『代表的人間像』酒本雅之訳、日本教文社、1961年)
Engle, Ron, and Tice L. Miller, eds. *The American Stage: Social and Economic Issues from the Colonial Period to the Present.* Cambridge: Cambridge University Press, 1993.
Falk, Robert. "Shakespeare in America: A Survey to 1900." *Shakespeare Survey* 18 (1965): 102-18.
Fiedler, Leslie A. *The Return of the Vanishing American.* New York: Stein & Day, 1968. (『消えゆくアメリカ人の帰還』渥美昭夫・酒本雅之訳、新潮社、1972年)
———. *The Strangers in Shakespeare.* St. Albans: Paladin, 1972. (『シェイクスピアにおける異人』川地美子訳、みすず書房、2002年)
Fisher, Judith L., and Stephen Watt, eds. *When They Weren't Doing Shakespeare: Essays on Nineteenth-Century British and American Theatre.* Athens & London: University of Georgia Press, 1989.
Fleming, Alice. *P. T. Barnum: the World's Greatest Showman.* New York: Walker, 1993.
Foner, Philip, ed. *Paul Robeson Speaks: Writings, Speeches, Interviews 1918-1974.* New York: Citadel, 1978.
Foster, Frances. *Witnessing Slavery: The Development of Ante-Bellum Slave Narratives.* Westport: Greenwood, 1979.
Gailey, Charles Mills. *Shakespeare and the Founders of Liberty in America.* New York: Macmillan, 1917.
Garber, Marjorie. *Coming of Age in Shakespeare.* London: Methuen, 1981.
———. *Vested Interests: Cross-dressing and Cultural Anxiety.* New York: Routledge, 1992.
Garrick, David. *Romeo and Juliet by Shakespeare With Alterations, and additional Scene: As it is Performed at the Theatre-Royal in Drury-Lane.* 1750. Facsimile rpt. London: Cornmarket, 1969.
Gates, Henry Louis, Jr. *The Signifying Monkey: A Theory of African-American Literary Criticism.* New York: Oxford University Press, 1988.
———. "The Trope of a New Negro and the Reconstruction of the Image of the Black." *The New American Studies.* Ed. Philip Fisher. Berkeley: University of California Press, 1991. 319-45.
Gelb, Arthur and Barbara. *O'Neill.* 1960. New York: Delta, 1964.
———. *O'Neill: Life with Monte Cristo.* New York: Applause, 2000.
Gilfoyle, Timothy J. *City of Eros: New York City, Prostitution, and the Com-*

mercialization of Sex, 1790-1920. New York: Norton, 1992.

Gillet, Peter J. "O'Neill and Racial Myths." 1972. *The Critical Response to Eugene O'Neill.* Ed. John H. Houchin. Westport: Greenwood, 1993. 61-71.

Gilmore, Michael T. *American Romanticism and the Marketplace.* Chicago: Chicago University Press, 1985.（『アメリカのロマン派文学と市場社会』片山厚・宮下雅年訳、松柏社、1995年）

———. "The Literature of the Revolutionary and Early National Periods." Bercovitch *The Cambridge History of American Literature vol.1: 1590-1820,* 539-693.

———. "Modes of Consumption in the Age of Production." 1991. *Literary Perspectives.* Ed. Hokkaido Association for American Studies. Sapporo, Japan: Hokkaido University Press, 1995. 223-50.

Gosson, Stephen. *The School of Abuse, containing a Pleasant Invective against Poets, Pipers, Players, Jesters, & c.* 1579. London: Shakespeare Society, 1841.

Grabo, Norman S. "The Veiled Vision: The Role of Aesthetics in Early American Intellectual History." *William and Mary Quarterly* 3rd Ser. 19 (1952): 493-510.

Greenblatt, Stephen J. *Learning to Curse: Essays in Early Modern Culture.* New York: Routledge, 1990.（『悪口を習う』磯山甚一訳、法政大学出版局、1993年）

Grimsted, David. *Melodrama Unveiled: American Theater and Culture 1800-1850.* Berkeley: University of California Press, 1968.

Gurr, Andrew. *The Shakespearean Stage 1574-1642.* 3rd ed. Cambridge: Cambridge University Press, 1992.（『演劇の都、ロンドン』青池仁史訳、北星堂書店、1995年）

Haims, Lynn. "The Face of God: Puritan Iconography in Early American Poetry, Sermons and Tombstone Carvings." *Early American Literature* 14 (1979): 15-47.

Hall, David D. *Words of Wonder, Days of Judgment: Popular Religious Belief in Early New England.* New York: Knopf, 1989.

Halttunen, Karen. "Early American Murder Narrative." *The Power of Culture.* Ed. R. W. Fox et al. Chicago: Chicago University Press, 1993. 67-101.

Hamlin, William. *The Image of America in Montagne, Spencer and Shakespeare.* New York: St. Martin's, 1995.

[Hammerstein, Oscar, II.] *The King and I: Libretto.* London: Chappell, n.d.

"Harvard College Library Duplicates, 1682." The Colonial Society of Massachusetts, April 1916. 407-17.

Hatch, Nathan. *The Sacred Cause of Liberty.* New Haven: Yale University Press, 1977.

Hawkins, Harriett. *Classics and Trash: Tradition and Taboos in High Liter-*

ature and Popular Modern Genres. Toronto: University of Toronto Press, 1990.

Helly, Dorothy O., and Susan M. Reverby eds. *Gendered Domains: Rethinking Public and Private in Women's History.* Ithaca: Cornell University Press, 1992.

Heywood, Thomas. *An Apology for Actors.* 1612. London: Shakespeare Society, 1841.

Hill, Errol. *Shakespeare in Sable: A History of Black Shakespearean Actors.* Amherst: University of Massachusetts Press, 1984.

Hooker, Thomas. *The Application of Redemption.* 1657. *English Books, 1641-1700.* Ann Arbor: UMI, 1961+. Microfilm Reel No.188, Position No.8.

———. *The Soul's Vocation or Effectual Calling to Christ.* Doctrine 3. 1637-38. *Salvation in New England: Selection from the Sermons of the First Preachers.* Ed. Phyllis M. Jones and Nicholas R. Jones. Austin: University of Texas Press, 1977. 77-87.

Hulme, Peter. *Colonial Encounters: Europe and the Native Caribbean, 1492-1797.* New York: Routledge, 1986. (『征服の修辞学』岩尾龍太郎・正木恒夫・本橋哲也訳、法政大学出版局、1995年)

Illustrated London News 26: 107. (February 3, 1855)

———. 26: 132. (February 10, 1855)

Ireland, Joseph N. *Records of the New York Stage from 1750 to 1860.* 2vols. 1866-67. New York: Burt Franklin, 1968.

Irving, Washington. "Jonathan Oldstyle Goes to the Play." 1802-1803. Moses and Brown 36-47.

———. "Stratford-upon-Avon." 1819-20. *The Complete Writings of Washington Irving Including His Life: The Sketch Book.* New York: Collegiate Society, 1905. 361-88.

Jacobs, Henry E., and Claudia D. Johnson, eds. *An Annotated Bibliography of Shakespearean Burlesques, Parodies, and Travesties.* New York & London: Garland, 1976.

Jardine, Lisa. *Still Harping on Daughters: Women and Drama in the Age of Shakespeare.* Sussex: Harvester, 1983.

Jefferson, Thomas. *Notes on the State of Virginia.* 1784. *Writings.* Ed. Merrill D. Peterson. New York: Library of America, 1984. 123-325. (『ヴァジニア覚え書』中屋健一訳、岩波書店、1972年)

Johnson, Claudia D. *American Actress: Perspective on the Nineteenth Century.* Chicago: Nelson-Hall, 1984.

———. "Enter the Harlot." Chinoy and Jenkins 66-73.

———. "That Guilty Third Tier: Prostitution in Nineteenth-Century American Theaters." *American Quarterly* 27 (1975): 575-84.

Kamensky, Jane. *Governing the Tongue: The Politics of Speech in Early New England.* New York: Oxford University Press, 1997.

Kaplan, Amy. "Left Alone with America: The Absence of Empire in the Study of American Culture." *Cultures of United States Imperialism.* Ed. Kaplan and Donald E. Pease. Durham: Duke University Press, 1993. 3-21.

Kaplan, Louis, et al. eds. *A Bibliography of American Autobiographies.* Madison: Wisconsn University Press, 1961.

Knoper, Randall. *Acting Naturally: Mark Twain in the Culture of Performance.* Berkeley: California University Press, 1995.

Kolin, Philip C. "*All God's Chillun Got Wings* and *Macbeth.*" *Massachusetts Review* 20 (1979): 312-23.

———, ed. *Shakespeare in the South.* Jackson: University Press of Mississippi, 1983.

———. *Shakespeare and Southern Writers.* Jackson: University Press of Mississippi, 1985.

Koon, Helene Wickham. *Gold Rush Performers: A Biographical Dictionary of Actors, Singers, Dancers, Musicians, Circus Performers and Minstrel Players in America's Far West, 1848-1869.* Jefferson: McFarland, 1994.

———. *How Shakespeare Won the West: Players and Performances in America's Gold Rush 1849-1865.* Jefferson: McFarland, 1989.

Kunhardt, Philip, Jr. et al., eds. *P. T. Barnum: America's Greatest Showman.* New York: Knopf, 1995.

Landon, Margaret. *Anna and the King of Siam.* 1944. Ed. Elsie Well. Abr. ed. New York: Pocket, 1949.

Lauck, John Hampton, II. *The Reception and Teaching of Shakespeare in Nineteenth and Early Twentieth Century America.* Diss. University of Illinois at Urbana-Champaign, 1991. Ann Arbor: UMI, 1991.

Leach, Joseph. *Bright Particular Star: The Life and Times of Charlotte Cushman.* New Haven: Yale University Press, 1970.

Lemons, J. Stanley. "Black Stereotypes as Reflected in Popular Culture, 1880-1920." *American Quarterly* 29 (1977): 102-16.

Leonowens, Anna. *The English Governess at the Siamese Court.* 1870. London: Arthur Barker, 1954.

———. *The Romance of the Harem.* 1873. Charlottesville: Virginia University Press, 1991.

Levenson, Jill L. *Romeo and Juliet: Shakespeare in Performance.* Manchester: Manchester University Press, 1987.

Levine, Laura. *Men in Women's Clothing: Anti-theatricality and Effeminization, 1579-1642.* Cambridge: Cambridge University Press, 1994.

Levine, Lawrence W. *Highbrow / Lowbrow: The Emergence of Cultural Hierarchy in America.* Cambridge: Harvard University Press, 1988.

Levy, Babette. *Preaching in the First Half Century of New England History.* Hartford: American Society of Church History, 1945.

Leyda, Jay. *The Melville Log: A Documentary Life of Herman Melville 1819-1891.* Vol. 1. New York: Gordian, 1969.

Lhamon, W. T. *Raising Cain: Blackface Performance from Jim Crow to Hip Hop.* Cambridge, MA: Harvard University Press, 1998.

Logan, Olive. *Before the Footlight and Behind the Scenes.* Philadelphia: Parmalee, 1870.

Londré, Felicia Hardison, and Daniel J. Watermeier, eds. *The History of North American Theater: The United States, Canada, and Mexico: From Pre-Columbian Times to the Present.* New York: Continuum, 1998.

Lott, Eric. *Love and Theft: Blackface Minstrelsy and the American Working Class.* New York: Oxford University Press, 1995.

Ludlow, Noah. *Dramatic Life As I Found It.* 1880. New York: Benjamin Blom, 1966.

Lyon, David N. "The Minstrel Show as Ritual: Surrogate Black Culture." *Rituals and Ceremonies in Popular Culture.* Ed. Ray Brown. Bowling Green: Popular, 1980. 150-59.

Mahar, William J. *Behind the Burnt Cork Mask: Early Blackface Minstrelsy and Antebellum American Popular Culture.* Urbana & Chicago: University of Illinois Press, 1999.

Marder, Louis. "Shakespeare in America until 1776." *Shakespeare Newsletter* 26 (1976): 1-2, 8.

Markels, Julian. "Melville's Markings in Shakespeare's Plays." *American Literature* 49 (1977): 34-48.

———. *Melville and the Politics of Identity: From King Lear to Moby-Dick.* Urbana: University of Illinois Press, 1993.

Marx, Leo. *The Machine in the Garden.* 1968. New York: Oxford University Press, 1981. (『楽園と機械文明』榊原胖夫・明石紀雄訳、研究社出版、1972年)

Mason, Jeffrey. *Melodrama and the Myth of America.* Bloomington: Indiana University Press, 1993.

Mather, Cotton. *Bonifacius: An Essay...to Do Good.* 1710. Ed. Josephine K. Piercy. Gainesville: Scholars' Facsimiles & Reprints, 1967.

———. *The Christian Philosopher.* 1721. Gainesville: Scholars' Facsimiles & Reprints, 1968.

———. *Diary.* 2 vols. Ed. Worthington C. Cord. New York: Ungar, n.d.

———. "Of Poetry and Style." 1726. *The Puritans: A Sourcebook of their Writings, Volume 2.* Ed. Perry Miller and Thomas H. Johnson. New York: Harper & Row, 1938. 684-89.

Mather, Increase. *A Call from Heaven.* 1697. *Jeremiads,* N. pag.

———. *David Serving His Generations.* 1698. *Jeremiads,* N. pag.
———. *A Discourse concerning Faith and Fervency in Prayer.* 1710. *Early American Imprints.* Ed. American Antiquarian Society. New York: Readex, 1981-82. Microfiche No. 1471-73.
———. *Jeremiads.* New York: AMS, 1984.
———. *The Wicked Mans Portion.* 1674. Bercovitch, *Execution Sermons.* N. pag.
Matlaw, Myron. "James O'Neill's Launching of *Monte Cristo.*" Fisher and Watt. 88-105.
Matthiessen, F. O. *American Renaissance: Art and Expression in the Age of Emerson and Whitman.* New York: Oxford University Press, 1941.
McConachie, Bruce A. *Melodramatic Formations: American Theatre and Society, 1820-1870.* Iowa City: Iowa University Press, 1992.
———. "The Oriental Musicals of Rodgers and Hammerstein and the U.S. War in Southeast Asia." *Theatre Journal* 46 (1994): 385-98.
McManaway, James. "Shakespeare in the United States." *PMLA* 79 (1964): 513-18.
Melville, Herman. "Hawthorne and His Mosses." *Moby-Dick: A Norton Critical Edition.* 517-32. (「ホーソーンとその苔」金関寿夫訳、『世界批評大系 I』筑摩書房、1974年、420-36頁)
———. *The Letters of Herman Melville.* Ed. Marrell R. Davis and William H. Gilman. New Haven: Yale University Press, 1960.
———. "Melville's Letters at the Time of Moby-Dick." *Moby-Dick: A Norton Critical Edition.* 532-48.
———. *Moby-Dick: A Norton Critical Edition.* Ed. Harshel Parker and Harrison Hayford. 2nd ed. New York: Norton, 2002. (『白鯨——モービィ・ディック 上・下』千石英世訳、講談社、2000年)
Merrill, Lisa. *When Romeo Was a Women: Charlotte Cushman and Her Circle of Female Spectators.* Ann Arbor: University of Michigan Press, 1999.
Meserole, Harrison. "Shakespeare in America: Great Shakespeare Jubilee, American Style." *Shakespeare and English History: Interdisciplinary Perspectives.* Ed. Ronald G. Shafer. Bloomington: Indiana University Press, 1976. 83-100.
Meserve, Walter J. *An Emerging Entertainment: The Drama of the American People to 1828.* Bloomington: Indiana University Press, 1977.
———. *Heralds of Promise: the Drama of the American People during the Age of Jackson.: 1920-1849.* New York: Greenwood, 1986.
———. "Preface (1965)." *An Outline History of American Drama.* 2nd ed. New York: Feedback Theatrebooks & Prospero, 1994. N. pag.
Miller, Perry. *The New England Mind: From Colony to Province.* Cambridge: Harvard University Press, 1953.

———. *The New England Mind: The Seventeenth Century*. 1938. Boston: Beacon, 1961.
Minnick, Wayne C. "The New England Execution Sermon, 1639-1800." *Speech Monographs* 35 (1968): 77-89.
Moodey, Joshua. *An Exhortation to a Condemned Malefactor*. 1685. Bercovitch, *Execution Sermons*. N. pag.
Moody, Richard. *America Takes the Stage: Romanticism in American Drama and Theatre 1750-1900*. Bloomington: Indiana University Press, 1955.
Morgan, Edmund. *Visible Saints: The History of a Puritan Idea*. Ithaca: Cornell University Press, 1963.
Morgan,Susan. Introduction. *The Romance of the Harem*. By Anna Leonowens. Charlottesville: Virginia University Press, 1991. ix-xxxix.
Moses, Montrose J. and John Brown eds. *The American Theatre as Seen by its Critics 1752-1934*. New York: Cooper Square, 1967.
Moses, Wilson. "Writing Freely?: Frederick Douglass and the Constraints of Racialized Writing." *Frederick Douglass: New Literary and Historical Essays*. Ed. Eric J. Sandquist. New York: Cambridge University Press, 1990. 66-83.
Mott, Frank Luther. *Golden Multitudes: The Story of Best Sellers in the United States*. New York: Macmillan, 1947.
Mowatt [Ritchie], Anna Cora. *Autobiography of an Actress. or, Eight Years on the Stage*. 1853. New York: Arno, 1980.
———. *Mimic Life; or, A Series of Narratives*. Boston: Ticknor & Fields, 1855. [三篇の中篇小説 *Stella*、*The Prompter's Daughter*、*The Unknown Tragedian* を収録。]
———. *Twin Roses: A Narrative*. Boston: Ticknor & Fields, 1857.
Mullenix, Elizabeth Reitz. *Wearing the Breeches: Gender on the Antebellum Stage*. New York: St. Martin's, 2000.
New York Herald. "Review of *Uncle Tom's Cabin*." September 3, 1852. Witham 164-66.
New York Herald Tribune. July 6, 1924.
New York Miller. "Call for a National Drama." 1831. Wolter 101.
New York Times. "The Amusements." November 16, 1860. 6
———. "A Confection Built on a Novel Built on a Fabrication." April 7, 1996.
Odell, George C. D. *Annals of the New York Stages*. 15 vols. New York: Columbia University Press, 1927-49.
Olney, James. "'I Was Born': Slave Narrative, Their Status as Autobiography and as Literature." *The Slave's Narrative*. Ed. Charles Davis and Henry Louis Gates, Jr. New York: Oxford University Press, 1985. 148-75.
———, ed. *Autobiography: Essays Theoretical and Critical*. Princeton: Princeton University Press, 1980.

Olson, Charles. *Call Me Ishmael.* 1947. Baltimore: Johns Hopkins University Press, 1997.

O'Neill, Eugene. *All God's Chillun Got Wings.* 1924. *Complete Plays: 1920-1931.* New York: Library of America, 1988. 277-316. (『すべて神の子には翼がある』小池規子訳、『オニール名作集』白水社、1975年、77-116頁)

———. *Long Day's Journey into Night.* 1956. *Complete Plays: 1932-1943.* New York: Library of America, 1988. 713-828. (『夜への長い旅路』沼沢洽治訳、『オニール名作集』261-388頁)

———. "O'Neill Defends His Play of Negro." 1924. *Conversation with Eugene O'Neill.* Ed. Mark W. Estrin. Jackson & London: University Press of Mississippi, 1990. 44-49.

Ong, Walter J. "The Writer's Audience is Always a Fiction." *PMLA* 90 (1975): 9-21.

Orgel, Stephen. *Impersonations: The Performance of Gender in Shakespeare's England.* Cambridge: Cambridge University Press, 1996. (『性を装う——シェイクスピア・異性装・ジェンダー』岩崎宗治・橋本恵訳、名古屋大学出版会、1999年)

Parker, Harshel. *Herman Melville: A Biography, Volume 1, 1819-1851.* Baltimore: Johns Hopkins University Pess, 1996.

"The Pausing American Loyalist." c. 1776. Rawlings 29-31.

Pieterse, Jan N. *White on Black: Images of Africa and Blacks in Western Popular Culture.* New Haven: Yale University Press, 1992.

Plumstead, A. W., ed. *The Wall and the Garden: Selected Massachusetts Election Sermons 1670-1775.* Minneapolis: University of Minnesota Press, 1968.

Poe, Edgar Allan. "Mrs. Mowatt's Comedy Reconsidered." *The Broadway Journal* April 5, 1845. Moses and Brown 63-66.

Prynne, William. *Histrio-Mastix.* 1633. New York: Garland, 1974.

Puknat. Elizabeth P. "Romeo Was a Lady: Charlotte Cushman's London Triumph." *Theatre Annual* 51 (1951): 59-69.

Quarles, Benjamin. *The Negro in the Making of America.* 3rd ed. New York: Macmillan, 1987. (『アメリカ黒人の歴史』明石紀雄ほか訳、明石書店、1994年)

Quinn, Arthur Hobson. *A History of the American Drama from the Beginning to the Civil War.* 2nd ed. New York: Appleton-Century-Crofts, 1943.

Rawlings, Peter, ed. *Americans on Shakespeare 1776-1914.* Aldershot: Ashgate, 1999.

Reynolds, David S. *Beneath the American Renaissance: The Subversive Imagination in the Age of Emerson and Melville.* New York: Knopf, 1988.

Richards, Jeffrey, H. "Chastity and the Stage in Mowatt's 'Stella'." *Studies in*

American Fiction 24.1 (1996): 87-100.
———. *Theater Enough: American Culture and the Metaphor of the World Stage, 1607-1789.* Durham: Duke University Press, 1991.

Richardson, Gary A. *American Drama From the Colonial Period Through World War I: A Critical History.* New York: Twayne, 1993.

Righter [Barton], Anne. *Shakespeare and the Idea of the Play.* London: Chatto & Windus, 1962. (『イリュージョンの力』青山誠子訳、朝日出版社、1981年)

Ringler, William. "The First Phase of the Elizabethan Attack on the Stage, 1558-1579." *The Huntington Library Quarterly* 5.4 (1942): 391-418.

Ripley, John. Coriolanus *on Stage in England and America 1609-1994.* Madison: Associated University Press, 1998.

———. Julius Caesar *on Stage in England and America 1599-1973.* New York: Cambridge University Press, 1980.

Ripley, Wendy. *Women Working at Writing: Achieving Professional Status in Nineteenth-Century America, 1850-1875.* Diss. George Washington University. 1996. Ann Arbor: UMI, 1996.

Robeson, Paul. "Paul Robeson and the Theatre." *Paul Robeson Speaks: Writings, Speeches, Interviews 1918-1974.* Ed. Philip S. Foner. New York: Citadel, 1978. 71-72.

Robeson, Paul, Jr. *The Undiscovered Paul Robeson: An Artist's Journey, 1898-1939.* New York: John Wiley & Sons, 2001.

Rodgers, Richard. *Musical Stages: An Autobiography.* 1975. New York: Da Capo, 1995.

Rogers, John. *Death the Certain Wages of Sin.* Boston: B. Green and J. Allen, 1701.

Romeo and Juliet. Prompt copy. N.d. The Folger Shakespeare Library. Catalogue No. "Prompt Rom. 18."

Russell, Anne. "Gender, Passion, and Performance in 19th Century Women Romeos." *Essays in Theatre* 11.2 (1993): 153-66.

Ryan, Mary P. *Women in Public: Between Banners and Ballots, 1825-1880.* Baltimore & London: Johns Hopkins University Press, 1990.

Sandquist, Eric J. *To Wake the Nations: Race in the Making of American Literature.* Cambridge: Harvard University Press, 1993.

Sanjek, Russell. *American Popular Music and Its Business: The First Four Hundred Years: II. 1790-1909.* New York: Oxford University Press, 1988.

Saxon, A. H. *P. T. Barnum: The Legend and the Man.* New York: Columbia University Press, 1989.

Sayre, Robert. "Autobiography and America." Olney, *Autobiography* 146-68.

Sekora, John. "Black Message / White Envelope: Genre, Authenticity, and Au-

thority in the Antebellum Slave Narrative." *Callaloo* 10 (1987): 482-515. (「黒人の伝言／白人の封筒――南北戦争前の奴隷物語におけるジャンル、信憑性、権威性」根本治訳、『思想』754 [1987年]、189-231頁)

Senelick, Laurence. *The Changing Room: Sex, Drag and Theatre.* London: Routledge, 2000.

———. "The Evolution of the Male Impersonator on the Nineteenth-Century Popular Stage." *Essays in Theatre* 1 (1982): 31-44.

———. Introduction. *Gender in Performance: The Presentation of Difference in the Performing Arts.* Ed. Senelick. Hanover, NH: University Press of New England, 1992.

Shaeffer, Louis. *O'Neill: Son and Artist.* 1973. New York: Paragon, 1990.

———. *O'Neill: Son and Playwright.* New York: Paragon, 1968.

Shafer, Ivonn. "Women in Men's Roles: Charlotte Cushman and Others." Chinoy and Jenkins 74-80.

"Shakespeare Adapted to 19th-Century Taste." *The Albion.* 1846. Wolter 123.

"Shakespeare Improved but Multilated." *The Anglo American* 1846. Wolter 122-23.

Shattuck, Charles H. *Shakespeare on the American Stage: From the Hallams to Edwin Booth.* Washington D.C. : Folger Shakespeare Library, 1976.

———. *Shakespeare on the American Stage: From Booth and Barrett to Southern and Marlowe.* Washington D.C. : Folger Shakespeare Library, 1987.

Sherzer, Jane. "American Editions of Shakespeare: 1753-1866." *PMLA* 22 (1907): 633-96.

Silverman, Kenneth. *The Life and Times of Cotton Mather.* New York: Harper & Row, 1984.

Simon, Henry W. *The Readings of Shakespeare in American Schools and Colleges: An Historical Survey.* New York: Simon & Schuster, 1932.

Smith-Rosenberg, Caroll. *Disorderly Conduct: Visions of Gender in Victorian America.* New York: Knopf, 1985.

Smither, Nelle. "A New Lady Actor of Gentleman: Charlotte Cushman's Second New York Engagement." *Bulletin of the New York Public Library* (June 1970): 391-95.

Solberg, Winton, V. *Redeem the Time: The Puritan Sabbath in Early America.* Cambridge: Harvard University Press, 1977.

Spengemann, William. *The Forms of Autobiography: Episodes in the History of a Literary Genre.* New Haven: Yale University Press, 1980. (『自伝のかたち』船倉正憲訳、法政大学出版局、1991年)

Spiller, Robert E. et al eds. *Literary History of the United States.* New York: Macmillan, 1948.

Spirit of the Times. "Charlotte Cushman in London." May 31, 1845. 154.

———. "Things Theatrical." July 4, 1846.
Sprinker, Michael. "Fictions of the Self: The End of Autobiography." Olney, *Autobiography* 321-42.
Stansell, Christine. *City of Women: Sex and Class in New York 1789-1860.* Urbana & Chicago: University of Illinois Press, 1982.
Stebbins, Emma. *Charlotte Cushman: Her Letters and Memories of Her Life.* Boston & New York: Houghton, Mifflin, 1899.
Stewart, Jeffrey C. ed. *Paul Robeson: Artist and Citizen.* New Brunswick: Rutgers University Press & The Paul Robeson Cultural Center, 1998.
Stone, Lawrence. *The Family, Sex and Marriage in England 1500-1800.* London: Weidenfeld & Nicolson, 1977.
Stout, Harry S. *The New England Soul: Preaching and Religious Cultures in Colonial New England.* New York: Oxford University Press, 1986.
Stowe, Harriet Beecher. *Uncle Tom's Cabin.* 1852. Ed. Elizabeth Ammons. New York: Norton, 1994.（『アンクル・トムの小屋・新訳』小林憲二訳、明石書店、1998年）
Stubbs, Philip. *The Anatomy of Abuses.* 1583. Facsimile rpt. New York & London: Johnson Reprint, 1972.
Takaki, Ronald. *A Different Mirror: A History of Multicultural America.* Boston: Little, Brown, 1993.（『多文化社会アメリカの歴史』富田虎男監訳、明石書店、1995年）
———. *Iron Cages: Race and Culture in Nineteenth-Century America.* New York: Knopf, 1979.
Tebbel, John. *A History of Book Printing in the United States: Volume 1: The Creation of an Industry 1630-1865.* New York & London: R. R. Bowker, 1972.
Thompson, David W. "Early Actress-Readers: Mowatt, Kemble, and Cushman." *Performance of Literature in Historical Perspective.* Ed. Thompson. Lanham: University Press of America, 1983. 629-34.
Thoreau, Henry David. "Advantages and Disadvantages of Foreign Influence on American Literature." 1836. Rawlings 67-69.
Thorndike, Ashley. "Shakespeare in America." 1927. Rawlings 512-26.
Tichi, Cecilia. "Thespis and the 'Carnall Hipocrite': A Puritan Motive for the Aversion to Drama." *Early American Literature* 4 (1969): 86-103.
Times. June 15, 1847.
Tocqueville, Alexis de. *Democracy in America.* 1840. Ed. J.P. Mayer and Max Lerner. New York: Harper & Row, 1966.（『アメリカにおけるデモクラシー』岩永健吉郎・松本礼二訳、研究社出版、1972年）
Toll, Robert. *Blacking Up: the Minstrel Show in Nineteenth-Century America.* London: Oxford University Press, 1974.
———. "Show Biz in Blackface: The Evolution of the Minstrel Show as a The-

atrical Form." *American Popular Entertainment.* Ed. Richard M. Dorson et al. Westport: Greenwood: 1979. 247-56.

Tomkins, Jane. *Sensational Designs: The Cultural Work of American Fiction, 1790-1860.* New York: Oxford University Press, 1985.

Trollope, Frances. "Frances Trollope on Cincinnati Audiences, 1829." Witham 139.

Trent, William Peterfield, et al. eds. *The Cambridge History of American Literature.* 3 vols. 1917. New York: Macmillan, 1946.

Twain, Mark. *Adventures of Huckleberry Finn.* 1885. Ed. Shelley Fisher Fishkin. New York & Oxford: Oxford University Press, 1996. (『ハックルベリー・フィンの冒険・完訳』加島祥造訳、筑摩書房、2001年)

———. *Following the Equator.* Ed. Shelley Fisher Fishkin. New York & Oxford: Oxford University Press, 1996. (『赤道に沿って　上・下』飯塚英一訳、彩流社、1999–2000年)

———. *1601, and Is Shakespeare Dead?* 1909. Ed. Shelley Fisher Fishkin. New York & Oxford: Oxford University Press, 1996.

———. *Stolen White Elephant and Other Detective Stories.* 1882. Ed. Shelley Fisher Fishkin. New York & Oxford: Oxford University Press, 1996.

Tyler, Royall. *The Contrast.* 1787. *Best Plays of the Early American Theatre From the Beginnings to 1916.* Ed. John Gasner. New York: Crown, 1967. 1-37.

Vandenhoff, George. *Leaves from an Actor's Note-book; with Reminiscences and Chit-chat of the Green-room and the Stage, in England and America.* New York: D. Appleton, 1860.

Vaughan, Alden and Virginia Mason Vaughan. *Shakespeare's Caliban: A Cultural History.* New York: Cambridge University Press, 1991. (『キャリバンの文化史』本橋哲也訳、青土社、1999年)

Ventmiglia, Peter James. "Shakespeare's Comedies on the 19th Century New York Stage: A Promptbook Analysis." *Papers of the Bibliographical Society of America* 71 (1977): 415-41.

"Votes and Proceedings of Continental Congress." 1776. Wolter 29.

Welter, Barbara. "The Cult of True Womanhood 1820-1860." *American Quarterly* 18 (1966): 151-74.

Westfall, Alfred Van Rensselaer. *American Shakespearean Criticism: 1607-1865.* New York & London: Benjamin Blom, 1968.

Whitman, Walt. "Miserable State of the Stage: Why Can't We Have Something Worth the Name of American Drama!" *The Brooklyn Eagle* February 8, 1847. Moses and Brown 70-72.

Williams, Daniel E. "'Behold a Tragic Scene Strangely Changed into a Theatre of Mercy': The Structure and Significance of Criminal Conversion Narratives in Early New England." *American Quarterly* 37 (1986): 827-47.

Willoughby, Edwin Eliott. "The Reading of Shakespeare in Colonial America." *Papers of the Bibliographical Society of America* 31 (1937): 45-56.

Wilmeth, Don B. and Christopher Bigsby, eds. *The Cambridge History of American Theatre.* 3 vols. Cambridge & New York: Cambridge University Press, 1998-2000.

Wilson, Garff B. *Three Hundred Years of American Drama and Theatre from* Ye Bare and Ye Cubb *to* Chorus Line. 2nd ed. Englewood Cliff: Prentice Hall, 1982.

Winthrop, John. "A Model of Christian Charity." 1630. *The Puritans in America: A Narrative Anthology.* Ed. Alan Heimert and Andrew Delbanco. Cambridge: Harvard University Press, 1985. 81-92.（『キリスト教徒の慈愛のひな型』小倉いずみ訳、『詩と散文』63［1998年］、44-59頁）

———. *Winthrop's Journal "History of New England" 1630-1649.* 2 vols. Ed. James Kendall Hosmer. New York: Barns & Noble, 1966.

Witham, Barry, ed. *Theatre in the Colonies and United States: A Documentary History 1750-1915.* Cambridge: Cambridge University Press, 1996.

Wolfe, Edwin, II. *The Book Culture of a Colonial American City: Philadelphia Books, Bookmen, and Booksellers.* Oxford: Clarendon, 1988.

Wolter, Jurgen C. ed. *The Dawning of American Drama: American Dramatic Criticism 1746-1915.* Westport: Greenwood, 1993.

Wood, Gordon S. *The Creation of the American Republic, 1776-1787.* New York: Norton, 1969.

Yates, Frances. *Theatre of the World.* Chicago: Chicago University Press, 1969.（『世界劇場』藤田実訳、晶文社、1978年）

Zakai, Avihu. "Theocracy in Massachusetts: The Puritan Universe of Sacred Imagination." *Studies in the Literary Imagination* 27:1 (1994): 7-21.

邦語文献

秋元英一『アメリカ経済の歴史 1942-1993』東京大学出版会、1995年。

安西徹雄『この世界という巨きな舞台――シェイクスピアのメタシアター』筑摩書房、1988年。

ヴェーバー、マックス『プロテスタンティズムの倫理と資本主義の精神』（原著1920年出版）大塚久雄訳、岩波書店、1989年。

『英和対訳モーション・ピクチュア・ライブラリー――アンナとシャム王』世界文庫、1948年。［1946年の映画台本］

太田一昭「ジュリエットの年齢」『シェイクスピアを読み直す』柴田稔彦編、研究社、2001年。3-19頁。

大西直樹『ニューイングランドの宗教と社会』彩流社、1997年。

大場建治『シェイクスピアの墓を暴く女』集英社、2002年。

奥出直人「サンボとモダニズム」「黒人イメージの再発見」『アメリカン・ポップ・エステティクス』青土社、2002年。153-211頁。

金井光太朗『アメリカにおける公共性・革命・国家——タウン・ミーティングと人民主権との間』木鐸社、1995年。

蒲池美鶴「球体の変貌——「地球座」と地球の座」『文学』54：4（1986）：27-38頁。

楠明子『英国ルネサンスの女たち——シェイクスピア時代における逸脱と挑戦』みすず書房、1999年。

佐藤宏子『アメリカの家庭小説——19世紀の女性作家たち』研究社出版、1987年。

高橋雄一郎「アメリカ演劇のオールタナティヴ」『境界を越えるアメリカ演劇——オールタナティヴな演劇の理解』一ノ瀬和夫・外岡尚美編著、ミネルヴァ書房、2001年。26-48頁。

玉泉八州男『女王陛下の興行師たち』芸立出版、1984年。

デリダ、ジャック『他者の耳——デリダ「ニーチェの耳伝」・自伝・翻訳』C. I. レヴェック&C. V. マクドナルド編、浜名優美・庄田常勝訳、産業図書、1988年。

富島美子『女がうつる——ヒステリー仕掛けの文学論』勁草書房、1993年。

中野春夫「シェイクスピア時代のアメリカ」『週刊朝日百科・世界の文学31　第六巻南北アメリカＩ』朝日新聞社、2000年。8-11頁。

ハンド、エリザベス『アンナと王様』石田亨訳、竹書房、2000年。［1999年映画のノベライズ版］

ファノン、フランツ『黒い皮膚・白い仮面』（原著1951年出版）海老坂武・加藤晴久訳、みすず書房、1998年。

村上由見子『イエローフェイス——ハリウッド映画にみるアジア人の肖像』朝日新聞社、1993年。

八木敏雄『「白鯨」解体』研究社出版、1986年。

柳生望『アメリカ・ピューリタン研究』日本基督教団出版局、1981年。

山形和美編『差異と同一化——ポストコロニアル文学論』研究社出版、1997年。

山名章二『自伝と鎮魂——ユージーン・オニール研究』成美堂、1989年。

渡辺利雄「読み直すアメリカ文学（史）——序にかえて」『読み直すアメリカ文学』渡辺利雄編、研究社出版、1996年。3-16頁。

映像資料

映画『アンクル・トムズ・ケビン』エドウィン・S・ポーター監督、1903年。

映画『アンナと王様』ジョン・クロムウェル監督、20世紀フォックス、1946年。129分。

映画『王様と私』ウォルター・ラング監督、20世紀フォックス、1956年。133分。

映画『アンナと王様』アンディ・テナント監督、20世紀フォックス、1999年。148分。

映画『王様と私』（アニメ版）リチャード・リッチ監督、ワーナー・ブラザーズ、1999年。90分。

参考年表

年表は、植民地時代から、ユージーン・オニールによって近代劇が誕生したとされる1916年までの、アメリカにおける主な歴史的事象、演劇一般、シェイクスピアの受容状況、文学一般を並列したものである。演劇史上の動向と発生年は *The Cambridge History of American Theatre* 全三巻 (Cambridge & New York: Cambridge University Press, 1998-2000) を参考にした。

シェイクスピア各作品のアメリカにおける初演年は Gerald Bordman ed. *The Oxford Companion to American Theatre* 第二版 (New York: Oxford University Press, 1992) に依拠する。『ヘンリー四世』は18世紀半ばには、デイヴィッド・ダグラスの一座によってニューヨークにおいて初演されたと思われる。ただし1820年頃までは第一部のみが上演され、その後も19世紀を通じて第二部の公演は稀であった。『終わりよければすべてよし』、『トロイラスとクレシダ』『ヘンリー六世』三部作、『タイタス・アンドロニカス』、『アテネのタイモン』、『ペリクリーズ』は、20世紀に入るまで職業劇団による本格的な公演はない。

	演　劇	歴　史
1564		
1567	フロリダで初のスペイン語劇が上演	
1599		
1603		
1606	ノヴァスコシアで初のフランス語劇が上演	
1607		ヴァージニアにジェイムズタウン植民地設立
1613		
1614		
1616		
1620		メイフラワー契約。ピルグリム・ファーザーズ(巡礼の父祖)がプリマス植民地設立
1623		
1624		
1630		マサチューセッツ湾植民地設立
1636		ロジャー・ウィリアムズがロードアイランド植民地設立。コネティカット植民地設立。ピーコット戦争(〜37年)。ハーヴァード・カレッジ(のちの大学)創立。アンチノミアン論争(〜38年)
1640		

アメリカにおけるシェイクスピア	文　学
(ウィリアム・シェイクスピア、ストラットフォード・アポン・エイヴォンにて誕生)	
(グローブ座、ロンドンに建設)	
(英国女王エリザベス一世死去)	
(グローブ座、『ヘンリー八世』上演中に失火、全焼)	
(グローブ座再建)	
(シェイクスピア死去)	
(第一フォーリオ出版)	
	ジョン・スミス『ヴァージニア、ニューイングランド、サマー諸島の歴史』*The Generall Historie of Virginia, New-England, and the Summer Isles*
	ジョン・ウィンスロップ「キリスト教徒の慈愛のひな型」"A Model of Christian Charity"
	リチャード・マザー他編『マサチューセッツ湾聖歌集』*The Bay Psalm Book* (アメリカで印刷された最初の本)

	演　劇	歴　史
1642		
1644		
1649		
1650		
1656		クェーカー教徒がニューイングランドに到着
1660		
1662		マサチューセッツ教会会議が半途契約を採用
1664		英国がニューアムステルダムを占領、ニューヨークと改名
1665	ヴァージニアで初の英語劇『熊と子熊』*Ye Bear and Ye Cubb*が上演	
1670		チャールストン設立
1675		フィリップ王戦争(〜76年)、以後ニューイングランド地方の先住民がほぼ制圧
1682		ペンシルヴェニア植民地設立。フィラデルフィア設立
1690	ハーヴァード大学生が『グスタフ一世』*Gustavus Vasa*を上演	
1692		セイラムの魔女狩り
1699		
1701		イェール・カレッジ(のちの大学)創立
1702		

アメリカにおけるシェイクスピア	文　学
(ピューリタン革命。ロンドンの劇場が閉鎖)	
(グローブ座解体)	
(英国が共和制へ)	
	アン・ブラッドストリート『アメリカに最近現れた十番目の詩神』*The Tenth Muse Lately Sprung Up in America*
	ウィリアム・ブラッドフォード『プリマス植民地の歴史』*Of Plymouth Plantation*
(王政復古。ロンドンの劇場が再開)	
	マイケル・ウィグルワース『最後の審判の日』*The Day of Doom*
	サミュエル・ダンフォース『ニューイングランドに託されし荒野への使命』*New-England's Errand into the Wilderness*
	メアリー・ホワイト・ローランドソン『崇高にして慈悲深き神』*The Sovereignty and Goodness of God*
ヴァージニアに住むアーサー・スパイサーの遺書に『マクベス』が記載される	
	コトン・マザー『アメリカにおけるキリストの大いなる偉業』*Magnalia Christi Americana*

	演　劇	歴　史
1704		
1705	ペンシルヴェニアで演劇禁止令制定、ほかの植民地もこれに続く	
1710		
1715	『アンドロボロス』*Androboros*（アメリカで執筆された最初の劇作品。しかし上演されず）	
1716	ヴァージニアのウィリアムズバーグに初の常設劇場開場	
1718		ニューオーリンズ設立
1719		
1720		
1721		
1730		信仰復興運動（～35年、1740～43年）
1732		
1741		
1746		ニュージャージー・カレッジ（のちのプリンストン大学）創立

アメリカにおけるシェイクスピア	文　学
	『ボストン・ニューズレター』*Boston News-Letter* 創刊（アメリカ初の新聞）
	C・マザー『善行論』*Bonifacius*
ヴァージニアに住むエドマンド・バークレーの遺書にシェイクスピア全集が記載される	
	ジェイムズ・フランクリンが『ボストン・ガゼット』*The Boston Gazette* 創刊（二番目に古い新聞）
ハーヴァード・カレッジ図書館の蔵書目録にシェイクスピア作品が記載される	
	C・マザー『キリスト教科学者』*The Christian Philosopher*。J・フランクリンがボストンで『ニューイングランド新報』*The New England Courant* 創刊
初のアマチュア公演（『ロミオとジュリエット』）	
	ベンジャミン・フランクリン『貧しきリチャードの暦』*Poor Richard's Almanack* 刊行開始（～57年）
	ジョナサン・エドワーズ「罪人は怒れる神の手の内に」"Sinners in the Hands of an Angry God"
	エドワーズ『宗教的熱情に関する論考』*A Treatise Concerning Religious Affections*

	演　劇	歴　史
1749	初のプロ劇団マレー&キーン一座がフィラデルフィアで公演	
1750		
1751		
1752	ハラム一座がロンドンより渡来	B・フランクリンが凧を使った雷の実験を行う
1753		
1754		フレンチ・インディアン戦争(〜63年)。キングス・カレッジ(のちのコロンビア大学)創立
1757		
1758		
1759		
1764		砂糖法
1765		印紙法
1766	デイヴィッド・ダグラスがハラム一座に合流しアメリカン・カンパニー劇団を創立。『ポンテアック』*Ponteach*(初めて出版されたアメリカ人劇作家によるアメリカを題材とした作品)。フィラデルフィア初の常設劇場サウスワーク劇場開場	

アメリカにおけるシェイクスピア	文　　学
3月5日、マレー&キーン一座が初のプロ公演(『リチャード三世』)	
ルイス・ハラム一座渡米の下準備に来たロバート・アプトンなる人物が『オセロー』をニューヨークにて初演、失敗	
ハラム一座がウィリアムズバーグで『ヴェニスの商人』上演(初の本格的なシェイクスピア公演)	
レノックス夫人『シェイクスピア解題』*Shakespeare Illustrated*がロンドンで出版(アメリカ人による初のシェイクスピア批評)	
『リア王』がニューヨークにて初演。プロによる『ロミオとジュリエット』がニューヨークにて初演	エドワーズ『意志の自由論』*Freedom of the Will*
『マクベス』がフィラデルフィアにて初演	
	B・フランクリン『富へいたる道』*The Way to Wealth*
『ハムレット』がフィラデルフィアにて初演、ギャリック版が使用された	
『じゃじゃ馬馴らし』がフィラデルフィアにて初演	

	演　劇	歴　史
1767	トマス・ゴッドフリー『パーシャの王子』*Prince of Parthia*(初めてプロ上演されたアメリカ人劇作家による作品)。アメリカン・カンパニー劇団に初のアメリカ人プロ俳優が入団。ニューヨーク初の常設劇場ジョン・ストリート劇場開場	
1768		
1769		
1770		
1773		茶税法。ボストン茶会事件
1774	第一回大陸会議にて演劇が全面禁止	第一回大陸会議
1776	ヒュー・ヘンリー・ブラッケンリッジ『バンカー・ヒルの戦い』*The Battle of Bunker-Hill* 出版	独立宣言
1782		
1783		パリ講和条約調印。独立革命終結
1784		
1786		シェイズの反乱
1787	ロイヤル・タイラー『コントラスト』*The Contrast*(初めてプロ上演されたアメリカ人劇作家によるアメリカを題材とした作品)	ジョージ・ワシントンが初代大統領に就任
1789		合衆国憲法発効

アメリカにおけるシェイクスピア	文　学
『コリオレーナス』、『シンベリン』がフィラデルフィアにて初演	
『ジョン王』がフィラデルフィアにて初演	
(ストラットフォード・アポン・エイヴォンで初のシェイクスピア・フェスティバル開催)	
『テンペスト』、『ウィンザーの陽気な女房たち』がフィラデルフィアにて初演	
	フィリス・ホイートリー『多彩な主題の詩集』*Poems on Various Subjects*
『ジュリアス・シーザー』がチャールストンにて初演	
	トマス・ペイン『コモン・センス』*Common Sense*
	ジャン・ド・クレヴクール『アメリカ人農夫からの手紙』*Letters from an American Farmer*
	トマス・ジェファソン『ヴァージニア覚書』*Notes on the State of Virginia*
『お気に召すまま』がニューヨークにて初演	フィリップ・フレノー『詩集』*Poems*
『恋の骨折り損』がフィラデルフィアにて初演	ウィリアム・ヒル・ブラウン『共感力』*The Power of Sympathy*(出版された初の小説)

	演　劇	歴　史
1791		権利章典発効
1793	マサチューセッツとロードアイランドで演劇禁止令撤廃。フィラデルフィアで初の本格的なサーカス公演	第一次逃亡奴隷法
1794	ボストンで演劇禁止令撤廃。ボストン初の常設劇場が開場。S・ローソン『アルジェの奴隷』*Slaves in Algiers*	ウィスキー反乱
1795		
1797		
1798	ニューヨークのパーク劇場が『お気に召すまま』で開場。フィラデルフィアで初の演劇雑誌『テスピスの託宣』*The Thespian Oracle* 創刊(すぐに廃刊)	
1799		
1800		連邦首都がワシントンD. C. に移転
1802	ワシントン・アーヴィングが「ジョナサン・オールドスタイル」のペンネームで『モーニング・クロニクル』紙に観劇記を連載(～03年)	
1803		ルイジアナ購入
1804		
1805	本格的な演劇雑誌『シアトリカル・センサー』*The Theatrical Sensor* と『テスピス・ミラー』*The Thespian Mirror* 創刊	
1807		

アメリカにおけるシェイクスピア	文　　学
	スザンナ・ローソン『シャーロット・テンプル』*Charlotte Temple*
『十二夜』がボストンにて初演。その台本が出版され、アメリカで出版された初のシェイクスピア関連本となる	
フィラデルフィアで初のアメリカ版シェイクスピア全集が出版される。『冬の夜ばなし』が初演	
	ハンナ・フォスター『放蕩娘』*The Coquette*
	チャールズ・ブロックデン・ブラウン『ウィーランド』*Wieland*
『ヘンリー八世』がニューヨークにて初演	
『間違いの喜劇』、『ヘンリー五世』がニューヨークにて初演	
	ジョエル・バーロウ『コロンビアッド』*Columbiad*

	演　劇	歴　史
1808	ジェイムズ・ネルソン・バーカー『インディアンの王女』*The Indian Princess*(初めてプロ上演されたアメリカ人劇作家によるインディアン劇)。パーク劇場に初のプロ支配人が登場	奴隷売買が禁止される
1809		通商禁止法(英仏との通商を禁止)
1812		第二次対英戦争(～14年)
1815	演劇活動の西部進出始まる	
1816	フィラデルフィアのチェストナット・ストリート劇場でガス照明が初登場	アメリカ植民協会創立
1818		
1819	モーディカイ・ノア『彼女は兵隊』*She Would Be a Soldier* が大ヒット	フロリダ購入
1820	イギリス人俳優エドマンド・キーンがアメリカデビュー。エドウィン・フォレストがデビュー、のちにアメリカ初の国際派俳優となる	ミズーリ協定
1821	ジュニアス・ブルータス・ブースがアメリカデビュー。ニューヨークにアフリカ劇場が開場、しかし白人の圧力により23年閉鎖。中西部とフロリダで演劇活動開始	
1822		ヘンリー・クレイが「アメリカ体制」を提唱
1823		モンロー・ドクトリン発表
1824		

アメリカにおけるシェイクスピア	文　　学
	『北アメリカ批評』*The North American Review* 創刊
『尺には尺を』がニューヨークにて初演	
アーヴィング『スケッチブック』*The Sketch Book* でストラットフォード・アポン・エイヴォンが紹介され、アメリカ人観光客が急増。『リチャード二世』がニューヨークにて初演	ウィリアム・エラリー・チャニング「ユニテリアンのキリスト教」"Unitarian Christianity"
アフリカ劇場が『リチャード三世』上演	ウィリアム・カレン・ブライアント『詩集』*Poems*
	ジェイムズ・フェニモア・クーパー『開拓者たち』*The Pioneers*
	リディア・マリア・チャイルド『ホボモク』*Hobomok*

	演　劇	歴　史
1825	この頃、演劇文化の中心がフィラデルフィアからニューヨークへ移行	エリー運河開通
1826	イギリス人俳優ウィリアム・チャールズ・マクリーディがアメリカデビュー。ニューヨークにバワリー劇場が開場。ニューヨークの劇場にガス照明が導入される	
1828	T・D・ライスがジム・クロウに扮して初登場	
1829	ジョン・オーガスタス・ストーン『メタモラ』*Metamora*	
1830		インディアン強制移住法
1831	ニューヨークにタブロー・ヴィヴァン(人が扮装し静止した姿勢で舞台上に名画や歴史的場面を再現するショー)が登場	ナット・ターナーの反乱。ウィリアム・ロイド・ギャリソンが『リベレイター』*The Liberator* 創刊
1832	ウィリアム・ダンラップ『アメリカ演劇史』*History of the American Theatre* 出版(初のアメリカ演劇史)	
1833		ギャリソンがアメリカ反奴隷制協会を創立
1834		
1835	P・T・バーナムが「ジョージ・ワシントンの乳母」と称する見世物を展示	
1836		アラモの戦い
1837		マウント・ホリヨーク女学校(のちの大学)創立(初の女子カレッジ)

アメリカにおけるシェイクスピア	文　学
	クーパー『最後のモヒカン族』*The Last of the Mohicans*。初のライシーアム(講演場)設立
クーパーが『アメリカ人の思考』*Notions of the Americans* でシェイクスピアを「アメリカの劇作家」と呼ぶ	ノア・ウェブスター『米国英語辞典』*An American Dictionary of the English Language*
	『ゴーディズ・レディズ・ブック』*Godey's Lady's Book* 創刊
	フランセス・トロロプ『アメリカ人の国内事情』*Domestic Manners of the Americans*
	ジョージ・バンクロフト『合衆国史』*A History of the United States* 出版開始(～75年)
	アレクシス・ド・トクヴィル『アメリカの民主主義』*Democracy in America*。ナサニエル・ホーソーン「ヤング・グッドマン・ブラウン」"Young Goodman Brown"
シャーロット・クッシュマンがマクベス夫人でデビュー	ラルフ・ウォルドー・エマソン『自然論』*Nature*。超越クラブ設立(～44年)
クッシュマンがアメリカで初めて男装のロミオを演じる	エマソン「アメリカの学者」"The American Scholar"。ホーソーン『トワイス・トールド・テールズ』*Twice-Told Tales*

	演　劇	歴　史
1838		先住民チェロキー族の強制移住開始(「涙の道」)
1839		
1841	バーナムのアメリカ博物館がマンハッタンに開場	
1843	ヴァージニア・ミンストレルズ登場(初の本格的なミンストレル・ショー劇団)	
1844	ウィリアム・H・スミス『酔っぱらい』*The Drunkard* がボストンにて初演(ニューヨーク初演は50年)	
1845	アナ・コーラ・モワット『ファッション』*Fashion*。モワットが女優デビュー	ジョン・オサリヴァンが「明白な運命」を提唱。ヤング・アメリカ運動開始。テキサス併合
1846	コーネリアス・マシューズ『魔女狩り』*Witchcraft*	米墨戦争(～48年)
1847	ジョン・ブローガム『メタモラ』*Metamora*(ストーン作品のパロディ、インディアン劇の衰退始まる)。カリフォルニアで記録に残る初の英語劇上演。クリスティ・ミンストレルズがデビュー	
1848	ベンジャミン・A・ベイカー『ニューヨーク見物』*A Glance at New York* が労働者階級のヒーロー「モス」を創出	セネカ・フォールズで第一回女性の権利集会
1849	アスタープレイス暴動。エドウィン・ブースがデビュー。カリフォルニアで初のプロ公演	カリフォルニアでゴールド・ラッシュ起こる

アメリカにおけるシェイクスピア	文　学
	エドガー・アラン・ポー「アッシャー家の崩壊」“The Fall of the House of Usher”
	ブルック・ファーム共同体設立(〜47年)。エマソン「自己信頼」“Self-Reliance”。ポー「モルグ街の殺人」“The Murder in the Rue Morgue”
	ポー「黒猫」“The Black Cat”
	フレデリック・ダグラス『自伝』*Narrative of a Life of Frederick Douglass, an American Slave*。マーガレット・フラー『19世紀の女性』*Woman in the Nineteenth Century*。ポー「大鴉」“The Raven”
巡業中のイギリス人俳優チャールズ・キーンが『ヴェローナの二紳士』を初演、『ジョン王』と『リチャード三世』で舞台背景と衣装に時代考証を導入	ホーソーン『旧牧師館の苔』*Mosses from an Old Manse*。ハーマン・メルヴィル『タイピー』*Typee*
バーナムが「親指トム」のヨーロッパ巡業中(1844-47年)に、ストラットフォード・アポン・エイヴォンにあるシェイクスピアの生家買収を画策、失敗	ダグラスが『北極星』*The North Star* 創刊。ヘンリー・ワーズワース・ロングフェロー『エヴァンジェリン』*Evangeline*
	ヘンリー・デイヴィッド・ソロー「市民的不服従」“On Civil Disobedience”

	演　劇	歴　史
1850		1850年の妥協。第二次逃亡奴隷法。
1851		
1852	ジョージ・L・エイキンが『アンクル・トムの小屋』を舞台化	
1853		共和党結成
1854	ニューヨークにドイツ語専門のシュタット・テアター劇場が開場	日米和親条約調印
1855	女優兼支配人ローラ・キーンがニューヨークにヴァラエティーズ劇場を開場。ブローガムの笑劇『ポカホンタス』*Po-Ca-Hon-Tas*	
1856		
1857		ドレッド・スコット判決
1859	ダイオン・ブシコー『オクトルーン』*The Octoroon*。ダン・エメットがニューヨークのブライアント・ミンストレルズのためにディキシーを作曲。ニューヨークに俳優と制作者を仲介するエージェントが初登場	

アメリカにおけるシェイクスピア	文　学
メルヴィル「ホーソーンとその苔」"Hawthorne and His Mosses"。エマソン『代表的人間像』*Representative Men*	ホーソーン『緋文字』*The Scarlet Letter*。スーザン・ウォーナー『広い、広い世界』*The Wide, Wide World*。『ハーパーズ・マガジン』*Harper's Magazine* 創刊。アメリカン・ルネサンス最盛期
	ホーソーン『七破風の屋敷』*The House of the Seven Gables*。メルヴィル『白鯨』*Moby-Dick*。『ニューヨーク・タイムズ』*The New York Times* 創刊
	ホーソーン『ブライズデイル・ロマンス』*The Blithdale Romance*。メルヴィル『ピエール』*Pierre*。ハリエット・ビーチャー・ストウ『アンクル・トムの小屋』*Uncle Tom's Cabin*。
エドウィン・ブースがハムレットで登場、以後アメリカ初の国際派シェイクスピア俳優として名を馳せる	ストウ『アンクル・トムの小屋への鍵』*A Key to Uncle Tom's Cabin*
	モワット『自伝』*Autobiography of an Actress*。ソロー『ウォールデン』*Walden*。
	ウォルト・ホイットマン『草の葉』*Leaves of Grass*。ダグラス『わが束縛と自由』*My Bondage and My Freedom*。モワット『演劇の人生』*A Mimic Life*
ディーリア・ベーコン『シェイクスピア戯曲の哲学の解明』*William Shakespeare and his Plays; an Enquiry Concerning Them*	
	メルヴィル『詐欺師』*The Confidence-Man*。『アトランティック・マンスリー』*Atlantic Monthly* 創刊

	演　劇	歴　史
1860		
1861	エイダ・アイザックス・メンケンが『マゼッパ』*Mazeppa* の主役で初登場、全身タイツ姿でヌードの男性を表現した	南北戦争(～65年)
1863		エイブラハム・リンカーン「ゲティスバーグの演説」。奴隷解放宣言
1864	バーナムのアメリカ博物館焼失、二ヶ月で再建	
1865	もっとも初期のブラック・ミンストレル劇団のひとつジョージア・ミンストレルズ設立	ワシントンのフォード劇場にてリンカーンが俳優ジョン・ウィルクス・ブースに暗殺される。クー・クラックス・クラン(KKK)結成
1866	舞台照明にライムライト(石灰光)を導入	
1867		南部再建法成立。アラスカ購入
1868		
1869	マダム・レンツのフィーメイル・ミンストレルズ(アメリカ初のバーレスク・ショー)	最初の大陸横断鉄道完成
1870	70年代にブラック・ミンストレル・ショー最盛期。ブロンソン・ハワード『サラトガ』*Saratoga* 上演、ハワードは劇作だけで生計を立てた初のプロ劇作家となる	

アメリカにおけるシェイクスピア	文　学
	ホーソーン『大理石の牧神』*The Marble Faun*
	ロングフェロー「ポール・リヴィアの駿馬」"Paul Revere's Ride"。ハリエット・ジェイコブズ『ある奴隷娘の人生で起こった出来事』*Incidents in the Life of a Slave Girl, Written by Herself*
ニューヨークにおける『ジュリアス・シーザー』でブース三兄弟(ジュニアスJr、エドウィン、ジョン・ウィルクス)が生涯一度だけ同じ舞台に立つ	
	『ネイション』*The Nation* 創刊
	ルイザ・メイ・オルコット『若草物語』*Little Women*。ホレイショ・アルジャー『おんぼろディック』*Ragged Dick; or, Street Life in New York*
のちの名演出家オーガスティン・デイリーが初めてシェイクスピアを上演(『十二夜』)	
	アンナ・レオノウェインズ『シャム宮廷の英国婦人家庭教師』*The English Governess at the Siamese Court*

	演　劇	歴　史
1872		
1873		経済恐慌
1874		婦人キリスト教禁酒同盟設立
1875	俳優兼演出家に代わって専門の演出家が登場し始める。作曲家ジェイムズ・ブランドがブラック・ミンストレル・ショーに参入、のちに「ニグロのスティーヴン・フォスター」と称される	市民権法（公共の場における人種差別禁止）
1876		アレクサンダー・ベルが電話を発明
1877		南部再建政策終わる。トマス・エジソンが蓄音機を発明
1878	サム・ルーカスが『アンクル・トムの小屋』に主演、黒人初のスター俳優になる	
1879		エジソンが白熱電球を発明
1880	サラ・ベルナールがアメリカデビュー。バーナム&ベイリーサーカス団結成	
1881		初のジム・クロウ法がテネシーで成立（人種分離を容認）

アメリカにおけるシェイクスピア	文　学
ハーヴァード大学のフランシス・ジェイムズ・チャイルド教授がシェイクスピアを初めて文学として教える。ニューヨークのセントラル・パークにシェイクスピア像が建立され、落成式で詩人ウィリアム・カレン・ブライアントが演説	
大学の入学試験に初めてシェイクスピア作品が出題される（ハーヴァード大学）。ボストン公共図書館がトマス・ペナント・バートンのシェイクスピア・コレクションを公開	レオノウェンズ『ハーレムの物語《ロマンス》』*The Romance of the Harem*。マーク・トウェイン&チャールズ・ダドレー・ウォーナー『金ぴか時代』*The Gilded Age*
『恋の骨折り損』がデイリーにより初演	
	トウェイン『トム・ソーヤーの冒険』*The Adventures of Tom Sawyer*。メルヴィル『クラレル』*Clarel*
	ヘンリー・ジェイムズ『アメリカ人』*The American*。『ワシントン・ポスト』*Washington Post* 創刊
	ジェイムズ「デイジー・ミラー」"Daisy Miller"
	ダグラス『フレデリック・ダグラスの人生とその時代』*The Life and Times of Frederick Douglass*。 ジェイムズ『ある貴婦人の肖像』*The Portrait of a Lady*

	演　劇	歴　史
1882	バーナムがゾウのジャンボを購入、サーカスの目玉にする。ユダヤ系劇団がアメリカに上陸し始める。バッファロー・ビルがネブラスカで野外西部劇ワイルド・ウェスト・ショーを初演	中国人排斥法
1883	ヘンリック・イプセンのリアリズム劇(『人形の家』*A Doll's House* の翻案物)が初めて上演、失敗。ジェイムズ・オニールが『モンテ・クリスト伯』の主役で初登場	
1884	デイリーの一座がアメリカ人劇団として初めてロンドン公演を行う	シカゴに初の摩天楼が登場
1885	アニー・オークリーがワイルド・ウェスト・ショーに参入	
1886	ブランダー・マシューズ&ローレンス・ハットン『英米の俳優と女優』*Actors and Actresses of Great Britain and the United States* 全五巻出版	アメリカ労働総同盟(AFL)結成。自由の女神像がフランスより寄贈される
1888	フォレストがニューヨークに演劇クラブ「ザ・プレイヤーズ」創立。ハワード『シェナンドア』*Shenandoah*	
1889		ジェイン・アダムズが社会福祉施設ハル・ハウスをシカゴに設立。エジソンがキネトスコープを発明
1890	90年代にクーン・ショー最盛期。ジェイムズ・A・ハーン『マーガレット・フレミング』*Margaret Fleming*(もっとも初期のリアリズム劇のひとつ)	フロンティア・ラインの消滅。全国アメリカ婦人参政権協会設立
1891	ブロードウェイのトライアウト方式始まる。カーネギー・ホールがニューヨークに開場	

アメリカにおけるシェイクスピア	文　　学
	『レディス・ホーム・ジャーナル』*Ladies' Home Journal* 創刊。アメリカ近代語学会(MLA)創立。
アスタープレイス黒人劇団がシェイクスピアのレパートリーでデビュー	
	トウェイン『ハックルベリー・フィンの冒険』*Adventures of Huckleberry Finn*。ウィリアム・ディーン・ハウエルズ『サイラス・ラパムの向上』*The Rise of Silas Lapham*
デイリーがストラットフォード・アポン・エイヴォンで『じゃじゃ馬馴らし』を上演	
	エミリー・ディキンソン『詩集』が死後出版される
	国際著作権法。ハウエルズ『批評と創作』*Criticism and Fiction*

	演　劇	歴　史
1892		
1893	全米演劇雇用者連盟設立。バート・ウィリアムズとジョージ・ウォーカーが「ふたりの本物クーン」としてブラック・ミンストレル・ショーにデビュー。経済恐慌により西部の劇場が多数閉鎖	経済恐慌。シカゴ万博開催
1894	バーナード・ショーの作品が初めて上演。イプセンが初めて興行的に成功(『人形の家』)。『ビルボード』*Billboard* 創刊	
1895	演劇シンジケート結成、主要劇場における制作を独占支配。ハリー・フッディーニが縄抜け曲芸師として有名になる	
1897		
1898	シアトルでボードヴィル業界初の労働組合ストが起こり、史上唯一の成功を収める。ゴールド・ラッシュにより西部の劇場再開	米西戦争。その結果グアム、プエルト・リコ、フィリピンを領有。ハワイ併合
1899	スペクタクル劇『ベン・ハー』*Ben Hur* が当時の最高技術を駆使して上演	門戸開放通牒
1900	1900年から20年の間にブロードウェイが演劇文化の中心になる。シューバート兄弟が演劇シンジケートに挑戦を開始	金本位制採用
1901		
1902	コロンビア大学でブランダー・マシューズが、演劇文学を専攻とする初の教授職に就任。シカゴで『オズの魔法使い』*The Wonderful Wizard of Oz* が舞台化、翌年ニューヨーク進出	

アメリカにおけるシェイクスピア	文　学
	シャーロット・パーキンス・ギルマン『黄色い壁紙』*Yellow Wallpaper*。『スワニー・レヴュー』*The Sewanee Review*、『イェール・レヴュー』*The Yale Review* 創刊
	スティーヴン・クレイン『街の女マギー』*Maggie, A Girl of the Street*。フレデリック・ジャクソン・ターナー「アメリカ史におけるフロンティアの意義」"The Significance of the Frontier in American History"
	クレイン『赤い武勲章』*The Red Badge of Courage*
	トウェイン『赤道に沿って』*Following the Equator*
	ジェイムズ『ねじの回転』*Turn of the Screw*
	フランク・ノリス『マクティーグ』*McTeague*。ケイト・ショパン『目覚め』*The Awakening*
	シオドア・ドライザー『シスター・キャリー』*Sister Carrie*
	ブッカー・T・ワシントン『奴隷より立ち上がりて』*Up from Slavery*。ノリス『オクトパス』*The Octopus*。この頃、マックレイカー運動始まる
	ジェイムズ『鳩の翼』*The Wings of the Dove*

	演　　劇	歴　　史
1903	「子供のための教育劇場」(初の子供専用劇場)がニューヨークに開場	ライト兄弟が初飛行成功
1904		
1905	ボードヴィル・ショー最盛期	フィラデルフィアに初の映画館が開場。ピッツバーグに初のニッケル・オデオンが開場
1906	ウィリアム・ヴォーン・ムーディ『大分水嶺』*The Great Divide*	サンフランシスコ大地震
1907	フローレンツ・ジーグフェルドがレビュー「ジーグフェルド・フォーリーズ」を制作、31年まで毎年続く	移民数が史上最高を記録
1908		ヘンリー・フォードが自動車「モデルT」を発表。全米に5000軒のニッケル・オデオン
1909	エドワード・シェルドン『ニガー』*The Nigger* がオール白人キャストで初演	全米国黒人向上協会(NAACP)創立
1911		
1912	アメリカ作家連盟(のちの劇作家組合)創立。ジョージ・P・ベイカー教授がハーヴァード大学に演劇ワークショップ47を開設	
1913		
1914	初の演劇学科がカーネギー工科大学(のちのカーネギー・メロン大学)に創設。ユージーン・オニールがワークショップ47を受講	第一次世界大戦(～18年、17年アメリカ参戦)。米国作曲家作詞家出版者協会(ASCAP)創立。パナマ運河開通

アメリカにおけるシェイクスピア	文　学
	ジャック・ロンドン『野生の呼び声』*The Call of the Wild*
エドワード・H・サザンと妻ジュリア・マーロウが『ロミオとジュリエット』に初共演、以後シェイクスピア作品に次々と主演し名優として一時代を築く	W・E・B・デュ・ボイス『黒人のたましい』*The Souls of Black Folk*。ジェイムズ『黄金の盃』*The Golden Bowl*
	イーディス・ウォートン『歓楽の館』*The House of Mirth*
	アプトン・シンクレア『ジャングル』*The Jungle*
	ヘンリー・アダムズ『ヘンリー・アダムズの教育』*The Education of Henry Adams*。ウィリアム・ジェイムズ『プラグマティズム』*Pragmatism*
トウェイン『シェイクスピアは死んだか？』*Is Shakespeare Dead?*	ガートルード・スタイン『三人の女』*Three Lives*
	アンブローズ・ビアス『悪魔の辞典』*The Devil's Dictionary*。ウォートン『イーサン・フロム』*Ethan Frome*
マシューズ『劇作家シェイクスピア』*Shakespeare as a Playwright*	ウィラ・キャザー『おお開拓者よ』*O Pioneers!*

	演　　劇	歴　　史
1915	プロヴィンスタウン・プレイヤーズ、ワシントンスクエア・プレイヤーズ、ネイバーフッド・プレイハウス創立（小劇場運動の開始）	
1916	オニール『カーディフ指して東へ』*Bound East for Cardiff*がプロヴィンスタウン・プレイヤーズにより初演（アメリカ近代劇の幕開け）。『シアター・アーツ・マガジン』*Theater Arts Magazine* 創刊	ヴァージン諸島購入

アメリカにおけるシェイクスピア	文　学
	T・S・エリオット『J・アルフレッド・プルーフロックの恋歌』*The Love Song of J. Alfred Frufrock*。エズラ・パウンド『詩篇』*The Cantos*(〜70年)
	トウェイン『不思議な少年』*The Mysterious Stranger*。カール・サンドバーグ『シカゴ詩集』*Chicago Poems*

初出一覧

はじめに
　書き下ろし

第一章
「P. T. バーナム、トウェイン、シェイクスピア——１枚のポスターから」
　2001年５月　日本アメリカ文学会　東京支部月例会演劇分科会（於・慶應義塾大学）にて口頭発表
"Americanization of Shakespeare: A Cultural History through Three Posters"
　The Japanese Journal of American Studies（アメリカ学会）13号（2002）、171-92頁

第二章
「アメリカの地球座——初期ピューリタンの説教にみる演劇意識」
　1999年５月　第71回日本英文学会全国大会（於・松山大学）にて口頭発表
「丘の上の地球座——初期アメリカ・ピューリタンの説教と世界劇場」
　『藝文研究』（藝文学会）75号（1998）、12-33頁

第三章
「アメリカ自伝研究の方法論」
　『藝文研究』（藝文学会）69号（1995）、70-87頁
「アメリカン・オセロ——フレデリック・ダグラスと黒人大衆演劇の伝統」
　1997年10月　第36回日本アメリカ文学会全国大会（於・慶應義塾大学）にて口頭発表
「アメリカン・オセロ——フレデリック・ダグラスと黒人大衆演劇の伝統」
　『英文学研究』（日本英文学会）75巻2号（1998）、237-51頁

第四章
「オセロの息子たち——オニール『すべて神の子には翼がある』再考」
　『慶應義塾大学日吉紀要・英語英文学』37号（2000）、74-92頁

第五章
"Juliet as a Public Woman: Domestic Ideology in the Writings of Anna Cora Mowatt"
　『コロキア』（慶應義塾大学大学院）20号（1999）、275-89頁

第六章
「19世紀アメリカにおける男装のロミオ」
　2002年6月　アメリカ学会第36回年次大会（於・明治大学）にて口頭発表

第七章
「初期アメリカ演劇とシェイクスピア」
　1996年9月　日本アメリカ文学会　東京支部月例会演劇分科会（於・慶應義塾大学）にて口頭発表
「帝王たちの脚本――シェイクスピア、ストウ、ハマースタイン」
　巽孝之・渡部桃子編『物語のゆらめき――アメリカン・ナラティヴの意識史』（南雲堂、1998）、162-78頁

むすびに
　書き下ろし

＊すべて大幅な補筆を施した。